신발 잃은 소년

2

The Boy with No Shoes
by William Horwood

Original copyright ⓒ 2004 by William Horwood
All rights reserved.

Korean translation copyright ⓒ 2006 by NANOMEDIA Publishing Co.

이 책의 한국어판 저작권은 Headline Book Publishing과의 독점계약으로
도서출판 **나노미디어**가 소유합니다.
저작권법에 의하여 한국 내에서 보호를 받는 저작물이므로
무단 전재와 복제를 금합니다.

신발 잃은 소년

2006년 3월 30일 1판 1쇄 인쇄
2006년 4월 5일 1판 1쇄 발행

지은이　윌리엄 호우드
옮긴이　한 진 영
펴낸이　강 찬 석
펴낸곳　도서출판 **나노미디어**
주　소　121-856 서울시 마포구 신수동 448-6 출판협동조합 내
전　화　02)364-2791　팩　스　02)364-2787
등　록　제8-257호

ISBN 89-89292-25-5　04840
ISBN 89-89292-23-9　04840 (전 2권)

정가 8,500원
잘못된 책은 바꾸어 드립니다.

신발 잃은 소년
The Boy with No Shoes

2

윌리엄 호우드 지음 | 한진영 옮김

나노미디어

이 이야기는 어떤 사람의 삶, 그리고
그와 함께 살았던 사람들의 삶,
특히 제 형인 바너비 마이클 호우드의 삶을 기록한 것입니다.
그는 1999년에 세상을 떠났습니다.
나는 다섯 살 때 그를 빼앗겼지만 이 글을 쓰면서 다시 찾았습니다.

차례

파도소리 듣기 · 7
음악 수업 · 32
붕괴 · 50
모래언덕에 핀 꽃들 · 82
조류 · 96
익사 사고 · 114
외할아버지의 유산 · 130
플랙스 학장 · 147
위튼 선생님 · 166
해리엇 · 201
최우수상 · 214
양지꽃 · 236
악어 · 269
광활한 바다 · 283
변화하는 세상 · 303
뒤돌아보기 · 322
감사의 말 · 327

파도소리 듣기

　　　　　　노스엔드에는 나무가 없었다.
　좁은 도로와 골목에도 없었고, 두 군데 넓은 공터 – 북쪽의 프린터 광장과 부두 맞은편 어부 대합실 뒤에 있는 주차장 – 에도 없었다. 주차장은 전쟁 중 독일군의 폭격으로 폐허가 된 곳을 정비해서 만든 것이다. 나무는 한 그루도 없이 아스팔트, 보도, 화강암 연석 그리고 검붉은 벽돌이나 칙칙한 노란색 벽돌 건물들이 좁고 어두운 거리를 향해 서 있을 뿐이었다. 거리의 폭은 대부분 4미터가 못 됐다. 그런 곳에서는 햇빛도 한쪽 구석만 비스듬하게 비칠 뿐이었다.
　이따금, 노르웨이의 나무가 강풍에 떠밀려와 해변까지 올라올 때가 있었다. 바닷물에 흠뻑 젖은 죽은 나무의 뿌리는 길게 자라나 파도와 하늘을 가리켰고, 나무껍질은 벗겨져서 불그스름한 속살이 드러났다.
　나무가 하나도 없기 때문에, 겨울이 본격적으로 시작되고 바람이 불면 벽돌담과 보도블록과 축축하고 바람만 휘도는 골목길뿐인 노스엔드는 쓰레기통이 덜컹거리는 황량한 풍경이 되었다. 인문중학교에서의 1학년 시절만큼이나 황량했다. 하지만 나무 대신 항상 출렁거리는 바다가 동네를 둘러싸고 있었다. 바람이 거의 없는 날에도 바다는 출렁거렸다. 조수는 날마다, 보고 들을 줄 아는 사람들에게 앞으로는 더 나아지리라는 희망을 하루에 두 번씩 싣고 왔다.

우리가 컴퍼스 가로 이사온 때가 가을이었고 나는 아직 그곳이 낯설었기 때문에 노스엔드의 비밀스러운 영광이 어디에 있는지 몰랐다. 높은 담 너머 인동덩굴과 키 작은 사과나무, 벽에 붙어서 자라는 분홍색 쥐오줌풀, 노란색 범의귀의 밝은 별모양 꽃잎에 홀려 향기로운 토마토 덩굴과 붓꽃 사이를 날아다니는 벌이 가득한 비밀의 화원에 그것이 있었는데 말이다.

정원들은 나이든 분들의 손길에 의해 비밀스럽고 사랑스럽게 손질되었다. 그들은 오랜 세월을 그곳에서 살아왔고, 그들의 자식들은 직장을 찾아 원양어선을 타거나 마게이트에 있는 빌리 버틀린의 주말캠프로 떠났다. 또는 한 번 가면 거의 돌아오지 않는 도시 – 런던 같은 곳 – 로 진출했다. 옆집의 심스 부인도 그 중 한 명이었는데, 어느 날 우리 담장 너머로 도움을 요청하는 그녀의 외침소리가 들렸다.

집에는 나밖에 없었기 때문에 나는 의자를 딛고 올라서서 담장 너머로 건너다보았다. 그랬더니 그녀는 넘어져서 나무딸기 지팡이와 함께 엉켜 있었다.

"지미냐? 어서 와서 나 좀 여기서 빼내다오! 네가 나를 살리려고 거기 있었구나. 아이고! 그냥 담을 넘어와서 나를 일으켜 세워줘! 나는 현관문 열 힘도 없단다. 어서!"

심스 부인은 전쟁 중에 농장에 소속된 여성들을 통솔했었다. 나는 시키는 대로 담을 넘어 그녀의 암석 정원으로 뛰어내렸다.

"그 분홍색 꽃은 밟지 마라. 20년 동안이나 키운 거야."

그녀의 모직 카디건이 가시에 걸려 있었고, 바지도 온통 가시투성이었다. 그녀는 외할머니보다 나이가 적었지만 관절염 때문에 손이 붓고 굽어 있었으며 다리도 마찬가지였다. 하지만 그녀가 가꾸는 정원은 오색 만발한 정글이었다.

"이 일을 하기엔 내가 너무 늙었구나."

내가 덩굴에서 빼내주자 그녀가 말했다.

"내 대신 저 딸기 좀 따주겠니? 여기서 같이 먹자."

그 말대로 나는 딸기를 땄고 둘이서 그것을 먹었다.

"페기는 나무딸기를 아주 좋아했단다."

그녀가 말했다.

"그건 잭이 심었는데, 심고 나서 2년 뒤에 침대에서 자다가 죽었지. 나는 아침까지 의사를 부르지 않았단다. 잭이 그래봐야 무슨 소용이냐면서 말렸거든. 크리스마스 때 페기가 올 텐데, 그러면…"

그때부터 나는 심스 부인을 돕기 시작했고 그녀를 통해서 알게 된 쇼 아저씨도 돕게 되었다. 그의 정원은 노어 가에서 조금 떨어져 있는 곳인데, 모두 화분으로만 되어 있었다. 큰 것도 있고 작은 것도 있는데, 수천 가지 꽃이 서로 엉키면서 무성하게 자라서 물을 주고 가지를 치는 일 외에도 여러 가지 손질이 필요했다.

그는 내게 돈을 줬지만 심스 부인은 주지 않았다. 줬다고 해도 내가 받지 않았을 것이다. 그녀가 답례로 준 것은 그녀의 이야기와 담 너머로 나를 부르는 소리였다.

"지미! 거기 있니? 지미! 네 도움이 필요하구나!"

내가 필요하다는 것, 그것이 그녀가 준 답례였다. 그리고 볼튼 얘기도 해줬는데, 그녀는 여공이 될 때까지 어린 시절을 거기서 보냈다. 쇼 아저씨도 내게 돈을 줄 필요는 없었지만, 그래야 아저씨가 마음이 편했던 것 같고 나도 좋았다. 심스 부인 자식들처럼 그의 자식들도 런던에서 살고, 크리스마스나 부활절 같은 휴가 때나 찾아오는 형편이었다.

나는 두 사람이 하는 얘기를 듣고 그들의 자식들이 큰 도시에서 살면서 이상하게 나쁜 쪽으로 변했다는 것 그리고 노스엔드에 있는 동안은 불안하고 불편해한다는 것, 그래서 오자마자 곧 떠나지 못해 안달한다는 것을 알게 되었다.

그 자식들을 나도 봤는데, 그들은 더 이상 어린애가 아니었다. 대문을 통과할 때는 고개를 숙여야 할 정도로 키가 컸다. 예전에는 그들 머리보다 훨씬 높아서 올려다보았을 그 대문을 말이다. 그들은 실외변소와 구부러지고 녹슨 못으로 만든 빗장을 귀찮아했고, 욕실에서 가스를 사용하는 온수장치를 불편해했다. 그 장치는 동쪽에서 바람이 불어오면 불꽃이 안쪽으로 날름거렸던 것이다. 그리고 석탄난로에서 나오는 먼지를 몹시 싫어해서 전기난로를 설치하지 않는 늙은 부모들에게 신경질을 냈다.

그들은 석탄통, 불쏘시개에 불을 붙이는 것, 양초와 성냥, 깨끗한 쇠살대, 부젓가락과 부지깽이를 사용해서 행하는 의식(儀式)을 이해하지 못했다. 불꽃과 숯불, 타다 남은 장작, 노력과 기술로 얻어지는 온화한 기운을 이해하지 못했다. 그들 부모들이 사랑하는 석탄과 화롯불의 의식, 거기에는 변함없는 아늑함과 삶의 의미가 깃들어 있다는 것을 그들은 깨닫지 못했다.

　나는 심스 부인이 나이 들어가고 쇼 아저씨가 그의 사랑스런 화분정원이 황폐해지도록 방치하는 것을 지켜보면서 그것을 조금이나마 알았지만, 그들의 자식들은 나이가 들고 운신하기 어려운 겨울에 지루함과 허무감을 위로해 주는 것은 레인지와 난로와 석탄불의 의식이라는 것을 알지 못했다. 크리스마스가 끝나고 자식들이 도시로 가면, 그들이 보내준 전기난로가 정겨운 난로를 밀어내고 차가운 위안을 주려 하지만, 그것들은 관절염에 걸린 손을 따뜻하게 데워주지 못했다.

　우리집에서나 다른 집에서 세대 간의 갈등이 커지는 것을 나는 여러 번 목격했다. 자식들과 세월에 버림받는 쪽은 나이든 사람들이었다. 근검절약이 몸에 밴 그들은 자른 신문지를 실에 꿰어 화장실용 휴지로 썼는데, 그것은 화장지 살 돈을 아끼기 위해서라기보다는 그냥 습관이었다. 그런 노인들이 담 아래 정원을 만든 것이다. 처음에 나는 그것을 몰랐지만, 오랜 시간이 지난 후에 그들의 높고 견고한 대문 그리고 수수한 섭정시대 양식의 문을 드나들면서 깨달았다.

　내가 여기저기 굴러다니는 빈 우유병처럼 바람 부는 거리를 돌아다닐 때, 오래된 높은 담은 내 머리 한참 위로 솟아서 그 너머에 있는 것을 보여주지 않았다. 몇 년 후에 나를 맞아줄 정원과 화초들의 존재는 오직 담쟁이덩굴의 말라죽은 줄기, 취어초의 부러진 가지, 담 너머로 살짝 내밀고 있다가 바람에 불 때마다 긁히는 소리를 내는 분홍색 쥐오줌풀, 그리고 어스레한 분홍색과 요염한 크림색으로 내가 갈 수 없는 곳에서 손짓하는 장미넝쿨… 그런 것들에 의해 짐작할 수 있을 뿐이었다.

창가에 놓인 화초상자도 거기에서 무엇이 나올지 전혀 알 수 없었다. 손질을 잘하는 주인들은 그 안에서 여름에 피어있던 꽃들을 이미 치워버렸고, 손질을 잘 하지 않는 주인들은 말라죽은 화초를 그대로 방치해두었기 때문이다.

열린 공간에서 저절로 자라서 내가 볼 수 있는 식물들은 오직 거리에 면한 녹슨 격자창 아래 있었다. 하지만 그런 눅눅한 지하실에는 빛도 들어갔지만 쓰레기와 먼지도 수년 동안 들어갔기 때문에 엉망이었다. 그곳에서 자라난 골고사리는 내 발 아래에서 눈부신 푸르름을 자랑하고 있었다. 그것을 보는 눈도 심스 부인과 쇼 아저씨 덕분에 생긴 것이었다.

우리 동네의 공공장소에서 볼 수 있는 나무는 세인트앤드류 교회 묘지에 있는 떡갈나무와 물푸레나무뿐이었다. 여름방학이 끝나고 다시 학교에 등교할 때마다, 나는 그곳에서 가을이 12월을 향해 달려가는 것을 지켜보았다. 공기는 더 차갑고 축축해졌고, 바람은 내 얼굴에 초조하게 불어댔으며, 파도는 해안가 공터를 향해 겨울의 분노를 실어 격렬하게 부딪쳤던 것이다.

아침에 내 앞에서 흩날리는 낙엽 하나하나는 저녁이 되면 묘비 사이에서 썩어갈 운명이었기 때문에, 그것들은 학교에서의 나의 실패를 예고하는 상징 같았다. 나뭇잎이 한 잎 한 잎 떨어지듯이, 나도 하나하나 실패해서 내 나무에서는 더 이상 떨어질 나뭇잎이 없었다. 내 팔과 손과 손가락들은 저녁 하늘을 배경으로 앙상한 윤곽을 남기며 허공에 뻗쳐 있었다. 그리하여 어린 나무는 사람들에게 잊혀져 움직이지도 못하고 도움도 받지 못한 채, 교회묘지 한쪽에서 쓸쓸하게 서 있었다.

하지만 교복 입는 학교보다는 노스엔드라는 안전한 대안학교에서 더 많은 것을 배웠다. 그곳에는 절망감도 없고, 플랙스 학장의 증오심도 없고, 비웃는 프랑스어 선생님도 없고, 헷갈리게 만드는 수학선생님도 없고, 무의미한 날짜와 인물과 장소만 주입하는 역사선생님도 없었다.

버블스 아저씨와 나는 좋은 친구로 지냈지만 우리가 만나는 곳은 해변이었고, 그것도 보통은 폭풍우가 있는 날의 해변이었다. 그런데, 내가 노스엔드에 이사 온 지 2년 만에 그가 버드 가에 있는 자기 집으로 나를 초대했다. 그의 아내는 프랑스 사람이었는데, 그녀에게서 내가 처음 배운 것은 셜롯 껍질을 벗기는 것이었다.

그녀는 나를 식탁에 앉히고 칼을 쥐어줬다. 그리고 내가 생전 맡아보지 못한 진한 향의 차를 끓였다.

내가 난처한 표정으로 셜롯을 쳐다보고만 있자 그녀가 말했다.

"저이가 어떻게 하는지 보여줄 거야."

하지만 버블스 아저씨도 큼직한 손으로 서투르게 만지작거리며 낮은 소리로 투덜거리기만 했다.

"이리 줘요, 내가 가르쳐 줄게요."

차를 다 준비한 그녀가 보다못해 나섰다. 그녀는 셜롯 하나하나를 사랑스런 표정으로 집어들고 모양과 색깔을 음미했다. 그리고는 어떻게 하는지 시범을 보였다. 그녀는 우리 엄마가 생각하는 것과는 달리 요리가 귀찮은 일이 아니라 즐거운 일이라는 것을 가르쳐 주었다.

그 동안 버블스 아저씨는 여전히 커다란 오버코트를 입은 채 그녀가 뺏아가지만 않았으면 자신이 완벽하게 벗겨냈을 거라며 궁시렁거렸다. 하지만 차를 홀짝거리며 마시는 그의 얼굴은 웃고 있었고, 석탄 난로의 오렌지색 불꽃이 그의 검은 눈동자에서 춤추고 있었다.

버블스 아저씨의 아내는 갑자기 이렇게 물었다.

"Je m'appelle Véronique, et toi?(내 이름은 베로니크야. 너는?)"

"지미요."

"Je m'appelle Jimmy.(제 이름은 지미예요.)"

그녀가 부드럽게 고쳐줬다. 지미의 J는 부드럽게 I는 긴 모음으로 냈다. Jeemy와 비슷하지만 그것만으로는 그녀의 발음을 정확히 표현할 수가 없다.

"Et toi?(너는?)"

그녀가 다시 물었다.

"Je m'appelle Jimmy Rova.(제 이름은 지미 로바예요.)"

내가 대답했다. 그녀도 나도 그때는 몰랐지만, 그것은 우리 두 사람이 자연스럽게 마음의 상처를 치유하는 과정이었다.

영국에 살고 있던 그녀는 언어와 문화의 상실과 관련된 상처를 품고 있었고, 나는 언어에 대한 사랑이 치명상을 입은 상태였다. 특히 나는 잡 선생님 때문에 프랑스어에 대한 애정이 완전히 식어 있었다.

그날부터 나는 자주 버블스 아저씨 집을 찾아갔고, 그 작은 거실에서 프랑스어보다 훨씬 더 많은 것을 배웠다. 그것은 고요함과 만족감, 가정의 평화, 서로에 대한 헌신의 소중함이었다.

<낚시 미끼 팝니다> 버블스 아저씨가 직접 나무 팻말에 써넣은 글귀였다. 크림색 바탕에 검은 글씨로 썼는데, 그의 검은색 현관문

안쪽 판자도 크림색이었다. 또한 거리에 면한 널찍한 거실 창문의 상인방도 크림색이었다.

버블스 아줌마는 갯지렁이가 든 큰 통 바로 옆에서 프랑스 요리를 했다. 다지고, 젓고, 맛보고, 콧노래를 부르고, 혼잣말을 하면서.

버블스 아저씨는 미끼를 사러 오는 낚시꾼들에게 자기 미끼가 고기를 잘 유혹하는 이유는 미끼를 보관하는 진한 갈색 액체 때문이라고 했다. 그는 그 비법을 무덤까지 가져갈 거라고 했지만 나는 그 비법을 알고 있었다. 뱁스턴 엔진을 부드럽게 하는 기름과 파라핀, 그리고 모래를 섞은 바닷물이었다. 하지만 버블스 아줌마는 그 말이 엉터리라고 하며 진짜 비법은 달래에서 나는 향이라고 했다. 버블스 아저씨는 스태닉 만에서 미끼를 파고 모래언덕을 가로질러 집으로 올 때 항상 달래를 캐왔다. 어쨌든 버블스 아줌마는 갯지렁이에서 프랑스 요리의 양념냄새가 나기 때문에 고기가 잘 접근한다는 것이다.

"De temps en temps…(가끔은…)"

그녀가 속삭였다.

"… 가끔 저이가 인정머리 없고, 신경질내고, 무뚝뚝할 때, 나는 살진 갯지렁이를 그 사람 스튜에 집어넣을까 생각해. 하지만 그러면… 그러면…"

그리고는 그녀는 씩 웃고 농담이라는 듯이 눈을 찡긋했다. 그녀의 농담은 우리의 농담이기도 했다.

나는 버블스 아줌마로부터 사랑의 표정을 배웠다. 그리고 나도 어떤 여자의 눈에서 그런 표정을 만들어낼 날이 어서 오기를 간절히 바랐다. 그런 표정은 버블스 아줌마가 투덜대거나 불평하는 척할 때, 그리고 버블스 아저씨를 생각할 때 나타났다. 그녀 눈가의 주름과 입술에 떠오르는 억제하는 미소를 보면 아저씨에 대한 사랑과 존중이 얼마나 깊은지 알 수 있었다.

"그러면 그 갯지렁이가 불쌍해. 양고기에 섞여서 그런 남자한테 먹히다니. 낚싯바늘에 꿰어 자유를 향해 떠날 수 있는데 말이야. 저 사람 뱃속으로 들어가면 탈출할 수가 없잖아."

몇 년이 지난 후에 프랑스 혁명의 자유, 평등, 박애에 대해 배우면서 내 머릿속에 그 혁명의 중요성을 각인시킨 것은 그녀의 부드러운 목소리였다는 것을 깨달았다. 그 갯지렁이들이 자유를 갈구하는 프랑스 시민들이라는 것도.

"그러니까, 지미, 나는 절대 그렇게 하지 않을 거야. 암!"

그 미소, 그 사랑의 표정, 애정이 깃든 웃음, 그 손길….

잡 선생님은 아줌마보다 몇 배나 많이 알고 있었겠지만, 그가 가르친 건 버블스 아줌마가 프랑스어와 프랑스에 대해 내게 가르친 것의 반에도 못미쳤다. 그녀의 능력은 자신이 태어나고 그리워하는, 그렇지만 다시는 돌아가지 못할 그 나라에 대한 깊은 사랑에서 나오는 것이었다. 전쟁 중에 그녀는 죄를 저질렀고, 그것은 그녀가 살고 있던 노르망디 사람들의 눈에는 살인보다도 더 극악무도한 범죄였다. 결국 그 사람들은 자유를 얻었지만 그녀는 평생을 국외에서 유랑자로 보내야 했다.

그 오랜 세월이 지난 후에도 그녀는 우울함으로 고통받고 있었다. 특히 파도가 해변으로 돌진해 부서지며 그들의 오두막집을 흔드는 겨울에 그랬다. 그러면 그녀는 현관 앞에 며칠이고 몇 주일이고 온종일 앉아있었다.

"지미…."

그녀가 기분이 가라앉아 있으면 버블스 아저씨가 나를 보냈고, 그녀는 'Jimmy, mon petit chou, aidez-moi.…(지미, 내 귀염둥이, 나 좀 도와주렴.)' 하며 손을 뻗어 내 팔을 잡았다. 그리고는 노파처럼 나에게 기댔다. 나는 그녀를 도와 야채를 다듬었다. 기분이 좋을 때는 순식간에 해치우는 일을, 그런 때는 오전 내내 걸렸다.

얼마 안 있어 나는 불을 지피는 법을 배웠고, 그녀의 어깨에 담요를 덮어주고 외할머니한테 하듯이 내가 보고 들은 일을 그녀에게 모두 얘기했다. 집을 찾아오는 낚시꾼들에게 미끼를 팔기도 했다. 10마리에 9펜스, 20마리에 1실링 6펜스, 그리고 별도의 철망에 담아 통 한쪽에 둔 가장 살찐 갯지렁이는 20마리에 2실링이었다.

버블스 아저씨가 스태닉 만에 갯지렁이를 팔러 가고 내가 학교에 갔을 때는 다른 사람들이 와서 봐주기도 했는데, 하멜 아저씨도 그 중 한 명이었다. 하지만 그녀는 나를 제일 좋아해서 내가 집에 가야 할 시간이 되면 다시 우울한 낯빛이 되곤 했다.

"블랙스톤보다는 여기에 있는 게 아줌마한테도 좋아."

버블스 아저씨는 조용히 말하곤 했다. 그가 유일하게 의사의 충고에 따라 아줌마를 블랙스톤 언덕 너머의 정신병원에 보냈던 일을 떠올리며 하는 말이었다.

나는 그가 밤에 10킬로미터를 자전거로 달려서 그 병원에 갔던 일을 여러 번 들었다. 자다가 다급하게 자기를 부르는 그녀의 목소리를 들었는데, 당장 그곳으로 가서 그녀를 구해내지 않으면 살아남기 힘들다는 예감이 들었다는 것이다. 그는 커다란 현관문을 쾅쾅 두드려 경비원이 나오자 그를 밀쳐내고, 사람을 불러 그녀의 병실로 안내하게 했다. 그리고 그녀를 안고 신선한 밤공기가 있는 밖으로 나왔다. 병원 사람들은 겁에 질려서 그를 말리지도 못했다. 그는 잠옷 바람인 그녀를 자전거의 크로스바에 앉히고 버드 가의 집으로 데리고 왔다. 그날부터 그는 절대로 의사에게 그녀를 맡기지 않았다.

블랙스톤 병원에서의 기억은 그 뒤에도 그녀를 괴롭혔다. 하지만 나는 그녀의 슬픔과 두려움은 프랑스에 두고 온 것 때문이라는 것을 점차 알게 되었다.

아저씨네 거실 벽에는 크림색 캔버스 천이 못으로 고정되어 아래로 늘어뜨려져 있었다. 버블스 아저씨는 그림이나 다른 여러 가지 것들을 못에 박아 걸어두었다. 제1차 세계대전이 일어나기 전 그가 배의 견습공으로 있을 때 가져온 구멍 뚫린 찜판도 있었고, 도난당한 위스키를 찾아주면 5파운드를 사례금으로 준다는 내용의 전단도 있었다. 그 전단은 과거의 유물이었다. 버블스 아저씨가 아니라 스토닝의 유물. 그는 그것을 자코비 부인과 교환했다. 부인은 그것을 스미시 가 끝자락에 있는 자신의 고물상 창문에 붙여놓고 있었는데, 아저씨는 그것을 갖는 대신 가끔 물건들을 안으로 들여놓는 일을 해주기로 한 것이다. 아저씨의 진짜 과거는 베일에 싸여 있었으며 누구에게도 털어놓지 않았다. 자기 아내에게마저도.

버블스 아줌마는 시간이 없어서 프랑스에서 가지고 있던 물건을 하나도 가져오지 못했다. 버블스 아저씨와 하멜 아저씨가 그녀를 작은 보트로 위쌍 – 깔레에서 가까운 – 에서 구해오던 날, 그녀가 가져온 것은 전쟁 전에 찍은 흑백사진 한 장뿐이었다. 그녀와 쌍둥이 남동생 필리프를 찍은 것이었다.

그녀는 가끔 그것을 꺼내보며 이렇게 말하곤 했다.

"Mon pauvre Philippe a été tué par les monstres.(우리 불쌍한 필리프

를 짐승 같은 놈들이 데려갔어.)"

그녀의 남동생을 죽인 독일군은 그녀에게 짐승이었다.

"그런 셈이지."

버블스 아저씨가 설명했다.

"하지만 그들이 정말로 그를 죽였다는 뜻은 아니야. 사실은 더 나쁜 짓을 한 거지만. 그 놈들은 필리프를 근처의 블랙스톤 같은 정신병원에 집어넣었고, 버블스 아줌마는 거기서 그 동생이 죽었다고 생각하고 있지."

하지만 필리프가 왜 그런 고통을 받아야 했는지, 그 전에 무슨 일이 있었는지는 두 사람 다 내게 말해주지 않았다. 남동생이 차마 못 볼 것을 봤다는 것 외에는.

내게 진실을 말해준 사람은 하멜 아저씨였다. 버블스 아줌마는 독일군과 협상함으로써 남동생의 생명을 구했다. 그래서 남동생은 전쟁중에 블랙스톤 병원과 비슷한 그 지역의 정신병원에서 죽을 때까지 조용히 살 수 있었던 것이다. 하지만 나는 뭔가 더 비극적인 사연이 있을 거라는 느낌을 받았다.

그들은 그것보다는 구출 그 자체에 대해 얘기하고 싶어했다. 그들의 이야기는 매번 조금씩 달라져서, 몇 년이 지난 후에야 나는 전후 사정을 알게 되었다.

사진 속에서, 그녀는 쌍둥이 남동생의 어깨에 팔을 두르고 서 있었다. 남동생은 씩 웃고 있었고, 그녀는 입을 다문 채 조금 웃고 있었다. 그리고 그들 뒤로 그리네 곶 절벽이 보였다. 그 위에서는 태양이 밝게 비추고 있었고, 사진에 찍힌 두 사람 얼굴도 환하게 빛났다.

사진은 은색 사진틀에 끼워져 있었는데, 그녀가 우울증에 빠져 현관 문 근처에 앉아 있을 때면 그 사진틀의 은색이 더 밝게 빛나는 듯했다. 아무리 암울한 때라도 소중한 추억은 있는 법이며 앞으로 더 좋은 날이 올 거라고 위로하듯이 말이다.

4월이 돌아오고 햇살이 내리쬐면 버블스 아줌마는 자신을 추슬렀다. 며칠 동안 그녀는 집안에서 바삐 움직이며 봄 청소를 하고, 작은 뒷마당을 쓸고, 겨울옷을 치우고, 여름드레스를 꺼내고, 유리창이 새 것처럼 반짝반짝 빛날 때까지 닦았다. 4월에는 그녀와 그녀의 남동생 생일이 있었고 그녀의 마음도 밝아지는 때였다.

버블스 아줌마가 자신의 드레스를 차려입고 다시 한번 넓은 세상으로 나오는 때는 보통 4월 말, 운나쁜 해라면 5월 초에 있는 부활절이 지나고 진짜 봄날씨처럼 따뜻해진 날이었다. 바닥이 평평한 바구니를 팔에 끼고 그녀는 해안산책로를 따라 3킬로미터나 떨어진 사우스다운의 석회절벽까지 나들이를 나갔다.

절벽 꼭대기까지 가서 보면 해협 건너 프랑스의 흰색 절벽이 보였는데, 간조 때 더 잘 보였다. 절벽에 올라간 그녀는 애기똥풀, 제비꽃, 아네모네 등 봄꽃을 꺾었다. 그리고 길가 움푹 들어간 곳에서는 마지막까지 남아있는 스노드롭을 찾았고, 혹시 울타리가 있으면 그 근처에 산사나무꽃이 있는지 살폈다.

이것들을 집으로 가지고 와서 벽난로 위 그녀와 남동생 사진 옆에 두고, 촛불을 켠 채 부드럽고 잔잔하게 생일축하 노래를 불렀다.

Bon anniversaire…(생일 축하합니다…)

Bon anniversaire…(생일 축하합니다…)

그녀는 그 자리에 다른 사람들도 초대했다. 자신의 생일이기도 했기 때문이다. 하멜 아저씨, 약제사인 콕스 씨, 성을 지키는 보이스 아저씨, 그 밖에도 몇몇 사람이 와주었다. 물론 나와 버블스 아저씨도. 그들은 럼주를 마시고 나한테는 탄산음료를 줬다. 추억의 눈물과 함께 봄이 다시 왔음을 기뻐하며, 이웃 친구들과 사랑하는 남자의 격려 속에서 그녀의 겨울우울증은 한동안 눈 녹듯이 사라졌다.

그리고 몇 주가 지나면 그녀는 더 쾌활해져서, 자주 사우스다운까지 나가 마음속에 있는 찌꺼기를 바닷바람에 날려버리면서 싱싱한 꽃을 땄다. 가끔 나를 데리고 갔기 때문에, 나는 거기서 야생화 이름을 프랑스어로 배우기도 했다.

봄여름에 해협 건너 파드깔레에 피는 꽃까지 해변에 피는 꽃들은 모두 버블스 아줌마 꽃이었다. 그 한 송이 한 송이는 그녀와 그녀의 남동생이 외할머니를 위해 꽃을 꺾던 시절과 현재를 연결시켜주는 끈이었다. 그들의 외할머니는 눈이 안 보였지만 만져보고 냄새를 맡아서 꽃을 알아보았으며, 자신이 어렸을 때 꽃을 꺾으러 다니던 얘기도 해줬다.

그렇게 해서 버블스 아줌마의 우울한 기분은 계절이 바뀌면서 아침안개처럼 사라졌다. 가끔 버블스 아저씨는 모래언덕을 다녀오면서 그녀에게 들꽃을 꺾어다 주었다. 그가 가져오는 꽃은 갈대, 가시금작화, 체꽃, 달래같이 모두 건강에 좋은 꽃들이었다. 하지만 양귀비는 절대 꺾어오지 않았다.

"양귀비는 꺾기에 너무 아름다워, 지미. 이것들을 꺾어서 화병에 꽂아놓으면 아무리 물을 잘 줘도 얼마 안 있어 고개를 떨어뜨리고 죽어버린단다. 이 한 송이 한 송이는 죽은 병사들이 환생한 거야. 그러니까 너도 양귀비는 꺾어오지 마."

버블스 아줌마는 프랑스만 가르쳐준 것이 아니라 역사와 전쟁 그리고 그것을 안타까워하는 마음까지 가르쳐 주었다. 그래서 학교에서 비록 꼴찌를 면하지 못했지만, 역사시간에 델러 선생님이 전투를 줄줄이 얘기하고 왕들을 나열하는 동안 나는 혼자서 생각했다. 전장에서 죽어갔지만 그들의 어머니, 형, 나, 쌍둥이 남매들의 마음속에 살아있는 병사들에 대해. 그리고 선생님이 우리에게 가르쳐주지 않았던 사람들, 또는 어떻게 가르치는 줄을 몰랐던 사람들에 대해. 나는 그들의 사진을 봤고 노스엔드에 남은 사람들의 눈물을 봤기 때문이다. 버블스 아줌마의 얼굴에는 전쟁의 눈물자국이 남아있었고, 버블스 아저씨의 주름살에는 전쟁의 안타까움이 남아있었다.

하지만 선생님은 그것에 관한 글쓰기 숙제를 내주지 않았다. 시험에서도 그런 것은 나오지 않았다. 그래서 나는 내가 배운 것에 대해 아무런 점수도 받지 못했다.

어느 날, 엄마와 싸운 외할머니의 울음소리를 들으며 집을 나온 나는 버블스 아줌마와 그 남동생이 자기 외할머니에게 해줬듯이, 사우스다운까지의 먼 길을 걸어서 외할머니에게 줄 꽃을 꺾었다. 그리고 그것들을 누가 볼까 봐 바닷가에서 주운 밤색 종이봉지에 숨겨 가지고 왔다.

도중에 만났다고 해서 당황할 만한 친구가 있는 것은 아니었다. 하지만 그런 모습을 본 남자애들은 철로 너머에서 비웃다가 학교까지 가서 온통 소문을 내게 마련이다. 집에 가서 화병에 꽃을 꽂고 물을 넣은 후 외할머니에게 드렸다.

"외할머니 드리려고 꺾어온 거예요."

외할머니는 긴 코로 꽃냄새를 맡아보더니 주름지고 굽은 손으로 만져보았다. 손가락이 떨고 있었다. 외할머니 방의 어두침침한 불빛 아래서, 맑았던 외할머니의 회색눈동자는 점액질이 끼고 흰색으로 변해가고 있었다. 그날 나는 외할머니가 눈이 멀어가고 있다는 것을 알게 됐고, 안 보이는 눈에서도 눈물은 흐른다는 것을 알게 되었다.

"오, 지미!"

외할머니는 내 손을 잡으려 손을 뻗었다. 하지만 나는 많이 자라 있었다. 외할머니의 눈물과 옹이 박힌 손에서 빠져나온 나는 다시 해변을 헤맸다.

내가 배운 것은 그 외에도 조수가 있었지만, 그것은 너무 미묘해서 그것에 대해 설명한 책은 없었다. 바닷물은 밀려들어왔다가 밀려나간다. 날마다 조금씩 다르긴 하지만 영원히 같은 형식으로 반복된다. 그것이 조수의 특징이다.

부활절 휴가가 끝나고 며칠 후, 나는 영어 숙제로 조수에 관해 써보려고 했다. 선생님이 내준 글짓기의 주제는 <휴가 때 한 일>이었다.

우리 영어선생님은 해미쉬 맥레이였는데, 그 학교에서 처음 4년 동안 하급반 모든 학생들에게 영어를 가르쳤다. 그는 사실 럭비만 가르칠 수 있는 선생님이었다. 그가 아주 열정적으로 좋아하는 종목이었다. 스코틀랜드 출신인 그는 후보선수이긴 했지만 잠시 스코틀랜드 대표선수로 활동한 적이 있었고, 그 경력을 몹시 자랑스러워했다. 세인트앤드류 축일에 매고 오는 타탄체크 무늬의 넥타이만큼이나.

그 선생님에게 배우는 4년 동안, 옷을 깔끔하고 단정하게 입지 않거나, 순종적이지 않거나 단체시합에 적극적이지 않은 사람 – 나도 포함되었다 – 은 학교생활을 순탄하게 할 수 없었다. 학생들은 그의 수업시간을 따분해했다. 그저 교과서에서 가끔 그 선생님이 강조하는 부분에 신경 쓰고, 글짓기숙제를 채점할 때 그 선생님은 깔끔하게 쓰지 않으면 점수를 깎고 아이디어나 상상력에 대해서는 별 점수를 주지 않는다는 것만 유념할 뿐이었다.

모든 글짓기 숙제에는 제목과 날짜를 써야 했다. 그 정도는 나도 잉크 얼룩 없이 깔끔하게 적을 수 있었다. 그 다음에는 제목을 적어야 했는데, 나는 그것 때문에 오랫동안 고심했다. 그러다가 창문으로 들려오는 파도소리와 함께 갑자기 제목이 생각났다. 그것은 <파도 소리 듣기>였다.

그것이 내가 휴가 동안 날마다 한 일이었다. 아침에도 들었고 저녁에도 들었다. 어떤 날은 하루 종일 거친 해변에서 보낸 적도 있었다.

글짓기 숙제로는 좋은 제목 같았다. 나는 그동안 내가 보고 생각한 것을 썼다. 그리고 바다에서 들려오는 소리나 바람의 방향을 보고, 갈매기가 어디를 날고 있는지를 보고, 또는 배가 어느 방향으로 정박해 있는지를 보고 조수의 상태를 알아내는 방법도 썼다. 그런 내용을 쓰는 동안 내 펜은 종이 위해서 한 번도 망설이지 않고 거침없이 나아갔다. 그 모든 것들은 내 방에 앉아 귀를 기울이기만 해도, 혹은 공기중에 섞인 냄새만 맡아도 알 수 있는 것들이었다. 해변을 오래 걷다가 익숙해지면, 파도소리를 듣기만 해도 그것이 어떤 상태인지를 알 수 있다. 내가 그렇게 긴 글을 써보기는 그때가 처음이었고, 다른 사람들보다 먼저 써서 1등으로 제출해본 것도 처음이었다.

글짓기 숙제를 채점해서 나눠주던 날, 선생님은 내 숙제를 돌려줬다. 그것은 칭찬할 만한 점이 있다는 뜻이었다. 그의 머리 위쪽에 있는 시계가 12시 5분 전을 가리키고 있었고 창문 한쪽 구석에는 거미가 몸을 날릴 준비를 하고 있었다.

"자, 로바 2세."

그가 입을 열었다. 하지만 그의 눈빛에서 칭찬하려는 기미가 없다는 것을 알아차린 나는 심장이 뛰었다. 그리고 내 안의 뭔가가 죽어 가기 시작했다.

그는 내 노트를 내밀고 휘리릭 넘겨서 그 글이 적힌 페이지를 폈다. 그곳은 바다 소리가 내 언어와 함께 뒤섞여 있는 곳이었다. 영원한 바다의 소리가 침묵으로 가라앉았다. 쉼없이 움직이던 파도도 멈췄다.

비웃음과 킥킥대는 소리, 그리고 내 안에서 수치심과 쓰라림을 못 이겨 쿵쾅거리는 소리가 들려왔다.

붉은색 펜이 제목에서 끝까지 크게 X자로 그어져 있었다.

맥레이 선생님이 말했다

"로바, 듣는 것은 일이 아니잖아. 휴가 때 뭘 '했느냐' 하는 거야. 네가 무엇을 '들었느냐'가 아니라. 글짓기 제목을 읽어봐, 그리고 다시 해와. 운동이나 뭐 그런 거에 대해 쓰란 말이야."

그의 말소리가 흐릿하게 멀어져 갔다. 나는 실패의 골짜기에서 비참하게 죽어가고 있었지만 내 신음소리는 아무에게도 들리지 않았다. 세상에 대고 아무 말 못하는 벙어리였고, 자신에게도 벙어리였던 나는 한 줄기 빛도 못 찾을 거라는 절망감을 안고 암흑 속을 걷고 있었다. 어떻게 해야 잘못된 것을 바로잡을 수 있는지 알 수가 없었다.

나는 어렸을 때의 암흑 속으로 다시 돌아왔다. 옳은 답이 틀린 것이 되는 곳, 그 이유도 모르고 어떻게 해야 하는지도 모르는 곳으로.

그날 저녁 나는 엄마에게 말했다.

"저는 듣는 것도 뭔가를 하는 일인 줄 알았어요."

엄마는 내가 시무룩하다는 것을 눈치챘다. 글짓기 숙제에 대해 학교에서 있었던 얘기를 들려주자 엄마가 말했다.

"네가 쓴 거 엄마가 좀 읽어볼게."

엄마는 그것을 읽어보고, 다시 한번 읽어보더니 내게 차를 끓여 줬다.

"지미, 네가 쓴 건 훌륭해."

엄마가 그런 말을 하는 건 아주 드문 일이지만, 그래도 나는 기분이 나아지지 않았다.

"몇 가지 틀린 것만 고치면…."

"선생님은 읽어보지도 않았어요."

내가 화난 것은 그것 때문이었다.

내 가슴 속에서는 눈물이 흐르고 있었지만 눈에서는 흐르지 않았다. 암흑시절을 보내는 동안 나는 다른 사람에게 눈물을 보여서는 안 된다는 것을 배웠다.

"그럼… 그 선생님이 바보구나."

엄마가 내린 결론이었다.

엄마는 그 일에 대해 오랫동안 얘기했고, 나를 안아주기까지 했다. 엄마가 그러는 일은 거의 없었는데 말이다. 어쨌든 결국 내가 깨달은 것은 두 가지였다. 나는 아직도 암흑 속에 있다는 것, 그리고 글짓기 숙제를 다시 해야 된다는 것.

"엄마, 제가 휴가 때 뭘 '했어요'?"

"어, 음…."

엄마도 몰랐다.

"선생님은 운동이나 부활절 여행이나 수영, 영화보러 간 것, 그런 것들을 쓰라고 했어요. 하지만 파도소리 듣는 건 안 된대요."

"기가 막혀서 원!"

엄마가 어이없다는 듯이 말했다.

'운동?' 나는 같이 운동할 친구가 한 명도 없었다.

'여행?' 그럴 돈이 없었다. 우리 가족이 휴가 때 여행한 적은 한 번도 없었다.

'수영?' 수영장이 있는 곳은 오직 해병대뿐이었고, 그것이 우리들에게 개방되는 때는 여름방학 중 토요일 오전뿐이었다.

'영화?' 영화관 갈 돈이 어디 있담.

파도소리 듣기. 내가 휴가 동안 한 일은 그것뿐이었다.

"보트 타고 낚시하러 간 걸 쓰지 그러니?"

엄마가 말했다.

"안 갔잖아요. 보트도 안 탔고, 낚시도 안 했어요."

"지어내. 선생님이 어떻게 알아. 오늘 바보였던 선생님이 내일이라고 달라지겠니."

하지만 지어내기는 싫었다. 나는 대신 버블스 아줌마한테 갔다.

버블스 아줌마는 누군가 슬플 때 금방 알아봤다.

엄마 앞에서는 울 수 없었지만 아줌마 앞에서는 울 수 있었다. 나는 참으려고 했지만 결국 그녀의 팔에 안겨 울고 말았다. 그리고는 파도소리 듣기에 관해 학교에서 있었던 일을 얘기하고, 휴가 동안 나는 한 일이 아무것도 없기 때문에 글짓기 숙제를 할 수가 없다고 했다.

"엄마는 보트 타고 낚시한 걸 쓰라는데, 저는 안 했거든요."

"그럼 이렇게 하면 되겠네."

그녀가 말했다.

"오늘 보트 타고 나가서 고기를 잡고, 그것을 휴가 때 했다고 쓰면 되는 거야."

"하지만…."

"그런 작은 거짓말은 괜찮아."

아줌마는 그 일로 버블스 아저씨와 상의했고, 아저씨는 하멜 아저씨와 상의했다.

바로 그날 오후에 하멜 아저씨는 나를 모터보트에 태우고 바다로 나갔다. 우리는 거기에 앉아서 우리 동네와 부두를 돌아봤다. 배가 심하게 덜컹거려 속이 메스꺼워졌지만, 버블스 아저씨가 준 특별 미끼를 낚싯바늘에 꿰어 배 난간 너머로 손낚싯줄을 던졌다.

"이곳 로스토프트에서는 버블스 아저씨의 미끼가 최고지."

하멜 아저씨는 파이프에서 연기를 내뿜으며 말했다.

그는 나를 얼마간 지켜보다가 가까이 다가와서는 내 손에서 낚싯대를 가져갔다.

"그렇게 하면 안 돼. 고기가 미끼를 무는 것을 잘 감지하려면 낚싯대는 신경 쓰지 말고 네 손에 줄을 잡고 있어야 돼. 이렇게…. 큰놈이 물면 좀 다르지만 오늘은 작은놈들만 있으니까."

한 시간 정도 기다렸지만, 그것은 스물네 시간을 기다린 것만큼의 가치가 있었다. 퍽! 퍽! 내 손을 당기는 느낌이 그런 소리가 난 것처럼 크게 느껴진 것이다.

"그걸 치고… 당겨!"

하멜 아저씨가 소리쳤지만 내 손에서 낚싯줄을 빼가지는 않았다. 너무나 훌륭한 선생님이었던 아저씨는 그런 식으로 가르치지 않았다.

"그냥 해초네요."

내 낚싯줄에 육중한 무게를 전하던 실체가 물 위로 나타나자 내가 말했다.

"물고기였으면 놓쳤을 거다."

아저씨가 말했다.

"다음에 물고기가 물면 더 세게 더 빨리 당겨야 된다."

나는 다음에는 시키는 대로 했다.

나는 1킬로그램이 넘는 대구를 잡았고, 그 다음에는 민어 몇 마리를 잡았다. 그걸 잡는 동안 계속 멀미를 했지만, 어쨌든 자랑스럽고 기쁜 마음으로 해변으로 돌아왔다. 배에서 내리자 멀미는 순식간에 사라졌다.

나는 잡은 고기를 외할머니에게 보여주고 엄마에게도 보여줬다. 하지만 그것을 요리한 것은 버블스 아줌마였다. 그것과 함께 하멜 아저씨가 잡은 더 큰 고기를 향초(香草)를 넣어 요리했다. 엄마는 절대 향초 같은 것을 쓰지 않았다.

"막 잡은 고기처럼 맛있는 게 없지."

버블스 아저씨가 럼주를 마시며 한 마디 했다.

"하려고만 한다면 버블스 부인의 요리만한 것도 없지."

하멜 아저씨가 눈을 빛내며 말했다.

우리는 잡은 고기를 배불리 먹었다. 하멜 아저씨는 턱 아래에 냅킨을 받치고 먹었고, 버블스 아저씨는 가시를 골라내기 위해 눈이 돌출되어 보이는 두꺼운 안경을 쓰고 먹었다. 버블스 아줌마는 음식을 다 차린 후에야 앉아서 많은 얘기를 했다. 우리는 한 가족이 아니었지만, 나는 가족끼리의 식사가 어때야 하는지 그때 처음 느꼈다.

그날 저녁 나는 휴가 때 무엇을 했는지 - 정확히 말하면 무엇을 안 했는지 - 를 주제로 글짓기 숙제를 했다. 거기에는 잉크얼룩도 묻었고 틀린 철자도 있었다. 나는 평소보다는 좋은 점수를 받았지만 그것은 별 논평도 없이 형식적인 채점표시만 되어 있었다. 하지만 그때는 이미 맥레이 선생님의 반응은 중요하지 않았다. 나는 왜 진심으로 쓴 것이 틀린 것이 되고, 거짓으로 쓴 것이 - 아무리 깨끗하게 썼더라도 - 옳은 것이 되는지 아직도 이해할 수가 없다.

나는 공책에서 파도에 대해 쓴 부분을 찢어내 버렸다. 내 글에 무자비하게 그어진 붉은색 ×표를 보는 것이 고통이었기 때문이다. 바닷가로 나간 나는 자갈해변에 앉아 그것으로 종이배를 만들었다. 바다는 나의 가장 좋은 친구여서 나는 고민과 슬픔을 자주 바다에 띄워보냈다. 외할머니에게도 모든 것을 얘기할 수는 없었지만 바다는 모든 것을 들어주었다. 나의 비명과 울음까지도.

나는 과거의 진실을 몰랐고, 어떻게 찾아야 하는지도 몰랐고, 어떻게 벗어나는지도 몰랐다. 그런 과거의 심연 속에서 울음은 갑자기 터져나왔다.

"군인은 울지 않는다."

사람들은 그렇게 말한다. 하지만 엄마는 생각이 달랐다. 남자들은 충분히 울지 않았기 때문에 좀더 울어야 여자의 눈물을 이해할 수 있다는 것이다.

나는 엄마 말이 이해되지 않았다. 나는 혼자서 외로울 때 파도소리와 자갈 소리에 묻혀 들리지 않을 만큼 조용히 흐느껴 운 적도 있고, 파도 너머까지 들릴 정도로 악을 쓰며 운 적도 있는데 말이다. 하지만 엄마한테 그런 얘기는 하지 않았다.

나는 군인도 아니고 어른도 아닌, 그저 해변을 돌아다니는 소년일 뿐이었다.

그 날, 글짓기 노트를 찢어 만든 종이배를 들고 나간 나는 바다로 각각의 배에 불을 붙여서 띄워보냈다. 나는 그때 제임스 선장의 작별의식을 생각하며, 종이배가 흠뻑 젖어 불이 사그라지고 불에 타버린 내 단어의 잔재가 파도에 휩쓸리는 것을 지켜보았다. 그러다가 마침내 그것들이 물속으로 가라앉자 흐느껴 울었다.

하지만 오래 울지는 않았다. 내 마음 속에서 종이배는 계속해서 바다로 나아갔기 때문이다. 그 후로 나는 창문을 열고 침대에 누워, 어둠 속에서 파도소리를 들으며 자주 그것들을 보았다. 평화의 땅으로 안내해줄 불빛을 찾아 바다 멀리 계속해서 나아가는 모습을 말이다.

그 불빛을 찾아 수평선을 살피던 밤이 얼마나 많았던가. 하지만 본 적도 없는 것을 찾기란 결코 쉬운 일이 아니다. 내 발 밑의 조약돌들을 살피다가 내가 찾는 것을 발견하지 못하면 나는 확 트인 바다 너머로 시선을 던지곤 했다. 상상 속에서, 내 종이배가 나보다 앞서서 떠난 곳으로.

음악 수업

　내가 인문중학교 3학년이 되었을 때, 마이클 형은 졸업시험을 준비해야 했다. 그는 오래 전부터 기숙사에 들어가 있었기 때문에 집에서는 휴가 때만 잠깐 볼 수 있었다. 학교에서는 3학년과 5학년이 섞일 일이 거의 없었다. 복도에서나 운동장에서 마주치더라도, 그는 절대 내게 말을 걸지 않았다. 학교에 다니는 동안 내내 그랬다. 형제끼리 서로 말을 안 하고 지내는 것은 형제가 아예 없는 것보다 더 고역이었다.
　엄마는 마이클 형이 기숙사로 들어간 것은 공부에 집중해야 하기 때문이라고 했다. 모두들 형이 총명해서 졸업시험에서 최고성적을 거둘 거라고들 했다. 하지만 공부나 기숙사와 관련해서 내게 말하지 않은 다른 이유가 있었다. 뭔가 어둡고 불길한 것이었다. 엄마가 말한 이유는 매번 바뀌었고, 외할머니는 형이 노스엔드나 우리집에 있는 걸 싫어해서라고 했다. 언젠가 마이클 형이 어떤 남자들하고 같이 있는 걸 봤는데, 나는 그 사람들 이름도 몰랐고, 그 사람들이 우리집에 와서 엄마랑 얘기하는 것도 본 적이 없었다.

어쨌든 내 방 옆에 있는 그의 방이 비게 되자, 꼭대기 층을 나 혼자서 구르고 다녔다. 같은 층에 있는 거실에는 가끔 들르는 힐러리 누나 외에는 아무도 오지 않았기 때문이다. 엄마는 친구가 하나도 없었다. 아니면 우리가 한 번도 못 본 것인지도 모르겠다.

사우스다운에 사는 포트넬 부인, 아들이 나랑 같은 학년인 반비 부인은 가끔 엄마랑 차를 마셨다. 또 엄마가 안젤라 로우라고 부르는 사람이 있었는데, 그녀는 옥스퍼드에서 학교에 다닐 때부터 엄마랑 친구였다. 그녀는 항상 모나크 호텔에 묵었는데, 올 때마다 대동하는 남자가 바뀌었다. 엄마랑 차를 마시며 남자들의 배신이나 10대 남자아이들의 못된 행실을 얘기하는 동안 남자는 해변을 산책했다. 두 사람의 목소리는 내가 방으로 들어가는 순간 갑자기 낮아지고 서로 의미심장한 눈길을 교환했다. 안젤라 아줌마는 자신이 얘기하는 것보다 훨씬 많은 내용을 알고 있다는 느낌을 줬다. 입이 무거운 사람이었다.

나는 꼭대기 층에서 혼자 지냈고, 외할머니는 바로 아래층에 있었고, 엄마는 1층 현관 옆에 있는 방을 썼다. 엄마의 남자는 크리스마스나 여름휴가 몇 주 동안만 와 있었다. 여름에는 옥스퍼드에 있는 집주인이 친척들과 같이 지내기 위해 그를 내보냈기 때문이다.

마이클 형이 못되긴 했지만, 나는 그가 집에 같이 살았으면 좋겠다고 생각했다. 혼자 있는 것보다는 악마라도 옆에 있는 게 나은 법이니까. 내가 그리워하는 것은 그와의 대화가 아니었다. 옛날 내가 그에게 대든 이후로 그는 신체적으로는 괴롭히지 않았지만, 그보다 악랄하게 정신적으로 괴롭혔다. 하지만 거실의 큰 거울 옆에 있는 피아노를 연주할 때는 그것을 듣도록 내버려두었다.

그는 곡을 연주하거나 고운 목소리로 노래를 불렀는데, 가사와 곡조가 모두 좋았다. 나는 계단에 서서, 오랫동안 헤어졌다가 재회한 형이 나를 위해 노래를 불러주는 거라고 상상하며 듣곤 했다.

그 피아노는 내가 유일하게 알고 있는 형의 친구였다. 진짜 친구들은 내게 절대 알려주지 않았다. 그가 가까이 오지 못하게 해서 주로 복도에서 들었지만, 나는 피아노를 통해서 모차르트와 쇼팽과 바흐를 만났다. 그때 형의 성부는 트레블에서 막 테너로 바뀌었는데, 형 덕분에 나는 '주 예수는 나의 기쁨'이나 '주를 찬양하라'를 알게 됐다.

그 때는 참 좋았다. 어쩌면 가장 행복했던 시절이었는지도 모른다. 내가 마이클 형과 뭔가를 공유하고 그의 진정한 모습을 보고 있었을 때니까. 내게는 그런 음악이 형이었고, 집이나 학교에서 그것을 듣는 동안은 내가 아는 형이 손닿는 곳에 있다는 느낌이 들었다. 비록 가까이 다가갈 수는 없었지만 말이다.

하지만 형이 기숙사 생활을 하게 되면서 우리집은 음악 없는 침묵으로 빠져들었고, 외할머니의 신음소리와 엄마의 고함소리 그리고 끊임없이 덜컹거리는 여닫이창 소리로 쓸쓸한 곳이 되어버렸다.

학교에 걸어다니는 몇 년 동안 나는 세인트앤드류 교회묘지를 지나다니며 그곳 묘비의 글귀를 읽고 외웠다. 거기에 새겨진 이름의 주인은 어떤 사람이었을지 궁금해하면서. 기차역으로 오가면서 그것은 내가 가장 좋아하는 일이 되었다. 하지만 처음 노스엔드에 왔을 때, 나는 하루에 두 번씩 걸어 다니면서 내가 그 지역의 일원이 되었고, 심지어는 내가 지나갈 때 사람들이 시계를 맞췄다는 사실을 전혀 몰랐다.

　사람들은 레이스 커튼 뒤에 잠옷차림으로 서서 내가 학교에 걸어가는 것을 보고 태엽 감는 시계를 쳐다봤다. 채소를 들여오고, 생선을 진열하고, 포도주와 맥주를 스토닝 주류 저장소에서 실어오는 사람들도 내가 가게 앞을 지나가는 것을 봤다. 주류 저장소는 프랑스와의 무역이 재개되었던 1816년에 지어졌다. 내가 매콜리 가를 택해 걸어가는 날에는 그 저장소를 지나갔다.

　"안녕, 지미."

　치과의사인 슈터 씨는 그날의 진료를 위해 무서운 드릴과 반짝거리는 안경을 닦으며 인사를 하곤 했다.

　"안녕, 꼬마 지미."

　콕스 씨도 나를 불렀다.

　"안녕!"

　식료품점의 콜린도 가게에 물건을 정리하며 주인과 경쟁하듯이 내게 말을 걸었다.

　교회묘지 너머에는 구세군이 있었는데, 그들은 지나가는 사람들과 청소년들이 나쁜 길로 빠지지 않도록 전도하느라 바빴다. 이미 빠지지 않았다면 말이다. 그리고 신의 군대에 가입하라며 회원을 모집했다.

　아침에는 그곳 사람들이 보이지 않았지만, 내가 운동이나 다른 일로 늦게 귀가하는 날이면 구세군 건물이 열려 있을 때가 많았다. 그리고 불빛 아래서 남자들과 여자들이 우스운 모자를 쓰고 드나들었다. 때로는 내가 모르는 사람이 아는 체를 하기도 했다.

　"안녕, 지미. 외할머니는 좀 어떠시니?"

외할머니는 그곳 신자가 아니었지만, 그렇다고 그들을 적대시하지도 않았다. 종교가 없는 사람보다는 있는 사람을 더 좋게 생각했던 것이다. 외할머니는 침례교도였는데, 구세군을 창설한 윌리엄 부스를 직접 본 적이 있었다. 그 때는 다른 종파의 사람들이 썩은 계란과 토마토를 던지며 그를 공격하던 때였다.

내가 변성기가 시작되기 전인 3학년 어느 날이었다. 늦은 시각이라 거의 캄캄해질 때였고 나는 피곤한 상태였다. 그곳을 지나다 트럼펫, 트롬본, 호른 같은 금관악기와 아코디언을 들고 있던 구세군 사람들을 봤다.

나는 무슨 일인지 궁금해서 그들을 쳐다보며 서 있었다. 노스엔드로 이사온 후 나는 아침마다 나를 깨우던 기상나팔 소리를 그리워하고 있었다. 일요일이면 개리슨 교회에서 부대까지 북을 두드리고 북채를 휘두르며 군부대까지 행진하던 해병대 군악대도 생각났다.

그런데 이곳 노스엔드에서 구세군 악대가 모여 있는 모습을 보니 행복했던 기억이 떠올랐다. 그래서 나는 한동안 트럼펫과 커다란 트롬본들을 바라보며 서 있었다. 집에 가야 할 특별한 이유도 없었다. 외할머니는 그때 노쇠해지고 기력이 없었다. 엄마는 밖에 나가 있을 때가 더 많아서 내 저녁밥은 차갑게 식어서 딱딱해진 채 이 빠진 하얀 접시에 놓여 있었다. 그걸 데워서 다 꺼져가는 난롯불 옆에 앉아 혼자서 먹어야 했다.

"아저씨, 무슨 일이에요?"

나는 반짝거리는 트롬본을 들고가는 남자에게 물어보았다.

불그스레한 얼굴에 머리에 기름기가 흐르는 뚱뚱한 남자가 옆에서 대답했다.

"안녕, 지미. 오늘 밤에 강당에서 밴드 경연대회가 있거든. 누구나 와도 된단다."

그 사람이 내 이름을 말하자 놀라서 나는 쳐다보았다.

"그러니까 오고 싶으면 너도 오렴."

옆에 있던 여자가 말했다. '누구나 와도 된다'는 말을 내가 못 알아들었을까 봐 설명한 것은 아니었을 것이다.

집에 가자 엄마가 물었다.

"오늘은 뭐 했니?"

그리고는 항상 그랬듯이 내 대답을 기다리지 않고, 저녁밥은 가스레인지에 있다고 하고 책에 코를 박았다. 가끔 엄마는 내 얘기를 들어주려고 노력했지만, 금방 다른 데에 정신을 팔아서 나는 얘기하다가 중단할 때가 많았다. 이야기라는 건 상대방이 귀기울여주면서 맞장구를 쳐줘야 이어지는 법 아닌가.

그날 나는 엄마에게 밴드 연주를 들으러 가도 되느냐고 물어볼 참이었지만, 엄마가 책에 빠져들자 굳이 물어볼 것도 없겠다는 생각이 들었다.

버터 바른 식빵과 구운 콩, 푸팅을 먹고 설탕 세 순가락을 넣어 차를 마신 뒤 나는 살며시 집을 빠져나와 매콜리 가로 향했다. 밤에는 교회묘지가 무섭기 때문이다. 구세군 강당 입구에서는 여자가 책상 앞에 앉아 돈을 모금하고 있었다. 그것을 보고 나는 발길을 돌리려고 했다.

"괜찮아. 돈 안 내고 들어가도 돼."

그녀가 나를 보고 불러세웠다. 낮에 내게 말을 걸었던 여자였다.

"혼자 왔니?"

나는 고개를 끄덕였다.

"이름은?"

"지미 로바예요."

"너희 외할머니, 내가 아는 분이니?"

"아마 그럴 거예요. 외할머니는 아는 사람이 많거든요."

아는 사람이 거의 없는 엄마와는 달랐다.

"형이나 누나 있니?"

나는 고개를 끄덕였다.

"마이클 형이 있어요."

나는 긴 얘기는 하지 않고, 그녀의 궁금증을 해소할 만큼만 대답했다.

"그렇구나. 나도 그 애를 알지."

그녀가 묘한 표정으로 말했다. 그리고는 잠깐 쉬었다가 물었다.

"네가 오늘 밤에 여기 온 걸 엄마도 아시니?"

"네."

나는 거짓말을 했다. 그리고 확신을 주기 위해 덧붙였다.

"엄마가 끝나면 곧바로 집으로 오라고 했어요."

"어서 안으로 들어가거라. 공짜니까."

강당은 서로 얘기하거나 악기를 연습하는 사람들로 가득 차 있었다. 그들은 검푸른 제복에 밤색 견장을 달고 있었다. 남자들은 철도원들처럼 챙이 있는 모자를 쓰고 있었고, 여자들은 밤색 띠를 두른 검은색 보닛을 쓰고 있었다. 외할머니는 쉽게 흥분하고 난폭해지는 정통 교파라는 기독교인들과 노동자들이 구세군들의 머리를 공격하지 않도록 스스로 대책을 세워야 한다고 말했었다.

아무도 나한테 신경을 쓰지 않았는데, 낮에 봤던 뚱뚱하고 친절한 남자가 다가와서 말했다.

"지미, 여기 통로 쪽에 앉아라. 그래야 잘 보이고 길을 막지도 않을 테니까. 너 연주할 줄 아는 악기 있니?"

내가 없다고 하자, 그는 악기 배우는 건 쉽고 배울 생각만 있으면 누구든 기꺼이 가르쳐준다고 했다. 트럼펫같이 생긴 코넷을 나도 배울 수 있다고? 그 사람이 가버리자 나는 사람들을 방해하지 않을 만한 자리에 얌전히 앉아 있었다. 사람들은 나를 어느 악단연주자의 아들로 생각했을 것이다. 나는 누군가 내가 누구냐고 물어보면….

"애야, 네 이름이 뭐냐?"

어떤 남자가 물었다.

나는 지미이고, 우리 아빠는 해병대 군악대의 나팔수라고 대답했다. 그렇게 말하고 나니까 기분이 좋아졌다. 나는 외할머니가 내 병실로 데리고 온 나팔수를 생각하고 있었다. 외할머니가 영국으로 와서 내 목숨을 구해주던 몇 년 전에.

"그럼 연주를 아주 잘 하시겠구나."

그 사람은 이렇게 말하고 가버렸다. 그는 뚱뚱한 남자를 힐끗 쳐다봤는데, 그것은 사우스 스토닝 성 옆의 연못에 사는 도마뱀이 혀를 날름거리는 것처럼 번개 같은 움직임이었다.

어떤 사람이 무대에 올라가 행사를 진행하기 시작했다. 우리는 모두 일어서 기도하고 노래를 불렀다. 그 동안 나는 앞에 있는 여자의 다리를 쳐다봤는데, 그녀가 신은 긴 양말만큼이나, 그리고 신발만큼이나 검은색이었다.

마음을 고요히 가라앉히고
깊이 생각하고 의지를 실행하며
더 나은 길을 찾으리
내 삶을 통해 당신의 계획을 실현시키며

사람들이 복창하는 기도문은 나무판자에 적혀 내 머리 위쪽 벽에 걸려 있었다. 니스칠이 된 그 판자는 밤색이었고 기도문의 글귀는 검은색이었다. 나무판 어떤 지점에 니스가 흘러내려 영원히 반짝이는 눈물로 굳어버렸다.

기도와 노래를 끝내고 우리는 다시 앉았고, 얼마간 사회자의 소개말이 이어졌다. 곧이어 의자 덜컹거리는 소리가 났는데 이것은 어느 밴드가 자리를 잡느라 내는 소리였다. 어떤 남자가 무대에 서더니 흰색 지휘봉을 쥐었다. 지휘자였다.

그가 지휘봉을 들자 우리는 모두 숨을 죽였다.

그리고 나서 밴드가 해병대악단이 연주하던 행진곡을 연주했다. 하지만 썩 잘하지는 못했다. 연주소리가 거슬렸고 제복도 해병대보다 깔끔하지 않았다. 그들은 머리에 기름기가 흐르고 얼굴에 여드름이 나있는 뚱뚱한 사람들일 뿐이었다. 해병대악단이 왔다면 절도 있는 드럼소리로 그들 코를 납작하게 만들었을 것이다.

밴드가 몇 차례 바뀌었고, 다과회가 있었고, 밖은 아주 캄캄해지고 있었다. 너무 늦은 것 같았다. 집에 가려는데 내 이름을 묻던 남자가 와서 말했다.

"얘야, 악기는 금방 배울 수 있단다. 봐라. 도버밴드에 있는 저 애도 너보다 나이가 어리잖니."

그는 제복을 입은 어떤 남자애를 가리켰다. 하지만 그는 열두 살도 넘은 것 같았다. 그 남자는 내 어깨에 손을 얹고 미소를 지었다.

"우리는 토요일 오전에 청소년 강습을 연단다. 밴드 연습시간 전에 말야. 생각 있으면 그때 오너라."

나는 그날 밤에 집까지 내내 뛰어갔다. 하지만 몇 주 후, 토요일 오전에 할 일이 없자 매콜리 가로 가서 그 남자를 찾아보았다. 그는 거기서 연습 준비를 하고 있었다.

"부모님 허락을 받아야 시작할 수 있단다. 너희 아빠가 해병대에 계시다고 했지?"

"그런데 지금은 안 계세요."

그는 씩 웃었다.

내게 아빠가 없다는 것을 알고 있었던 것 같다. 엄마의 남자는 아빠라고 할 수 없으니.

그 남자가 말했다.

"언제 한번 찾아가서 너희 엄마랑 얘기해 보마."

나는 그 남자에게 우리집이 어디인지 말하지 않았는데, 며칠 후에 통통한 얼굴에 윤기가 흐르는 그 사람이 우리집 문을 두드렸다. 누군가가 우리집을 가르쳐준 모양이었다.

항상 그랬듯이 엄마는 바빴기 때문에 오래 얘기하지도 않고 내가 원하면 시키겠다고 했다.

"저 사람 누구냐?"

마침 두 사람이 이야기하는 동안 집에 왔던 마이클 형이 물었다. 주말이면 가끔 집에 들렀던 것이다.

나는 그 사람에게 코넷을 배우기로 했다고 자랑스럽게 말했다. 그 사람은 구세군이지만, 나는 기독교인이 아니라도 상관없다는 얘기까지 덧붙였다. 그 사람은 내게 악기도 빌려준다고 했었다.
"웃기네!"
마이클 형은 얼굴을 찡그리며 코웃음을 쳤다.
"다른 사람들 안 들리게 아래층 화장실에서 연습하는 게 좋을 거다!"
부엌을 나가면 집 바로 뒤에 화장실이 하나 있었다. 그것은 밖에 있었지만, 문을 막고 식기장 옆에 있는 벽을 없애버렸다. 그래서 비가 올 때는 굳이 밖으로 나가지 않아도 됐다. 재밌는 것은 빗물받이가 부엌싱크대 위쪽으로 지나가게 되어 있어 비가 오는 날이면 강물이 흘러가는 것처럼 요란한 소리가 났다는 것이다.
마이클 형은 그 말을 하고 나서, 인상을 쓰는 것도 아닌 묘한 표정으로 나를 쳐다봤다. 뭔가 의혹에 찬 눈빛이었다. 나는 그가 질투하는 것이라고 생각했지만 그건 터무니없는 착각이었다. 그는 나를 걱정하고 있었던 것이다. 전에 없던 일이었다.

내가 그 남자한테 간 것은 모두 해서 세 번이고, 배운 것은 세 음 - 도, 솔, 파 - 이었다.
첫 시간에 그가 트럼펫을 어떻게 잡고 불어야 하는지를 가르쳐줬다. 가르치면서 내 손과 입을 만져야 했는데, 그때마다 담배냄새와 플라스틱 냄새가 났다. 그가 담배를 피우는 데다 프린터 광장 위쪽에 있는 플라스틱 공장에 다녔기 때문이다. 그때 뚱뚱한 남자도 넓은 강당에서 공고문을 붙이느라 함께 있었다.

"잘 했다."

내가 처음으로 소리를 내자 그가 말했다.

"너는 타고난 재능을 가졌어. 분명해. 안 그런가, 세디?"

나를 가르치고 있던 남자는 원래 이름이 세드릭이었는데, 사람들이 모두 세디라고 불렀다.

"지원하기만 하면 훌륭한 연주자가 될 거다."

세디가 말했다. 그 말을 듣고 기쁜 마음에 나는 집까지 단숨에 달려가 외할머니에게 그 얘기를 해줬다. 그리고 빌려온 악기를 보여주었다. 윤이 반짝반짝 나는 것이었다. 나는 자랑스러웠다.

"잘 했다. 악기를 배우는 건 잘한 일이야."

외할머니가 말했다.

"오늘 어떤 음을 배웠니?"

엄마가 물었다.

"도요."

엄마는 벽지 너머 먼 곳을 바라보는 것 같았다.

"엄마는 왜 악기를 배우지 않았어요? 외할머니 말로는…."

"어련하시겠니."

엄마가 비아냥거리며 대꾸했다.

"어쨌든 엄마도 배우긴 배웠어. 비올라. 끼익 끼익 끼익. 네 맥스 삼촌하고 엘리 이모에게 트리오를 만들어주기 위해 어쩔 수 없이 한 거지."

"아…."

나는 엄마의 냉소적인 말에 놀라며, 그 얘기는 그만 해줬으면 했다. 엄마가 자신의 과거로 내 현재를 망칠 것 같았던 것이다. 엄마가 하는 말은 눈물 같았고 소금처럼 쓰라렸다.

두번째 시간에는 반음을 배웠고 세디와 그 뚱뚱한 사람은 내가 배우는 속도가 빠르다고 칭찬했다. 세디가 내 뒤에 와서 트럼펫 잡는 법을 고쳐주었는데, 나는 그의 배가 내 등을 누르는 것을 느끼고 기분이 좋지 않았다. 하지만 일단 가르쳐주고 나서 떨어지자 아무렇지도 않았고 더 잘 불 수 있게 되었다.

"아주 잘했어, 지미."

강당은 넓어서 소리가 울려퍼졌다. 그런데 문이 닫혀 있고 남자 두 명과 나 이렇게 셋만 있다는 사실이 왠지 불편했다. 그 뚱뚱한 사람은 이번에는 바닥을 쓸고 있었다.

"할 일은 항상 있단다. 나도 뭔가를 하고 있는 게 좋고."

수업이 끝나자 세디는 내게 줄 선물이 있다고 했다. 그것은 청소년용 구세군 제복으로서 바지와 윗옷이었다.

"여기서 입어봐도 된다."

그 말을 들으니 왠지 죽어가는 동물을 덮치기 위해 나무 위에서 호시탐탐 엿보고 있는 굶주린 까마귀가 떠올랐다. 세디와 뚱뚱한 남자는 내가 반바지를 내리고 옷을 갈아입기를 기다리고 있었다.

나는 그들이 그런 눈빛으로 쳐다보는 데서 갈아입기가 싫었다.

"싫어요!"

그런데 그 말이 너무 버릇없이 들려서 심장이 뛰었다.

"그래, 알았다."

세디가 내 어깨를 두드리며 말했다.

"서두를 것 없다."

뚱뚱한 남자도 씩 웃으며 말했다.

"나중에 입어보면 되지, 뭐."

바지는 있던 자리에 그대로 두었다.

대신 우리는 아무 말 없이 트럼펫에 들어간 침을 빼냈다.

"저 제복 안 입어 볼 거냐? 다른 아이들은 다 입어보던데."

조금 있다가 세디가 부드러운 말투로 물었다.

지금도 그 말투가 잊혀지지 않고 간간이 생각난다. 그것은 말소리라기보다는 어떤 느낌이었다. 손톱도 깎지 않은 지지분한 손이 위협하듯이 내 볼을 천천히 쓸어내리던 느낌.

나는 신을 믿지 않는다고 말하고 싶었지만, 벽에는 성화가 걸려 있어서 쉽게 입이 떨어지지 않았다. 내가 말하고 싶었던 것은 그저, 갈아입기 싫다는 것이었다.

어쨌든 무사히 빠져나왔고, 바닷바람을 쐬며 그 일을 잊었다. 그런데, 다음 날 학교에서 기적 중의 기적이 일어났다. 마이클 형이 나한테 와서 코넷 수업이 어땠냐고 물어본 것이다. 나는 내가 잘 해서 칭찬을 받았으며, 거기서는 제복을 갈아입지 않았다고 얘기했다.

"제복이라니?"

형이 인상을 쓰며 물었다.

나는 그날 있었던 얘기를 해줬다.

형이 눈살을 찌푸렸다.

"다음 수업은 언제냐?"

내가 말해주자 그는 가버렸다.

세번째 수업시간이 돌아왔고, 시작한 지 얼마 되지 않아 두 가지

사건이 벌어졌다.

첫번째는 세디가 내 뒤에 바싹 붙어서 악기 잡는 법을 가르쳐준 것이다. 내 앞에는 악보대가 있어서 그가 뒤에서 배로 눌러도 앞으로 움직일 수가 없었다. 그날은 뚱뚱한 남자가 그 자리에 없었다. 세디가 뒤에서 너무 밀착하는 바람에 그의 성기의 압박이 느껴졌다. 그러다 그가 떨어져 나가자 나는 편하게 숨을 쉬고 음을 제대로 냈다.

잠깐 동안, 옛날 집 쪽에서 나팔소리가 들려오는 것 같기도 했다.

"아주 잘했다."

세디가 말했다.

"하지만 아직도 잡는 법이 제대로 안 되는구나. 다시 가르쳐주마."

그가 다시 가까이 다가오자 나는 숨이 멎을 것 같았다. 강당은 어느새 어두워졌고 창문은 손으로 닿을 수 없을 정도로 점점 높아지는 것 같았다. 그가 나를 다시 압박했고 나는 겁이 났지만 어떻게 해야 할지 도무지 알 수가 없었다. 그의 성기는 아까보다 더 세게 나를 눌렀다. 나는 그를 뿌리치고 도망가고 싶었다. 그는 화가 난 것처럼 나를 잡더니 자기 쪽으로 끌어당겼다. 엉덩이는 더 세게 눌렀다.

트럼펫에서 침이 흘러나와 내 무릎에 떨어졌다.

"이렇게."

그가 머리를 숙여 뺨이 내 귀에 닿았고 그의 숨결에서 담배냄새와 공장의 플라스틱 냄새가 났다.

나는 몸이 마비되고 혼란스러워 어찌할 바를 모르고 그대로 있었다. 그의 말소리가 들렸다.

"그래."

내 악기가 손에서 미끄러져 바닥으로 떨어졌고, 그의 손은 단단히 나를 붙잡고 내 성기를 잡았다. 그러더니 내 지퍼를 열려고 했다.

그때 두번째 일이 일어났다.

길가 쪽 문이 벌컥 열리더니 누군가 외쳤다.

"지미, 이리 와. 얼른!"

마이클 형이었다.

그는 화난 것 같았지만 목소리는 떨리고 있었다.

"그 애 놔줘요."

형이 세디에게 말했다. 그가 들어와서 내 팔을 잡을 때, 바닥에 떨어져 있던 코넷이 그의 발에 닿았다.

"이 애한테 더 이상 가르칠 필요 없어요."

나는 참았던 숨을 토해냈다. 형이 나를 내보내 거리로 나서자 눈이 부셨다.

형의 얼굴은 창백했고 입술은 파랬다. 겨울 그늘처럼 차갑고 화난 표정이었다.

나는 아무 말 않고 뒤돌아보지도 않고 구원의 세계를 향해 뛰어나갔다.

"지미는 안 돼요."

나는 세미의 어떤 말에 마이클이 반박하는 소리를 들었다. 형도 세미를 알고 있는 것 같았다.

"지미는 안 된다구요…."

훗날 나는 형이 나를 지켜주려고 했다는 것을 알게 되었다. 하지만 그때는 몰랐다.

마이클 형이 와서 나를 구해주는 데는 용기가 필요했을 것이고,

그래서 그렇게 목소리가 떨렸다는 것을 나는 알고 있었다. 그는 자신의 나약함과 두려움을 극복하고 나를 구해주었다.

그날부터 나는 마이클 형을 사랑했고 그가 내게 했던 잘못을 모두 용서했다. 그는 나약했지만 그날 나를 위해서 강한 사람이 되었기 때문이다.

나는 왜 거기에 왔느냐고, 그리고 내게 어떤 위험이 닥치고 있었느냐고 한 번도 묻지 않았다. 그때 형은 알고 있었지만 나는 몰랐다.

나는 큰단풍나무에 오를 줄 알았지만 빛에서 어둠으로 이끄는 위험한 가지도 있다는 것을 그때는 전혀 몰랐다.

아주 오랜 세월이 지난 후에 나는 마이클 형이 한 일에 대해 고마워했다. 하지만 그때는 너무 늦었다. 내가 그의 도움이 필요했던 것처럼 그도 도움이 필요했지만, 그때는 아무도 그를 도와주지 않았다. 그는 어쩔 수 없이 위험한 가지에 발을 디뎠고, 그것이 너무 가늘고 약한 가지라는 것을 눈치챘을 때는 이미 가지가 부러져 형은 인생의 어둠 속으로 곤두박질치며 사라졌다.

마이클 형이 나를 세디에게서 구해주던 날, 나는 해변으로 내려가 한참을 걸었다. 세디에게서, 마이클 형에게서 멀어지고 싶었다. 바닷가로 나가면 나를 덮치려 했던 어두운 기억을, 그리고 내 몸에 와 닿던 세디 몸의 더러운 느낌을 바람에 모두 날려버릴 수 있을 것 같았다.

그 후로 나는 세디를 어쩌다 한 번씩 길에서 보기도 했고, 그가 구세군 악단에 섞여 로어 가를 행진할 때 보기도 했다. 밴드에 들어가는 아이들도 있었지만 나는 들어가지 않았다. 그는 나를 보면 항상 씩 웃으며 인사했다.

"안녕, 지미."

마치 나한테서 이미 뭔가를 빼앗아갔고 이제는 돌려줄 수 없다는 듯이.

사실 그랬다. 나는 코넷과 구세군 밴드의 기억을 지워버렸지만, 학교에서 돌아올 때는 절대 매콜리 가 쪽으로 가지 않았다. 어두워지고 가로등이 켜지는 그 시간에는 구세군이 한창 모금활동을 했기 때문이다. 어쩌다 금관악기 소리가 들리면 나는 구세군이 아니라 해병대 군악대를 떠올리려고 노력했다.

붕괴

우리가 컴퍼스 가로 이사올 무렵에 실상 노스엔드의 소규모 상점들은 거의 사라지고 없었다. 19세기 중반에 절정기를 맞았던 작은 상점들은 그 이후 계속 사양길을 걷고 있었다. 그때는 범선이 최고였고 증기선을 구입하는 것은 미친 생각이라는 것이 지배적이었다. 나이팅게일이 유명해졌던 크림전쟁이 일어나기 전에 수십, 수백 척의 배들이 우리 해안에서 가까운 다운스에 정박했고, 그들을 맞아 스토닝에서 처음 장사를 시작한 사람들은 노스엔드의 어부들이었다.

그 당시에 스토닝은 벌집처럼 부산했는데, 엄마 말에 의하면 한 집 건너 한 집이 술집이었고 그 건넌 집들은 모두 남자들이 쉬어가는 곳이었다. 그것이 무슨 뜻인지 몰랐던 나는 그게 좋은 곳인 줄 알았다.

외할머니는 못마땅한 표정으로 말했다.

"그게 말이 되니. 그럼 식료품점이랑 철물점은 없었단 말이구나. 고무줄 파는 잡화점도 없고."

외할머니는 시간이 날 때마다 고무줄을 사와 분홍색 면 속바지와 내 양말대님에 넣었고 나는 남은 고무줄로 새총을 만들곤 했다. 외할머니는 '마이클 형은 단정하게 입고 다니잖니. 너도 아코디언처럼 양말이 흘러내리지 않도록 신경 좀 쓰지 그러니. 그럼 너도 그렇게 깔끔해 보일 텐데. 그리고 술집과 남자들이 쉬어가는 집 말이다, 만일 그게 사실이라면 너희 외할아버지는 그냥 두지 않았을 거다. 가끔은 쇠락이라는 것도 순전히 나쁜 것만은 아니더구나. 그것도 일종의 발전이니까.' 라는 말도 했다.

세상에는 나쁜 것도 있다는 것, 그리고 사람들에게 개인적인 쓰라림이 있다는 것을 알게 된 것도 그 무렵이다.

크리스마스 아침이면 외할머니는 새로 나온 비싼 사과술을 개봉하여 우리들에게 한 잔씩 따라주고 축배의 말을 했다.

"금주운동의 영원한 동참자인 외할아버지를 기억하며…"

크리스마스였는데도 외할머니 눈에는 기쁜 기색이 없었다.

나이를 먹어가면서 나는 그것이 외할머니의 장난이라는 것을 눈치챘다. 나중에 그 술병이 어떻게 되었는지는 모르지만 그 안에 든 것이 어떻게 되었는지는 알고 있었다. 외할머니가 그것을 한 방울도 안 남기고 다 마신 것이다. 그래서 선물을 나눠주는 오후에는 외할머니가 난롯가에 앉아 붉어진 볼과 불빛이 이글거리는 눈으로 말없이 웃기만 했던 것이다.

하지만 나이가 더 들어가면서 나는 외할머니의 장난이 결혼생활 동안 겪었던 괴로움을 감추려는 장막이었음을 알게 되었다. 외할아버지는 폭압적이었고, 학생들에게 하는 것보다 더 심하게 가족들을 억압했다. 외할머니가 꾸려간 집안은 눈물 가실 날이 없었고, 그것은 우리들이 흘릴 눈물의 전조였다. 외할아버지의 죄업이 손자들에게까지 대물림된 것이다.

외할머니는 그 당시 자식들에게 베풀지 못한 사랑을 내게 베풀었다. 그렇게 보면 엄마가 누리지 못한 모성애를 내가 대신 누린 셈이었다.

외할머니는 오래 살았고 경험도 많기 때문에 붕괴가 어떤 것인지 잘 알고 있었다. 지금은 외할머니 자신이 노쇠해져 가고 있었고, 외할머니도 그것을 알고 있었다. 손은 굳어져 갔고 시력은 거의 제구실을 못했으며 하루가 다르게 귀도 멀어갔다. 하지만 살아있음을 확인하기 위해 날씨가 어떻든지 간에 날마다 산책을 했다. 속바지에 넣을 고무줄을 산다는 것은 나가기 위한 핑계였다.

로어 가를 따라 시내 중심부로 더 진출하다보니 외할머니가 말한 노스엔드의 쇠락이 어떤 것인지 잘 알 것 같았다. 하이 가에 있는 상점들은 점점 더 커지고 화려해졌다. 막스앤스펜서가 들어오고 브로그 잡화점이 없어졌다. 오래된 가게들의 나무간판과 차양이 내려지고 그 자리를 판유리와 스윙문이 차지했다. 평생 동안 한 상점만 이용하던 노인들 대신 여기저기 들락거리다가 나중에는 다른 도시로 떠나버리는 젊은 여자들이 거리를 활보했다.

새로 들어선 상점들은 노어 가에 버티고 있던 구멍가게들의 손님들을 빼내갔다. 작은 상점들은 살아남기 위해 분투했고, 그런 상점들이 하나씩 문을 닫을 때면 우리 지역은 죽음에 한 걸음 더 다가간 것 같았다.

우리집 앞 도로가 미들 가와 만나는 모퉁이에는 펜더스라는 식료품점이 있었다. 말린 감초, 청량음료도 팔았고, 한 덩이에 9펜스 하는 빵도 기름이 배지 않는 종이에 싸서 팔았다.

그 가게는 펜더 씨 부부가 꾸려갔는데, 우리 외할머니처럼 그들도 늙어가고 있었다. 내가 중학교 4학년에 올라가기 직전에 펜더 부인은 가게 문을 열다가 계단에서 굴러서 엉덩이뼈가 부러졌다. 그 자리에 쓰러져 신음하고 있던 그녀를 앰뷸런스가 와서 스토닝 병원으로 실어갔다.

펜더 씨는 부인이 퇴원한 후에도 가게를 혼자서 꾸려가야 했다. 펜더 부인은 남편이 자리를 비우면 잠깐 나와서 카운터에서 물건을 팔았다. 하지만 높은 곳에 있는 물건을 꺼내기 위해 나무계단을 올라가는 것도 힘들어했다. 배달 차에서 물건을 받아 들여오는 것도, 선반에 물건을 정리하는 일도 못했다.

펜더 씨는 점차 흰머리가 늘어갔고 머리도 많이 빠졌다. 부인을 보살피면서 가게를 보느라 점점 혈색도 잃어갔다.

부기 자격증이 있던 엄마는 어느 날 펜더스 상점에 빵을 사러 갔다 와서 이렇게 말했다.

"망하는 건 시간문제겠더라."

엄마는 자신이 실천가라고 생각했지만 그보다는 삐딱한 구경꾼일 뿐이었다. 비극을 보는 눈과 슬픔을 들을 귀가 있었지만 그것을 도울 손과 친절함을 베풀 마음은 없었다. 외할아버지가 엄마한테서 그것을 빼앗아간 것이다.

샌더스 아저씨는 펜더스 상점에 대해 이렇게 말했다.

"그 가게는 전쟁 전에 처음 에디 펜더스 모텔이라는 이름으로 문을 열었지. 지금은 궁지에 빠져 있지만, 펜더스 씨는 죽을 때까지 포기하지 않을 거다. 그 가게 때문에 죽는 것이 아니라 그 가게 때문에 살아 있는 거거든. 사람들은 그걸 모르고 있어."

식료품을 파는 큰 가게가 하이 가에 문을 열자, 샌더스 아저씨는 펜더스 상점이 경쟁력을 갖추도록 새로 카운터를 짜넣고 계단을 고치고 선반도 몇 개 만들어 주었다. 나도 거들었다. 샌더스 아저씨는 수고비를 받지 않았고 재료비도 사양했다.

"괜찮아요, 아저씨. 됐어요."

어느 날 펜더 씨는 허리를 다쳐 문을 열지 못했다. 그는 일주일 동안 침대에만 누워 있었고, 그 후로 의사는 무거운 것을 들지 말라고 당부했다. 하멜 아저씨는 펜더스 상점이 계속 장사를 할 수 있도록 조카 프랭크를 보내 아침저녁으로 물건을 날라주게 했다.

"군소리 하지 마라."

프랭크가 불평이라도 할까봐 하멜 아저씨는 미리 엄포를 놓았다.

"너도 그 일을 잊진 않았겠지."

ABC 제과점이 배달료도 나오지 않는다며 펜더스 상점에 더 이상 빵을 공급하지 않겠다고 통보했을 때, 드래곤 가에 있는 제과점에서 빵을 굽는 골드핀치 씨는 자신의 빵을 펜더스 상점에 공급해주었다. 그렇게 공급하는 빵은 한 푼도 이익이 나지 않는 것이었다. 하지만 그는 생색을 내지 않았다.

"제가 그 일을 잊은 것도 아닌데요, 뭐."

그도 그런 말을 했다.

"뭘 잊지 않았다는 거예요?"

나는 샌더스 아저씨에게 여러 차례 물어본 끝에 그 얘기를 들을 수 있었다.

"전쟁 중 배급품을 받으며 생활할 때, 펜더 씨는 암시장에 물건들을 원래 가격의 10배를 주고 팔 수도 있었어. 그랬다면 지금은 일을 하지 않고도 편히 살고 있겠지. 그때는 그렇게 돈을 벌어 살찐 사람들이 많았지. 린넬 씨도 그 중 하나고. 하지만 펜더 씨는 달랐어. 은행에 돈을 많이 저금해두고, 저장실에 먹을 것을 많이 비축해둔 사람들을 못마땅하게 생각했지. 항상 자기 가게를 이용해 왔던 사람이라도 말야. 대신, 남은 물건들을 너무 가난해서 굶주리는 사람들한테 갖다 줬어. 그 당시에는 그런 사람들이 많았거든. 크리스마스나 부활절이 되면, 램파트 가에 사는 가난한 사람들 대문에 선물상자를 갖다 놓은 사람도 펜더 씨야. 그 사람들이 빈손으로 명절을 보내지 않도록 말야. 석탄광산에 연줄이 없는 사람들을 위해 석탄을 준비해주고 늙은 사람들이 따뜻하게 보내도록 해준 사람도 그분이지. 형편이 안 되는 엄마들을 위해 의사를 보내주기도 했고. 펜더 씨 부부는 한 번도 훈장을 받지 않았어. 그렇다고 사례를 기대한 것도 아니고, 줘도 안 받았겠지. 그분들은 국교도가 아니었지만, 남을 돕는 일이 옳았기 때문에 그렇게 한 것뿐이었어. 지미, 그런데 지금은 그분들이 어려운 처지고 앞으로 더 어려워질 테니까, 옛날 일을 기억하고 있는 우리들이 펜더 씨 부부를 항상 도와줘야 하는 거야. 그리고 잊지 마라. 지금 자신이 건강하다고 해서 항상 그러는 건 아니란다. 언젠가는 몸이 약해지고 병이 들 거야. 그분들이나 너희 외할머니처럼 말이다. 그러니 건강한 사람이 아픈 사람을 도와줘야 해. 그것이 공동체가 굴러가게 하는 처음이자 마지막 원칙이란다. 너도 도와줘야 하는 시기가 올 것이고, 그때가 되면 네가 알아차릴 거다. 지미, 너는 착하니까 올바른 일을 할 거라 믿는다."

어쩌면 그가 말한 것을 그때는 다 이해하지 못했는지도 모른다.

하지만 나는 곧 이해하게 될 터였다. 샌더스 아저씨가 해준 여러 가지 이야기는 내가 제대로 이해할 때까지 시간이 걸리는 것들이었다.

그렇게 내 주위를 둘러싸고 있었던 것은 붕괴와 소멸이었다.
시내로 가는 노어 가와 스미시 가가 만나는 곳 중 우리집과 가장 가까운 모퉁이에는 램버트 잡화점이 있었다. 거기에도 비극이 도사리고 있었는데 그것은 거의 비어있는 선반만 봐도 알 수 있었다. 늙은 램버트 부인과 딸 아일린이 가게를 꾸려가고 있었지만, 돈이 없어서 물건을 들여놓을 수가 없었던 것이다. 여름과 가을에는 램버트 부인의 조카가 어퍼스토닝 가 근처에서 기른 채소와 과일을 팔았고, 겨울에는 생선통조림과 구운 콩, 식용유, 사탕 등을 팔았다.
나는 풍선껌을 사러 거기에 가곤 했다. 엄마가 가끔 거기서 사주는 것이 이웃된 도리라고 했기 때문이다. 가게 문을 열면 위에 달아맨 종이 울리고 파리들이 윙윙거리며 날았다. 램버트 부인은 뒤쪽에서 다리를 절며 나타나서 뭐가 필요한지를 물었다.
램버트 부인의 첫번째 비극은 남편을 여읜 것이었다. 남편은 도버에서 차에 치여 한동안 앓다가 죽었다. 또 한 가지는 딸 아일린이 좀 모자라다는 것이었다. 그녀는 뚱뚱했고 가슴이 컸는데, 잘 히죽거렸다. 게다가 치아가 엉망이었다. 엄마는 남자들이 아일린을 모래언덕으로 데리고 가서 그녀의 모자란 점을 이용해먹었다고 했다. 한 번은 조용히 이렇게 말하는 것이었다.
"궁금한 건 갓난아기는 어떻게 했느냐는 거야."
아기를 낳은 건 사실이었다.
아일린은 항상 뚱뚱한 모습으로 가게 밖에 있는 버드나무 의자에 앉아 히죽거리고 있었는데, 어느날 갑자기 살도 빠지고 수척해져서는 다시 가게를 보고 있었던 것이다.

나쁜 일을 둘러싼 소문에 관심이 많았던 엄마는 더 은근한 말투로 이렇게 말했다.

"하나 더 궁금한 것은, 그런 일이 벌어지는 동안 그 엄마는 뭘 하고 있었느냐는 거야. 아무것도 바라지 않고 딸을 그렇게 둘 리가 없잖아?"

수학을 잘 했던 마이클 형은 아일린의 아이가 없어진 것하고 가게진열창에 살코기 소시지가 다시 나타난 것이 직접적인 연관이 있다고 했다. 나로서는 이해 못할 말이었다.

"스위니 토드가 따로 없구만."

마이클 형은 당연히 내가 알고 있을 거라는 듯이 경멸하는 투로 말했다. 나중에 나는 『지난 100년 간 가장 끔찍한 살인자 100명』이라는 책에서 그 이름을 찾아냈다. 스위니 토드는 이발사였는데, 자기 옆의 푸줏간 주인과 짜고 이발하러 온 손님을 죽여 그 살로 파이를 만든 사람이었다. 그는 손님들을 이발해 주다가 그들의 목을 크고 예리한 면도날로 베고 콘베이어 벨트에 실어 지하실로 내려 보냈다. 거기에서 시체를 잘게 썰어 소시지로 만든 다음, 사람들에게 내놓고 판 것이다. 마이클 형은 토드가 만든 것 중 최고품은 부자 손님들 엉덩잇살로 만든 것이라고 했다. 그들은 포트와인을 곁들여 송아지고기를 많이 먹기 때문에 살이 부드럽다는 것이다.

"램버트 잡화점이 문 닫는 건 시간문제야."

엄마의 말이었다.

하지만 그 가게가 문 닫는 것은 보지 못했다. 어느 날 아일린과 그녀의 엄마가 떠나고 그 가게를 내놓는다는 팻말이 붙었다. 그리고 가게에 레이스 커튼이 달리더니 런던 사람들이 휴일별장으로 사용했다.

"우리 동네도 이제 좋아지는구나."

엄마가 말했다.

하지만 램버트 잡화점을 도와주던 예전 사람들에게는 그것이 망해가고 있는 징조로 보였다.

램버트 잡화점에서 조금 더 북쪽으로 올라가면 버블스 아저씨가 잡아온 미끼를 파는 낚시도구상이 있었다. 거기에는 낚시 릴과 낚싯대, 낚시 추, 낚싯줄 같은 것이 있었다. 그 상점은 찾아오는 낚시꾼들을 위해 가끔 주말에 문을 열기도 했지만 주로 금요일에만 문을 열었다.

"부두 근처의 롯앤피쉬가 이쪽 손님들을 다 뺏아가기 전까지는 날마다 문을 열었는데."

하멜 아저씨 말이었다.

쇠락의 기운은 점점 퍼져가고 있었다.

어느 날 엄마가 충격적인 소식을 전했다. <이스트켄트 머큐리>에 해병대가 100년 후에 스토닝을 떠난다는 기사가 났다는 것이다.

해병대는 우리 지역의 전통이자 자부심의 원천이었다. 어부들과 싸우는 모습을 보이지 않기 위해 부대 밖에서는 제복을 입지 않았지만, 그들은 항상 스토닝 거리에 있었다.

런던 가에 있는 본부의 담 너머로 밤낮으로 들려오던 밴드의 연습소리, 흰색 조끼를 입은 그들의 분대, 벌칙으로 해변을 오르락내리락하던 모습, 사우스다운 옆에 있는 사격장에서 들려오던 총소리 … 그들은 우리 삶의 일부였다.

외할머니는 그 소식을 듣고 아쉬워했다. 하지만 엄마는 변할 필요도 있는 거라고 했다.

아더 샌더스 아저씨는 전에도 해병대가 철수한다는 말이 있었지만 그들이 떠나더라도 여기 사람들은 살아남을 거라고 했다.

"변하지 않는 것은 아무것도 없어. 지역사회는 조금씩 변함으로써 유지되는 거야. 항상 똑같은 모습으로만 있다면 그건 곧 죽는다는 뜻이지."

그가 맞았다. 모든 것은 변하게 마련이다.

아저씨가 그 얘기를 한 지 사흘 뒤의 일이었다. 학교에서 돌아와 봤더니 경찰 두 명이 우리집에 와 있었다.

"앉아라, 지미."

엄마가 말했다.

외할머니는 불안하게 서성거리고 있었다.

엄마는 기진맥진한 것 같았다. 얼굴이 흙빛이었다.

"마이클 형 때문이다."

엄마가 말했다. 그러자 내 가슴 속에서는 그가 죽었다는 두려움의 외침소리가 들려왔다. 그 비명소리는 점점 희미해졌지만 완전히 사라지는 않았다.

"지미, 마이클 형이 없어졌다. 실종됐다구. 그러니까 이분들에게 네가 형을 마지막으로 봤을 때 어땠는지 아는 대로 말씀드려."

푸른색 제복을 입은 키 큰 경찰관이 내 어깨에 손을 얹자, 나는 다시 암흑시절로 끌려가는 기분이 들었다.

"여기 앉아라. 그리고 편하게 얘기해."

"아는 대로 말씀드려."

엄마가 거들었다.

아픈 사람처럼 엄마의 목소리는 가라앉았고 눈은 불안하게 흔들렸다. 주변의 혼란한 분위기 때문에 공기마저 탁하게 느껴졌다.

심장이 너무 격하게 뛰어서 곧 터질 것 같았다. 목소리는 가쁜 호흡 때문에 거의 나오지도 않았고, 겨우 나온 목소리도 가늘고 떨렸다. 손도 후들거렸다.

마이클 형이 사라졌다. 그러자 내가 살아오던 세상이 변했고, 나와 노스엔드를 둘러싼 뭔가가 변했다.

"학교에서는 형을 못 봤어요."

내가 겨우 입을 열었다.

"조회 시간에 안 보였어요."

마이클 형은 기숙사생이었기 때문에 내가 형을 보는 것은 주로 조회시간이었고, 그 외에는 가끔 지나다가 친구들과 함께 있는 모습을 보는 게 전부였다. 하지만 내게 얘기를 하지 않아도 그는 여전히 내 형이었다. 그가 내게 해준 것은 말을 걸지 않는 것이었다. 그것이 내 형이라는 사람이었다.

형이 기숙사 생활을 한 뒤로 나는 바로 내 옆방인 그의 방에 갈 일이 거의 없었다. 가보면 항상 추운 느낌이 들었다. 단정하고, 깨끗하고, 깔끔하고, 제자리를 벗어난 것이 하나도 없는, 기분 나쁠 정도로 냉정한 느낌이었다. 형은 나와 달리 보물상자도 없었고, 창턱에 바닷가에서 주워온 조약돌이나 자갈도 두지 않았다. 서랍은 닫혀 있었고,

열어보면 반쯤은 비어있었다. 그리고 그의 침대는 한치라도 흐트러지면 기합을 받는 죄수의 침대처럼 가지런히 정돈되어 있었다.

그것이 마이클 형이었다. 그때까지도 나는 형과 관련된 퍼즐조각을 모두 내 손에 가지고 있었지만 그것을 맞춰볼 준비가 되어 있지 않았다.

"어제는 형을 봤니?"

경찰관이 물었다.

나는 고개를 저었다. 내가 형을 마지막으로 봤을 때 그는 복도 끝에서 다른 친구와 웃고 있었다. 하지만 나를 보자 표정을 바꿔 차갑게 노려보고는 복도를 돌아 사라져버렸다.

"같이 있던 애가 누구더냐?"

내가 아는 대로 얘기했다.

"그 애랑 얘기해 봤니?"

나는 엄마를 쳐다보며 고개를 저었다. 엄마의 눈에는 두려움이 가득 차 있었고, 얼굴은 햇볕에 바랜 종이처럼 창백한 누런색이었다.

나는 몇 가지 다른 질문에 대답을 한 다음 위층으로 올라가 내 침대에 앉았다.

마이클 형이 사라졌다. 그러면 나는 엄마와 둘이만 남게 된다. 외할머니는 이제 보살펴줘야 할 존재가 되었고, 점점 더 늙어가고 있다. 가끔 외할머니가 방에서 혼잣말 하는 것을 들었는데, 제대로 알아들을 수 없는 횡설수설이었다. 밤에는 외할머니가 우는 소리가 들려왔다. 외할머니는 아프리카 신사를 그리워하고 있었지만, 그런 상실감은 잠자는 동안에만 드러났던 것이다. 외할머니 인생은 거의 다 끝났고, 종말의 고통을 덜어주는 것은 나에 대한 사랑뿐이었다. 지금 우월한 위치에 서 있는 사람은 핏빛 별처럼 빛나는 엄마였다.

마이클 형의 실종은 나 혼자서 엄마와 싸워야 한다는 것을 의미했다. 나는 슬픔과 두려움에 떨며 어둠 속에 앉아 있었다. 이 전에 마이클 형의 침묵은 항상 뭔가 큰일이 벌어질 것을 예고하는 것이었지만, 이제 그것은 완전한 침묵이 되었다. 그는 나를 버린 것이다.

마이클 형은 끝내 집으로 돌아오지 않았고 나는 형제를 잃었다. 좋은 형은 아니었지만 어쨌든 상실은 상실이었다.

그날 오후에 형을 찾았다는 전화가 왔다. 애쉬포드에 있는 어떤 공원에서 발견했다는 것이다. 그는 기차로 가서 거기서 밤을 지샌 것이다. 그는 아무것도 기억나지 않는다고 했고 호주머니에는 큰 초콜릿이 새것 그대로 들어있었다. 왜 애쉬포드까지 갔느냐고 아무도 묻지 않았다.

의사는 형을 캔터베리에 있는 정신병원으로 보냈고, 엄마는 마이클 형을 보러 가자고 했다. '우리'라는 것은 엄마와 나, 힐러리 누나를 말했다. 마이클 형과 친했던 힐러리 누나는 그 일 때문에 옥스퍼드에서 내려왔다.

우리는 버스를 타고 캔터베리까지 갔다가, 거기서 다른 버스로 갈아타고 병원까지 갔다. 그곳 대문은 교도소를 떠올리게 했고, 건물 벽돌은 칙칙한 노란색이었다. 안에서 만난 사람들은 머리를 짧게 깎았고 잘 맞지 않는 어두운 색 옷을 입고 있어 마치 전쟁포로나 난민 같았다. 사람들이 줄서서 지나가고 있었다.

"지미!"

나를 쳐다보는 사람들에게 웃지 말라고 엄마가 주의를 줬다. 하지만 나는 그냥 친절하게 대하려고 한 것뿐이었다. 그들이 너무 슬퍼 보였기 때문이다.

힐러리 누나는 두려움으로 얼굴이 하얗게 질렸다. 그 사람들이 자신에게 덤벼들 거라 생각하고 있었는지도 모른다. 하지만 그 사람들은 그냥 그녀를 만져보고 싶은 것뿐이었다. 자기들처럼 피와 살이 있는 진짜 사람인지 궁금해서. 그들은 힐러리 누나 같은 사람들이 들어오는 것을 한 번도 본 적이 없었을 테니까. 어쩌면 그들은 거기에 있는 동안 한 번도 허락되지 않은 여성을 보고 여성스러움을 느껴보고 싶었는지도 모른다.

우리는 창구가 있는 대합실에서 기다렸다. 창구 안에서는 흰 셔츠에 챙 달린 모자를 쓴 남자가 있었다. 그는 구레나룻이 있었고 열쇠가 가득 꿰어있는 커다란 고리를 들고 있었다. 그의 뒤쪽에 있는 라디오에서는 팝송이 흘러나오고 있었고, 공고판에는 압정으로 꽂아 놓은 메모지들이 붙어 있었다. 그는 우리에게 맞은편에 있는 벤치에 앉아서 기다리라고 했다. 거기에는 OXO(영국의 주방용품 브랜드 : 역주)라고 적힌 잡지와 달력이 있었다. 그리고 『존 불』이라는 잡지도 있었는데 나는 그것을 읽고 싶었다. 거기에는 이렇게 적혀 있었던 것이다. '트란스발(남아프리카 공화국 동북부의 주 : 역주) — 주술사와 싸웠던 개척자들의 전투와 모험가들의 사랑을 얻기 위해 싸웠던 두 소녀 이야기.' 우리가 있던 대기실과 그 너머에 있던 방들 그리고 천장이 엄청나게 높았던 복도에서는 울음소리와 고함소리가 울려퍼졌고, 광택제 냄새와 소독약 냄새 그리고 오줌 냄새가 났다.

잠시 후, 우리는 다른 방으로 안내되었다. 마이클 형이 제복 차림의 남자와 함께 의자에 앉아있었다.

형은 왜소해 보였고 야위고 창백했다. 그의 머리는 짧게 잘렸고, 옷은 너무 헐렁했다. 마치 빈민가의 소년 같았다.

마이클 형 뒤에 있던 높다란 철창에서는 둥근 나무 손잡이가 달린 끈이 내려와 있었다. 그것으로 창문의 위쪽을 여닫는데, 그날은 열려 있었다. 우리가 들어갔을 때 그 방에서 나는 소리라고는 끈에 달린 나무 손잡이가 바람에 날리면서 창틀에 부딪히는 소리뿐이었다.

형은 겁먹은 얼굴이었다.

나는 달려가서 형을 보호해주고 싶었다. 그 남자로부터, 엄마로부터, 그리고 당황스러워하는 힐러리 누나로부터. 마이클 형은 나를 괴롭혔지만 그날은 나약했고 도움이 필요했다. 형이 구세군 남자한테서 나를 구출하던 날, 내가 도움이 필요했듯이 말이다.

엄마는 형에게 가지 않고 멈춰 서서 쳐다보았다. 나도 그렇게 했다. 그 순간 마이클 형의 눈에서 희망이 사라지는 것 같았다. 그것은 어떤 희망이었을까. 알 수 없었다. 희망이 사라진 자리에 무심한 표정이 떠올랐다.

어두운 색 옷을 입은 남자가 들어와서 엄마에게 낮은 소리로 무슨 얘긴가를 했다. 엄마는 고개를 끄덕이며 대답했다.

"네, 네. 그래야죠."

나는 형 옆에 앉아있던 남자를 따라 처음 대기하던 방으로 갔고, 힐러리 누나도 따라왔다.

"너희 엄마는 마이클이랑 정신과 의사랑 함께 있어."

힐러리가 말했다.

그녀의 목소리는 노스엔드 사람들과 달리 높고 긴장된 듯했다. 몇 년 전 내가 가방 들어주는 걸 거부하며 세게 때린 이후 그녀는 훌쩍

자라 있었다. 내가 사는 곳과는 전혀 다른 세계에서 사는 것 같았다. 그녀한테서 향긋한 비누냄새와 향기가 났고, 그때는 그게 뭔지 몰랐지만 도시냄새도 났다. 하지만 바다 냄새나 파도의 끊임없는 운동과 별의 냄새는 나지 않았다. 그녀는 내게 이방인이었다.

거기에서는 팝송음악을 듣고 멀리서 풍겨오는 냄새를 맡는 것, 그리고 희미한 울부짖음 소리를 듣는 것 외에는 달리 할 일이 없었다. 우리는 오랫동안 기다렸는데 아쉽게도 마이클 형을 다시 보지 못했고, 그래서 내가 하고 싶었던 말을 하지 못했다.

나는 형에게 모든 게 다 잘 될 거라고 말해주고 싶었다. 아무 문제 없다고…. 형만… 형만… 괜찮다면.

무엇보다도 내가 하고 싶었던 말은 형을 사랑한다는 말이었다. 하지만 끝내 그 말을 하지 못했다.

이윽고 엄마가 돌아와서 말했다.

"이제 다 결정됐다. 그게 최선이야."

나는 그 말이 형을 감옥 같은 그곳에 버려둔 채 우리만 돌아간다는 뜻임을 깨달았다. 나는 형을 구출하고 싶었지만 어떻게 말해야 될지 몰랐고 겁도 났다.

나를 구해주던 날, 형도 겁을 먹었지만 그는 그것을 이겨냈고, 무엇을 어떻게 해야 할지도 알고 있었다. 그날 형에게도 내가 필요했지만, 나는 겁을 먹었고 무엇을 어떻게 해야 할지도 몰랐다.

집으로 돌아오는 버스 안에서 나는 눈스틴 채탄소의 커다란 검은 바퀴가 돌아가는 것을 봤다. 두 개가 서로 다른 방향으로 돌고 있었다. 나는 아무도 보지 못하도록 머리를 창문에 대고 흐느껴 울었다.

마이클 형을 잃은 슬픔 때문이었다.

검은색 바퀴 두 개가 서로 다른 방향으로 돌아가는 것을 보며 내 세상은 멈춰섰다. 하늘은 온통 회색빛이었고 지상의 풍경은 황량했다. 추수가 끝나고 겨울을 대비해 갈아엎어져 있던 들판은 텅 비어 있었다. 땅은 석회질이 드러나서 희끗희끗했다.

힐러리 누나는 왔던 곳으로 돌아갔고, 집은 외할머니가 여기저기 돌아다니며 혼잣말하는 소리만 날 뿐 조용했다. 엄마는 난로 옆에 차분하게 앉아 차를 마시며 책을 읽고 있었다.

아무도 마이클 형에 대해 얘기하지 않았다. 집에서도, 학교에서도. 마치 그런 사람은 처음부터 없었다는 듯이 말이다. 하지만 그는 분명히 존재했었다. 며칠 동안 나는 침대에 앉아 형 방문의 검은색 빗장을 바라봤다. 내가 다시 그 방에 들어갈 날이 있을까 생각하며.

바람이 잔잔한 어느 날 저녁, 나는 쉭, 쉭, 하는 파도소리에 잠을 이루지 못하고 있었다. 침대에서 창밖을 보니 라디오 위로 비스듬하게 떠가는 구름이 보였다. 그것들은 달빛을 받아 창백하면서도 부드러워 보였다.

한참을 쳐다보고 있는데 내 안에서 서서히 울음이 북받쳤다. 구름처럼 거대한 그것에 휘감기며 나는 목메어 울었다. 버스에서보다 훨씬 비통한 울음이었다.

그러다 겨우 울음을 그치고 침대에서 나와, 어둠 속에서 빗장을 열고 마이클 형의 방으로 들어갔다. 나는 그의 침대 옆에 서서 한참을 울다가 갑자기 그 깔끔함을 어지럽히기 시작했다. 담요 위에 개켜져 있던 침대보를 끌어내리고 그 위에 올라가 엉엉 울었다. 소리가 새어나오지 않도록 입안에 주먹을 넣고 울었다. 마이클 형 때문에, 나 때문에, 외로움 때문에 울었다.

엄마와 단둘이 남게 되어 울었다.

감옥 같은 곳에 형을 두고 와서, 두려움에 떨며 간절히 도움을 바라던 형을 두고 와서 울었다.

무엇을 해야 할지 알 수가 없어서 울었다.

하지만 그날 밤 내내 마이클 형의 침대보와 침대는 얼음처럼 차가운 냉정함을 흐트러뜨리지 않았다.

아침에 깨어나서 나는 형의 침대를 처음처럼 다시 정돈했다. 마지막으로 기억나는 것은, 얼음장 같은 바닥을 밟고 방을 나가 살그머니 빗장을 걸어놓은 뒤 어지러운 내 방으로 들어온 것이다. 부드럽고 따뜻한 곳으로.

거기에 누워서 나는 결심했다.

지금부터 내 방을 마이클 형 방처럼 깨끗하게 해놓고 살겠다. 한 치도 흐트러짐 없이 완벽하게. 그리고 그 결심을 한 번도 어기지 않았다. 나는 잘 정돈된 상태에서 평안함을 느끼게 됐다.

"지미, 지미, 오늘 마이클 형한테 좀 갔다 오너라."

6주 후에 엄마 말을 듣고 깜짝 놀랐다. 마이클 형은 병원을 떠나서 사회부적응 학생들이 다니는 특수학교에 들어갔는데, 거기에 갔다 오라는 것이었다.

"너 혼자서."

엄마가 말했다.

"그러는 게 너희 둘에게 나을 것 같아서 말야."

엄마는 자기 편할 대로 일을 처리하면서 그것을 합리화하는 데 명수였다. 엄마는 마이클 형 만나는 것을 꺼렸고, 내가 형을 만나러 가면 그 동안 자신은 자유로워질 터였다. 그때까지도 자유는 엄마의 슬로건이었고, 외할머니와 나는 그것을 가로막는 마지막 장애물이었다.

"가서 월요일에 오너라. 일요일에는 여기로 들어오는 기차 시간이 어중간하거든. 짐은 내가 싸놓으마. 가는 동안 먹을 샌드위치도 만들어주고. 저건 마이클 형한테 갖다줄 짐이다."

엄마가 만들어준 짜디짠 스크램블 에그 샌드위치는 빵이 진득진득하고 지저분했다. 그래서 나는 그걸 기차 밖으로 던져 버리고 기차 안에서 파는 사탕과 초콜릿을 약간 샀다.

나 혼자 스토닝을 떠나서 여행해보기는 그때가 처음이었다. 태양은 빛났고, 덜컹거리며 달리는 기차 밖에서는 새들이 지저귀고 있었다.

수레를 끌고 가던 승무원이 물었다.

"어디 가니?"

"형 만나러요."

"좋겠구나."

말투가 다정해서 나는 정말 정상적인 형을 만나러 가는 것처럼 느껴졌다.

형이 다니는 특수학교는 그냥 다른 남학생들과 함께 지내는 오래된 저택이었다. 담이 높고 넓은 정원이 숲까지 이어져 있었다. 자갈길을 걸어 들어가는데 학생들이 내가 도착하는 걸 보고 리워드 교장선생님에게 데려다줬다.

그는 부엌에서 앞치마를 두르고 커다란 통에 든 수프를 젓고 있었다.

"네가 지미로구나. 마이클 동생."

그가 말했다.

"여기 이걸 젓고 있으면 내가 먹을 것 좀 갖다 주마. 그동안 여기 앨런 선생님이 핀치든 학교가 어떻게 운영되는지 설명해줄 거다."

그는 계란과 베이컨, 튀긴 토마토와 튀긴 빵을 만들어주며, 거기 있던 커다란 식탁에 앉아서 먹으라고 했다. 그동안 학생들이 드나들었다. 창문으로 햇살이 비쳤고 밖에서는 시끄럽게 뛰어노는 소리가 들렸다. 무슨 재밌는 일이 있는지 큰소리로 웃어대는 소리도 들려왔다.

교장선생님은 설탕 세 숟가락을 넣은 코코아를 타주고, 내가 그것을 마시는 동안 얘기를 건넸다. 아니, 내가 얘기하고 그는 들어주었다고 하는 게 정확할 것이다. 나는 엄마와 외할머니에 대해, 그리고 마이클 형에 대해 얘기했다. 그는 다가와서 자리에 앉더니 커피 한 잔을 마셨다. 그는 아무 말 없이 조용히 듣기만 했고, 나는 한참 동안 얘기했다.

내가 얘기하지 않은 것도 있었다. 내가 마이클 형 방에서 운 일과 오래 전 내 암흑시절 무렵에 마이클 형에게 생긴 일 - 내게 딱 한 번 털어놓았던 - 은 얘기하지 않았다. 형은 그 일을 수치스러워 했다. 사실 그때는 그 일이 생각나지도 않았고, 형이 모든 걸 털어놓은 것도 아니었다. 하지만 리워드 교장선생님에게 얘기하는 동안 여러 가지 일이 생각났고, 그날을 기다리고 있었다는 듯이 내 입에서는 수많은 얘기들이 쏟아져나왔다.

"음. 그랬구나…"

그는 차를 마시며 그런 정도로만 반응했다.

그리고는 마치 그 자리에 없는 사람처럼 다시 침묵을 지켰다. 그러면 나는 그 깊은 침묵 속으로 한층 더 속깊은 얘기를 쏟아냈다. 그 침묵을 깨려면 그렇게 해야 하는 것처럼.

하지만 나는 가장 중요한 일에 대해서는 입을 다물었다. 그것은 오래 전 애쉬포드 – 마이클 형이 불을 향해 날아드는 나방처럼 이끌려가서 몰락했던 곳 – 에서 마이클 형이 겪었던 일이다. 그때는 무슨 뜻인지 몰랐지만, 마이클 형은 그곳에서 '일'이 일어났다고 했었다.

형을 지켜주고 싶었던 나는 그 일에 관해서는 한 마디도 하지 않고, 다른 덜 심각한 일들에 대해서만 떠벌였다. 내가 먹어본 것 중 가장 맛있었던 리워드 선생님의 즉석볶음요리를 먹고, 창가에 앉아 햇볕을 쬐고, 튀긴 빵과 토마토를 더 가져다 먹으면서 나는 마음 가는 대로 행동했다. 억지로 무슨 일을 할 필요도 없었고, 다른 누군가가 될 필요도 없었다. 그냥 앉아서 얘기했다. 그것은 정말 꿈같았다.

얼마 후에 앨런 선생님은 마이클 형이 숲에서 다른 학생들과 그네를 만들고 있으니 거기에 가보자고 했다. 나는 혼자 가서 찾아보겠다고 했다. 고향의 해변에서 파도가 밀려오는 것을 기다리는 것처럼 나는 상황의 변화를 내 속도에 맞추고 싶었다. 내 방식으로 마이클 형과 재회하고 싶었던 것이다.

"어, 하지만…."

앨런 선생님이 망설였다.

"괜찮아요."

내가 안심시켰다.

"정 그렇다면…."

그가 여전히 주저하며 말했다.

"숲 저쪽에서 그네를 매고 있을 거야."

나는 그가 멀어져 가는 것을 보고, 그네를 만드느라 떠들썩한 곳을 향해 천천히 걸어갔다. 나무들 사이로 언뜻 움직임이 보였을 때도 나는 눈에 띄지 않게 그 광경을 보고 싶어서 열린 공간으로 곧장 들어가지 않고 가끔 걸음을 멈추기도 하면서 천천히 걸어 갔다.

나는 고립과 어우러짐 사이의 별천지에서 있었다. 그곳에서 양쪽의 불이익을 받지 않으면서, 내 뜻대로 고립과 어우러짐의 이익을 모두 누리고 있었다. 나는 나무뿌리를 싸고 있는 이끼 위에 앉았다. 거기서 성장과 부식이 동시에 일어나는 풍요로운 냄새를 맡았고, 보이지 않는 물방울 소리를 들었고, 나뭇잎 사이로 언뜻언뜻 보이는 파란 하늘을 봤고, 산비둘기의 구구 하는 소리를 들었다.

"더 높이!"

마이클 형의 목소리였다.

"더 높이 던져봐. 하나, 둘, 셋!"

그것은 내가 아는 마이클 형이 아니었다.

나무 사이로 그의 모습이 보였다. 비슷한 나이의 학생들과 함께 있었는데, 모두 나보다 훨씬 키가 컸다.

그는 나무 위에 올라가서 주도적인 위치를 맡고 있었고, 다른 학생들은 마이클 형의 지시 아래, 길고 두꺼운 밧줄을 경사진 가지에 걸쳐놓고 밀고 당기면서 균형을 맞추고 있었다.

마이클 형이 그만하면 됐다는 듯이 말했다.

"타이어 가져와!"

달라진 점은 그의 목소리가 행복에 차 있다는 것이었다. 그날 오후에 나무 위에 올라가 있던 형의 목소리와 표정은 생전 처음 보는 낯선 것이었다.

형이 밧줄의 한 쪽 끝을 좀 낮은 가지에 묶고 나자, 그들은 다른 한쪽을 어디에 묶어야 그네가 가장 잘 흔들릴지 의논했다. 그들이 서 있는 곳은 타이어가 멀리 나아갔을 때 바닥에서 훨씬 높이 올라갈 수 있는 경사진 자리였다.

마이클 형은 카키색 반바지와 반팔 셔츠를 입고 있었다. 건강하고 강인해 보였다. 아주 큰 소리로 웃는 형은 예전 모습하고 너무 달라서 내가 알고 있는 형이 맞나 싶었다.

나는 관목 사이에서 일어나긴 했지만 형이 나를 어떻게 대할지 몰라서 미적미적 다가갔다.

"형."

형이 내 목소리를 못 들어서 나는 몇 번을 더 불러야 했다.

"형."

"지미!"

형이 외쳤다. 나를 보며 반가운 표정을 짓는 것도 처음이었다.

"모두 널 기다리고 있었어!"

그는 자랑스러운 표정으로 나를 친구들에게 간단히 소개했다. 처음 보는 형의 태도에 나는 어리둥절했다. 그들이 그네를 타는 동안 나는 나무 그루터기에 앉아 편한 마음으로 구경했다. 그날 오후를 보내기에는 더할 나위 없이 좋은 장소 같았다.

어떤 형이 다가와 그네 한 번 타보지 않겠느냐고 묻자, 나는 고개를 저었다.

"나중에요."

"지미는 뭐든 자기 혼자 있을 때만 해."

마이클 형이 말했다.

형이 나에 대해 비꼬지 않으면서 말하는 것도 그때가 처음이었다.

"쟤는 자기 친구들하고 있는 걸 좋아하더라구."

형이 말했지만 그것은 절반만 사실이었다. 나는 형 친구들과도 있고 싶어했으니까.

"그럼 너희 둘은 비슷하구나."

누군가가 그네를 타고 왔다갔다 하면서 말했다.

"그러고보니 둘이 닮기도 했어."

친구들이 가고 형과 나만 남았을 때 나는 그네를 타봤다.

"내가 뒤로 당겨서 제일 높은 곳까지 올라가게 해줄게."

마이클 형이 말했다.

"정말일까?"

나는 허공으로 그네를 굴리면서 물었다.

"우리 둘이 닮았다는 거 말야."

"당연하지."

마이클 형이 웃으며 대답했다.

내 추억의 보관실에는 마이클 형과 함께 지낸 기억이 많지 않았지만, 마이클 형의 그 대답은 내게 황금같이 소중했다.

"이제 원을 그리면서 타보자."

형이 그렇게 타기 시작하자, 오랫동안 매달려 있던 나는 힘이 빠졌고 결국은 서로 엉켜서 비탈을 데굴데굴 굴러 내려왔다. 우리는 큰소리로 웃었다.

한참 후에 형이 말했다.

"엄마는 미쳤어. 너도 알지? 내가 이렇게 말했다는 말은 하지 마. 하지만 리워드 교장선생님도 깊이 생각한 끝에 내리신 결론이야."

"미쳤다고?"

내가 반문했다.

"무서울 정도로."

그가 말했다. 이제 그는 웃지 않았다.

"플랙스 학장만큼이나 미쳤어. 생각해보니 엄마와 나 둘 중에 하나가 미쳤거나, 플랙스 학장과 나 둘 중에 하나가 미쳤던 거야. 어쨌든 나는 두 사람한테서 도망쳐야 했어. 힐러리도 마찬가지고. 사실 엄마랑 살게 된 사람은 다 마찬가지지. 언젠가는 너도 도망쳐야 할 거야. 안 그러면 네가 다쳐."

우리는 그네를 세차게 흔들어놓고 내려왔다. 그것이 멈추기 전에 누군가가 발견하고 유령이 흔든 것으로 생각하면 재밌겠다고 하면서. 우리는 숲으로 걸어올라가 담을 넘어 인적없는 교회 묘지로 갔다.

그날 오후에 우리는 함께 놀고 얘기하고 조용히 앉아 있기도 했다. 한 번도 해보지 않았던 일이었다. 처음으로 나는 항상 내 마음속으로 바라던 것이 무엇인지 알게 됐다. 그것은 친구 같은 형이 있었으면 좋겠다는 것이다.

우리는 별다른 일도 하지 않았고 얘기도 많이 하지 않았다. 그저 걷고 새로운 곳을 찾아다녔다. 그러다가 풍경을 바라보기 위해 뒤돌아보았다. 나무들 위로 비죽 내밀고 있는 핀치든 저택의 지붕과 굴뚝이 보였다.

"여기에 언제까지 있을 거야?"

"영원히. 내 희망이지."

마이클 형이 대답했다.

"다시는 그 여자랑 같은 지붕 아래 살기 싫거든."

그는 한참 동안 나를 쳐다봤다.

"너는 나보다 강해, 지미. 항상 그랬어. 그러니까 너는 엄마랑 살아도 무너지지 않고 살아남을 거야. 하지만 나는 안 그래. 그럴 능력이 없어. 너도 그거 알지?"

알았다 하더라도, 나는 그것을 말로 설명하지 못했을 것이다. 하지만 형이 그렇게 말하자 나는 그것이 사실이라고 믿었다. 형이 그날 오후에 한 말은 나중에 나의 방어벽 안으로 침입한 병사였다.

'너는 나보다 강해.'

하지만 그날 밤, 기숙사에서 매트리스를 바닥에 깔고 마이클 형을 포함한 다른 학생들과 자면서, 나는 내가 강하지 않다는 생각이 들었다. 소리 없이 흐르는 눈물이 베개를 적셨다. 그것은 이별의 눈물이었다. 나는 형을 병문안하러 온 것이 아니라 작별인사를 하러 온 것이었다.

다음날 마이클 형은 다시 예전의 모습으로 돌아갔다. 데면데면하고, 차갑고, 나와 완전히 다른 사람으로 느껴졌다. 내게 아는 체도 하지 않아서, 나는 그날 온종일 앨런 선생님하고만 지냈다. 리워드 교장선생님이 곁에서 지켜보며 내 얘기를 들어주기도 했다.

월요일 아침에 역까지 배웅해준 사람도 마이클 형이 아니라 앨런 선생님이었다. 토요일 오후 마이클 형은 내게 잠깐만 문을 열어주었다가 금세 차가운 세상으로 나를 밀어내버렸다. 그리고 문을 다시 닫고 영원히 열어주지 않았다. 그날 나는 형에게 잘 있으란 말도 하지 못했다. 하지만 기차가 역을 미끄러져 나갈 때 나는 속으로 외치고 있었다.

"잘 있어, 형. 잘 있어."

맞은 편 레일이 점점 흐려져 보이지 않을 때까지 나는 그것을 쳐다보고 있었다. 확실한 것은 내가 그를 두고 멀리 떠난다는 사실뿐이었다.

엄마는 내가 집에 도착했을 때 집에 있을 거라고 했다. 나는 그 말을 믿지 않았고 과연 내 짐작이 옳았다.

하지만 외할머니도 없었다.

집은 텅 비어 있어서 낯선 느낌이 들었다. 나는 난롯불을 피워야 하나 생각하면서 이 방 저 방을 돌아다니다가 외할머니 방을 들여다보았다. 뭔가 일이 생겼다는 직감이 왔다. 외할머니의 시계소리가 들리지 않았던 것이다. 외할머니 시계가 사라지고 없었다. 다른 물건들도 마찬가지였다. 침대에는 침대 씌우개만 있었고 시트도 담요도 없었다. 베갯잇도 벗겨진 채였다.

나는 내가 생각하고 있는 것이 사실이 아니기를 바라며 외할머니 방에서 물러나왔다. 엄마 방으로는 들어가지 않고 문 앞에서 고개만 내밀고 들여다봤다. 침대가 비어 있었고, 방에서는 엄마 냄새가 났다. 속이 메슥거렸다.

찾아가서 얘기를 나눌 친구가 있었으면 했다. 나 같은 남자아이.

하지만 나는 아는 친구가 없었다. 단 한 명도.

나는 해변을 따라 한참 걸어서 무너진 성터로 갔다. 그곳에서 유일하게 남아 있는 버팀벽에 올라 저 멀리 모래언덕을 바라봤다. 아직은 거기까지 갈 마음의 준비가 안 되어 있었다.

나는 차갑게 맑은 하늘에서 햇빛이 거의 사라질 때쯤에 돌아서서 집으로 왔다.

그때까지도 엄마는 와 있지 않았다.

난로에 불을 지피려고 했지만, 아무리 애를 써도 불꽃은 금방 꺼질 듯이 약해져서 따뜻해지지 않았다.

어두워진 후에 이윽고 엄마가 돌아왔다.

"일찍 왔구나."

엄마가 말했다. 그리고는 그때서야 집에 온 이유를 장황하게 설명했다. 모두 핑계이고 합리화일 뿐이었다. '엄마는 미쳤어' 형이 한 말이 자꾸 떠올랐다.

"외할머니는?"

내가 말을 꺼냈다.

"외할머니는 양로원으로 가셨다. 아주 깨끗하고 살기 편한 곳이지. 외할머니가 심신이 쇠약해져서 오늘 아침에 보내드린 거야. 여기보다 거기가 더 행복하실 거야. 훨씬 더…."

외할머니가 가버렸다. 엄마는 조용히 외할머니를 내보내기 위해 짐을 싸서 나를 마이클 형에게 보낸 것이다.

내 안에서 냉기가 느껴졌다. 얼음처럼 차가운 냉기였다. 나는 내가 엄마를 증오하고 있다는 것 그리고 엄마가 정말 미쳤다는 것을 확신했다.

"정말 이상한 일만 생기는구나."

엄마는 자신이 노력할 만큼 했다는 듯이 한숨을 쉬며 말했다. 목소리에서는 흥분과 흡족함이 느껴졌다.

"처음엔 마이클이 신경쇠약에 걸리더니 이번에는 외할머니까지! 몇 주일 동안 너무 많은 변화를 겪었어. 어쨌든 이상하긴 했지만 모든 게 잘 해결된 거야. 남아 있는 우리들은 힘들지만…."

엄마가 얘기하는 동안 나는 내 주위의 냉랭한 집이 사방으로 멀리 뻗어가는 듯한 느낌이 들었다. 앞으로의 세월도 그렇게 사방으로 뻗어있을 것이다. 내 안에서 뭔가가 무너지고 있었다.

외할머니가 가버렸다.

이루 헤아릴 수 없는 두려움과 고독감이 엄습했다.

엄마는 계속 부드러운 말투로 얘기했지만 한 마디 한 마디는 내 안의 증오심을 부채질할 뿐이었다.

"불을 다시 피워라, 지미."

엄마가 갑자기 화제를 바꾸며 말했다.

"그 동안 나는 차를 준비하마. 기념으로 도넛을 좀 사왔단다."

엄마의 기념일이었다.

이번에는 불이 탁탁 소리를 내며 금방 타올랐다. 불꽃에 엄마의 얼굴을 발갛게 물들고 눈은 반짝거렸다.

엄마 얼굴이 그렇게 편안해 보인 적이 없었다.

"외할머니 나중에 집으로 돌아오시는 거예요?"

내가 물었다.

"그러진 않을 거야."

단호한 말투였다.

"하지만 외할머니 물건들이 방에 남아 있던데요."

"외할머니가 양로원까지 가지고 가시겠다는 물건들은 다 보내드렸어. 남아 있는 것은 창고에 넣어두거나 구세군으로 보낼 거다. 샌더스 씨가 다음 주에 내부수리를 하러 올 테니까 그 전에 깨끗이 치워놔야 해. 외할머니가 점점 방을 지저분하게 쓰시더라."

마치 벼룩투성이의 마녀를 이제 막 처리한 듯한 말투였다.

나는 내 방으로 올라가 침대에 앉았다. 무엇을 어떻게 해야 할지 알 수가 없었다.

신경쇠약, 그것이 마이클 형이 떠난 이유였다.

지저분함, 그것이 외할머니가 떠난 이유였다.

그럼 나는? 집을 떠날 때까지 나는 계속 귀찮은 존재로 남을 터였다.

내 안에서 뭔가가 무너지고 있었다. 그리고 암흑시절이 다시 시작될 것 같은 두려움이 느껴졌다.

'너는 나보다 강해' 마이클 형은 말했었다.

나는 암흑시절이 들어오지 못하도록 마음 속에 성벽을 쌓고 성문을 닫아걸었다.

그리고 창문을 최대한 열어 소금기 있는 바닷바람을 쐬며 파도소리를 들었다.

엄마가 저녁인사를 하러 왔을 때 나는 자는 척했다. 엄마가 방안으로 들어올까 봐 그런 것이 아니었다. 엄마는 한 번도 들어와서 내게 입을 맞춰준 적이 없었다.

잠든 척하면서 바닷소리에 귀를 기울이고 그 공기를 들이마시던 나는 퍼뜩 무서운 생각이 들었다. '외할머니 물건을 치우듯이 형의 물건도 치웠을 거야' 그 생각이 들자 심장이 고통스럽게 뛰었다.

엄마가 나가자마자 나는 침대에서 뛰어내려가 형 방을 들여다봤다.

움직일 수 있는 것들은 모두 사라지고 없었다. 커튼도 떼어졌고 담요와 시트와 매트리스도 침대에서 없어졌다. 서랍 하나를 열어보았더니 비어 있었다. 형의 서랍에는 물건이 많지 않았지만, 지금은 아무것도 남아 있지 않았다. 그냥 건조하고 깨끗한 냄새만 남아 있었다. 엄마는 형의 모든 흔적을 없애기 위해 창문까지 활짝 열어놓았다.

나는 차가운 바닥에 맨발로 서서 형이 영원히 떠나버렸다는 것을 절감했다. 살인사건이 일어난 자리에 나 혼자 남아 있는 느낌이었다.

내 침대로 돌아가 생각했다. 친구를 하나 찾아야 해. 외할머니가 떠나버렸으니까 친구가 한 명 필요해.

'지미, 네가 나를 깨워줘야 한다'

추억 속에서 외할머니의 목소리가 들려왔고, 그러다가 슬며시 웃음이 났다. 엄마는 내 머리에 들어올 수 없으니 내 생각과 추억을 방해하거나 그것들을 쓰레기통에 버릴 수도 없을 것이다. 엄마가 들어올 수 없는 영역도 있는 것이다.

하지만 내가 틀렸다. 나는 엄마가 머릿속까지 출몰할 수 있다는 것, 그래서 잡귀를 쫓는 의식이 필요하다는 것을 모르고 있었다.

어둠이 내리고 파도소리가 점점 커졌다.

내 방 아래층, 어두운 외할머니 방에는 공허함만이 남아 있었다.

그곳에서는 이제 늙은 외할머니가 다시는 잠결에 아프리카 신사를 떠올리며 울지 않을 것이고 사랑하던 손자를 위해 코코아와 크럼펫도 만들어주지 않을 것이다.

파도소리를 들으며 누워 있다가 문득 어떤 생각이 떠올랐다. '외할머니는 오늘 밤 낯선 침대에서 잠을 못 이루고 나를 생각하고 계실 거야. 분명해.'

그런 생각이 들자, 내가 누운 침대가 열린 바다를 향해 나아가기 시작했다. 엄마로부터 영원히 멀어지며 곧장 바다 쪽으로 떠내려갔다.

모래언덕에 핀 꽃들

　　　　　　　마이클 형이 내게 살갑게 대해준 건 아니지만 그가 사라진 후 몇 달 동안 나는 버림받은 기분이 들어 괴로웠다.
　다시 겨울이 왔고 엄마와 나는 둘이서 크리스마스를 보냈다. 외할머니가 잠깐 쓸쓸한 얼굴로 다녀가기는 했지만 말이다. 어둡고 강풍이 부는 우리 동네의 겨울 바닷가는 바로 내 마음의 풍경이었다.
　하지만 드디어 새로운 빛과 신기한 온화함으로 넘치는 기적 같은 봄, 얼었던 마음이 풀리고 점점 자유로워지고 있다는 기분이 드는 봄이 찾아왔다. 해마다 천지만물이 갑자기 힘을 얻어 겨울의 음산함을 떨치고 앞장서서 기쁘게 달려가는 그런 특별하고 마술 같은 날이 찾아온 것이다.
　해변을 따라 바다가 희미하게 다시 빛나고 조약돌이 새 봄빛을 받아 반짝거리는 그런 날이었다.
　일찍 일어난 나는 상쾌한 기분에 콘플레이크를 서둘러 먹고 차를 단숨에 마시고 바닷가 공터로 달려나갔다.
　동쪽 수평선에서는 굿윈 사주 쪽으로 증기선들이 검은 연기를 길게 끌며 오가고 있었다. 어떤 배들은 템즈 강 하구를 향해 북쪽으로 가고 있었고, 어떤 배들은 대서양으로, 더 나아가 7대양으로 진출하기 위해 영국해협 남쪽으로 내려가고 있었다. 내 주위와 머리 위쪽에서는 갈매기들이 정신없이 날고 있었다. 날씨가 너무 좋아서 그것들도 나처럼 어느 쪽으로 날아갈지 갈피를 못 잡는 것 같았다.

그날은 폭발과 발견의 날이었다. 나는 해변에 앉아 한동안 심호흡을 하다가 방파제에서 뛰어내려 자갈해변으로 내려갔다. 그리고 작은 방사제가 나올 때마다 그것들을 넘고, 작은 파도가 물러나며 모래 섞인 자갈을 드러내는 것을 보며 북쪽을 향해 걸어갔다.

내가 다가가자 갈매기들은 목을 검은 창처럼 앞으로 내밀고 끼룩거리며 날아올랐고, 가마우지들은 나를 지나 파도 바로 위로 날며 스토닝 제방의 집결지로 향했다. 그들의 깃털은 햇빛을 받아 검푸르게 보였다.

나는 자갈해변을 자박자박 걸으며 모래언덕으로 향했다. 작은 방사제를 넘고 수면에 돌을 던지면서, 파도에 떠올라온 잡동사니를 줍고 버리면서, 멈춰서서 바라보고, 멈춰서서 냄새 맡고, 멈춰서서 호흡하며 시간은 아랑곳하지 않았다.

봄이 온 첫날, 인간세상은 겨울을 보내느라 늙고 지쳐 있었지만 자연세계는 다시 젊어지고 희망으로 가득 차 있었다. 나는 그 둘 사이에 서서 한 번도 가보지 않은 곳에 가보고 싶은 용기가 생겼다.

북쪽으로 방향을 잡으며 나는 지금이 모래언덕을 탐험할 때라고 판단했다. 이제는 그렇게 확 트인 공간이 두렵지 않았던 것이다. 나는 무너진 성벽을 올라 잔디로 뒤덮인 스토닝 골프장을 내려다봤다. 그리고는 다시 자갈해변으로 내려와 새로운 세계를 향해 계속 나아갔다.

　머리 위 까마득히 높은 곳에서 무슨 소리가 들렸다. 그 새가 밝은 색 하늘을 배경으로 떨 듯 노래하는 소리, 날개 파닥이는 소리, 구르듯 지저귀는 소리, 여기저기 날아다니는 소리였다. 자세히 보기 위해 비탈길을 올라갔지만 그것은 더 멀리 북쪽으로, 모래언덕을 향해 날아갈 뿐이었다.
　골프장 출입을 금한다는 경고문이 붙어 있었지만, 거기에는 지키는 사람도 없었고 코스를 따라 자갈길 옆으로 쳐진 철사 울타리는 오래 전에 녹슬어서 떨어져 나간 곳이 많았다.
　그날 모래언덕은 내 세계의 일부가 되었고 나를 막는 장벽은 없었다.
　나는 울타리를 뚫고 들어가 목을 길게 빼고 새들을 따라 골프장으로 들어갔다. 골프장은 멀게만 보였지 별 것 아니었다. 나는 골프 코스를 따라가지 않고, 그 새가 나를 이끄는 곳으로 갔다.
　가시금작화 몇 송이가 피어있는 곳에서 걸음을 멈추고 꼼짝 않고 서 있다가 털썩 주저앉았더니, 그 새는 즉시 날개를 파닥거리며 내려와 앞에 있는 모래언덕 마루에 내려앉았다. 살금살금 기어가봤더니, 그 새는 내 모습이 보이지 않아서 반점이 있는 연약한 꼬리를 저으며 불안해하고 있었다.
　그러다가 나는 가만히 있지 못하고 일어나서 풀밭을 가로질러 비탈길 꼭대기에 올랐다가 부리나케 그 새를 향해 뛰어 내려갔다. 그리고는 다른 비탈길을 올라가고 다시 내려가면서 계속 그렇게 달렸다. 그 새는 하늘로 날아올랐고, 나는 노스엔드의 그늘을 뒤에 남겨

놓고 바닷바람의 자유를 느끼며 숨이 턱에 찰 때까지 계속 달렸다.

헐떡이면서도 웃음이 났다. 나는 웅크리고 앉았다가 숨이 회복되자 새를 좇아 다음 모래언덕으로 달렸다. 꼭대기에 오르면 다시 아래를 향해 내달렸다.

"오! 오!"

나는 누군가에게 걸려 넘어질 뻔했다. 소녀 같기도 한 그녀는 땅에 무릎을 꿇고 앉아 돋보기로 뭔가를 들여다보고 있었다.

우리는 동시에 놀라서 소리쳤다.

내게 화를 낼 줄 알았는데, 그녀는 괜찮은 것 같았다. 내 머리 위 어디에선가 그 새가 다시 떨기 시작했고 내 시선은 그것을 찾아 다시 하늘로 향했다.

"너 종달새 찾고 있구나! 절대 못 찾을걸!"

그녀가 내 시선을 좇으며 말했다. 우리는 손으로 이마에 차양을 만들어 햇빛을 가렸다. 그 새의 이름을 알게 되자 나는 중요한 것을 손에 넣은 듯한 기분이 들었다.

"어, 네."

그러고 나서 나는 다음에 무슨 말을 해야 할지 몰라서 어색하게 서 있었다.

그녀는 안경을 쓰고 있었고 트위드 치마와 등산화를 신고 있었다. 나는 맥스 삼촌과 피오나 숙모와 함께 지내면서 등산화라는 걸 처음 알게 됐다.

"저…"

그녀가 무슨 얘기를 하려 했지만, 나는 그 자리가 어색해서 날아가는 새를 쫓아갔다.

"그럼, 안녕!"
그녀가 내 뒤에 대고 인사했다.
"안녕히 계세요!"
그때가 해리엇을 처음 만난 날이었다.

그 이후 몇 달 동안 나는 새와 포유동물, 습지와 해변에 피는 꽃 등 모래언덕에 사는 동식물들을 찾아다니기 시작했다. 먼저 양서류 ― 도롱뇽, 두꺼비, 개구리 ― 를 발견했고 개천과 수로를 넘어 북쪽과 서쪽으로 진출하면서 미끈거리는 장어와 흑쥐도 발견했다. 시간이 지나 더 먼 곳까지 가면서 스테인 강이 바다와 만나는 적막한 곳에서 철새들이 이동하는 모습도 보고, 강가의 진흙과 조가비가 많은 해변에서 부산하게 움직이는 생명들도 지켜봤다. 잘 모르는 사람들의 눈에나 그곳이 죽어있는 곳으로 보이는 것이다.

모래언덕은 자갈해변에서 내륙 쪽으로 800미터 조금 못 되게 펼쳐져 있는데, 스토닝에서 스태닉까지 이어지는 예전 간선도로에까지 닿아 있었다.

북쪽으로는 램파트 가에서 스태닉 만까지 8킬로미터 정도 뻗어 있어서, 스토닝에서 최북단까지 하루에 걸어가기에는 너무 멀었다. 최북단 땅은 바람이 세차게 불고 인적이 드문 스테인플릿으로서, 거기엔 바닷새들의 평화로운 보금자리가 있었다.

나는 엄마의 지도책을 보며 지도 읽는 법을 혼자서 터득했다. 용기를 내서 혼자서 그 먼 곳까지 가보니 모래언덕에는 볼 만한 것들이 많았다.

집에서 가까운 모래언덕에서도 찾을 것들이 많았다. 숨을 곳, 하늘 아래 등을 깔고 누워 있을 곳, 종달새들을 지켜볼 수 있는 곳이 수천 군데나 되는 광대하고 멋진 곳이었다.

그곳에서는 토끼를 쫓아다닐 수도 있었고, 골퍼들을 구경할 수도 있었고, 골프공을 주우러 다닐 수도 있었다. 그뿐 아니라 여기저기가 이미 녹슬고 떨어져나가는, 그래서 해가 갈수록 관목 아래 더 깊이 묻히고 있는 전시의 방어시설과 총좌도 볼 수 있었다.

골프장의 골퍼들 외에도 그곳을 드나드는 사람들이 있었다. 고기 잡는 어부들이 따분한 자갈해변보다는 그 길을 애용했던 것이다. 스토닝에서 정기적으로 오는 사람은 버블스 아저씨뿐이었지만 갯지렁이를 잡으러 오는 다른 사람들도 스태닉 만을 오갔다. 그리고 모래언덕에서 먼 서쪽으로는 농부들이 밭에서 작물을 키우거나 습지에서 가축을 키웠다.

가끔 아이들이 연을 날리러 오기도 했지만 그들은 램파트 주택지 근처에서만 놀았다. 어쩌다 한 번씩 새 이름을 알고 있던 그 여자와 마주치기도 했다. 그녀는 나에게 손을 흔들었고 나도 손을 흔들어주었지만, 서로 방해하지 않고 하던 일을 계속했다. 하지만 그녀가 근처에 보일 때면 길에서 다정한 여행자를 만난 것 같아 기분이 좋았다.

우리 같은 몇몇 사람들을 제외하면, 모래언덕은 사람들이 자주 올 만한 곳은 아니었다. 너무 황량하고 적막해서 읍내의 편안함과 안전함과는 거리가 멀었던 것이다.

그녀가 거의 매일 그곳에 온다는 것을 알게 되었을 무렵, 엄마는 모래언덕에 수상한 사람들이 있으니 조심하라고 했다.

"수상한 사람들요?"

내가 어두운 목소리로 반문했다. 음악을 가르쳐주며 내 성기를 만지려 했던 구세군의 세디를 떠올리며.

"불쾌하기도 한 사람들이지."

엄마가 덧붙였다. 자기 자신의 두려움에서 벗어나지 못하는 것 같았다.

"엘리자 메인을 잊진 않았겠지?"

엘리자 메인이 누군지는 모르지만 잊지는 않았다. 나는 그녀를 지도책에서 처음 찾았는데 그녀의 비석 자리가 또렷하게 표시되어 있었다. 나는 그것을 직접 찾아보려고 나섰다. 100여 년 전에 세워진 그 비석은 풀밭 위로 솟아 있었다. 거기에는 그녀가 가장 극악하게 죽임을 당했다고 적혀 있었다. 해변의 거친 풀에서 바람이 일었고 나는 재빨리 돌아보았지만 황량한 빈 풍경뿐이었다. 해질 무렵 어둠이 깔릴 때, 엘리자 메인 같은 귀신들은 100년의 세월을 뛰어넘어 모래언덕으로 올지도 몰랐다. 뒤에 누가 쫓아올까봐 두려워하며, 그리고 얼른 여행을 마치고 안전한 읍내의 불빛으로 들어가기 위해서 말이다.

그럴 때는 옛날의 간선도로를 따라 도랑 옆에 있는 풀들의 바스락 소리에 섞여 발을 질질 끌며 걷는 소리를 들을 수 있었다. 또한 근처의 좁은 콘크리트 트랙 - 자원감시부대를 위해 지어진 폭이 2.5피트밖에 되지 않는 - 에서도 눈을 감으면 대공감시원과 포병들의 롤리자전거 바퀴소리가 들려왔다.

"지미, 지미, 여태 어딨었니?"

처음 모래언덕에 가봤던 여름에 여기저기 돌아다니다 해가 진 뒤에 들어가면 엄마는 그렇게 묻곤 했다. 하지만 그다지 관심 있는 말투는 아니었다.

설령 관심이 있었다 하더라도 딱히 대답할 말이 없었다. 멀리까지 쏘다니면서 많은 걸 봤지만 내가 간 곳이 정확히 어디이고 내가 본 것이 무엇인지 나도 모르고 있었기 때문이다. 게다가 내가 보고 경험한 것은 머릿속에서 자꾸 바뀌고 변했다. 나는 시간의 노예가 아니었지만, 시간은 나를 속이고 내 기억을 뒤섞였다.

"여태 어디 있었니?"

"모래언덕에요."

그것이 내가 할 수 있는 가장 성실한 답변이었다.

나는 모래언덕에 나오는 아이들이 왜 그렇게 적은지 나중에야 알게 됐다. 그들은 무리지어 다니는 거친 실업학교 학생들이 무서웠던 것이다. 자전거를 탄 그들은 고무줄 새총과 축구공을 가지고 근처 가스공장을 지나 램파트 주택가까지 나왔다. 하지만 그들은 노스엔드에 살지 않았고, 나하고도 모르는 사이였기 때문에 나는 그들을 무서워할 이유가 없었다.

어쨌든, 그 무리들도 멀리까지 오지 않았다. 자전거 바퀴는 모래에 파묻힐 것이고 축구공은 개천에 빠져 찾을 수도 없을 것이기 때문이다. 그들은 한두 번 나를 쫓아왔지만 그때는 이미 모래언덕이 내 영역이 되어 있어서, 나는 여우처럼 그들 시선에 잡혔다 안 잡혔다 하면서 내가 알고 있던 길 혹은 내가 만들어놓은 길을 따라 달려갔다. 그리고는 땅에 엎드려 숨을 고르며 그들이 엉뚱한 방향으로 가는 것을 지켜봤다. 그들을 보며 나를 지키기 위해서 항상 주위를 감시해야 한다는 것을 배웠다.

나는 가끔 바람을 피하고 햇볕을 즐기기 위해 풀밭에 누워있곤 했다. 개미와 꽃을 자세히 들여다보기도 했다. 개미는 작고 붉은색이었는데 모래 안에서 살았고, 꽃도 모래땅에서만 자라는 것이었다.

내가 좋아하는 꽃은 땅에 바싹 붙어서 자라고 크기도 데이지 정도밖에 안 하는 노란색 꽃이었다. 그것을 전에 본 적이 있는데 그곳이 어디인지 기억이 안 나 애가 탔다. 예전에 친하게 지냈던 친구의 이름이 생각나지 않을 때 아마 그런 기분일 것이다.

7월 어느 날, 배를 깔고 엎드려서 그 노란 꽃을 들여다보고 있는데, 그림자 하나가 근처 풀밭에 나타나더니 가까이 다가왔다. 도망가기에는 너무 늦었다.

"꽃 연구하니?"

그 사람이 말했다.

눈이 부셔서 말한 사람의 얼굴을 쳐다볼 수는 없었지만, 목소리를 들으니 그 여자였다.

나는 일어나 앉았지만 무슨 말을 해야 할지 몰랐다.

"그 꽃 이름 알아?"

그녀가 쪼그리고 앉으며 물었다. 그녀는 내가 처음으로 모래언덕에서 만났고 그 후로 여러 번 본 사람이었다. 그날은 초록색 트위드 치마에 굽이 낮은 신발을 신고 있었다.

그녀가 내 맞은편에 쪼그리고 앉았기 때문에 내 눈에는 그녀의 밤색 스타킹 목 부분이 언뜻 들어왔고, 속바지의 흰색도 보였다. 나는 어디로 눈을 돌려야 할지 몰랐지만 보고 싶은 곳은 분명히 있었다.

그녀는 항상 카키색 배낭을 메고 머리카락이 바람에 날리지 않도록 스카프를 두르고 있었다. 선생님처럼 보이기도 했는데 지금까지 나를 가르쳤던 선생님들보다 더 젊고 더 건강해 보였으며 걸음걸이도 훨씬 더 활기찼다. 그녀는 내 시야에 있다가도 어느새 모래언덕의 외딴곳이나 후미진 곳으로 사라졌다. 그러다가 다시 개천가의 식물들 사이에 앉아있는 모습이 보였다.

"그 꽃 이름 알아?"

나는 그녀의 허벅지를 누르고 있는 스타킹 밴드를 만져보고 싶었다.

"어… 아니요."

내가 대답했다.

"어, 너구나! 모래언덕에서 자주 봤잖아."

"네."

"친구는 없니?"

그녀는 의외라는 듯이 따뜻한 말투로 물었다. 나는 거짓말도 하기 싫고 솔직하게 말하기도 싫었다.

"여기 모래언덕까지 오려는 애들은 없어서요."

"내 친구들도 그래. 그런데 저 꽃 이름은 양지꽃이야."

그녀는 내 눈이 속바지에 가 있는 것을 보고는 웅크려 앉은 자리에서 옆으로 돌아앉았다. 품위 있는 태도였다.

"양지꽃이요?"

나는 다른 데로 관심을 돌리며 꽃 이름을 다시 발음해 보았다.

내가 이름을 알게 된 첫번째 들꽃이었다. 데이지나 수선화, 민들레, 쐐기풀, 들장미처럼 누구나 다 아는 것들 외에는 말이다.

"약초학자들은 그것을 통증을 멈추는 데 썼대."

나는 약초학자들이 무엇을 하는 사람들인지 모르고 있었다.

"그러니까 그게 약초라고도 할 수 있는 거지."

"아, 그렇군요."

"식물은 모두 이름이 있고 여러 가지 약효도 있대."

나는 그 작은 꽃의 풍부하고 따뜻해 보이는 노란색 꽃잎을 들여다보며 '양지꽃'이라고 속삭였다. 그때는 지식으로 향한 새로운 문이 내 앞에서 열리고 있다는 것을 몰랐다.

"모든 식물이 이름이 있다구요?"

내가 되물었다.

그녀는 미소를 지으며 고개를 끄덕였다. 그리고는 내 옆 풀밭으로 옮겨 앉더니 배낭을 열어 손때 묻은 책을 한 권 꺼냈다. 그 책에는 페이지마다 꽃 사진이 있었는데 수백 가지는 되는 것 같았다. 나는 책장을 휘리릭 넘겨보고 그녀의 향기를 맡았다. 기분 좋은 냄새였다.

"이건 이름이 뭐예요?"

나는 숨이 막힐 듯해서 내가 이미 알고 있는 꽃을 가리키며 물었다.

"블래더 캠피온."

"자갈해변 근처 모래언덕에서 봤어요."

내 안에서 여러 가지 감정이 뒤섞이며 울렁거렸다. 그녀의 입술은 붉었다.

"맞아, 그래."

나는 그녀의 붉은 입술이 움직이는 것을 보고 있었다.

"꽃 아래에 공기주머니 같은 좀 두꺼운 잎이 있지."

그녀의 목소리는 부드러웠다.

"그리고 이건…"

나는 이탤릭체로 씌어진 글씨를 곰곰이 들여다보았다.

"이것들도 모래언덕에서 피는 꽃들이야. 모두 이름이 있지."

그녀가 내게 가까이 오자 온 세상이 빙빙 돌았다. 하지만 얼른 정신을 차렸다.

우리는 모래언덕 너머 자갈제방 쪽을 바라보며 조용히 앉아 있었다. 그곳까지 해변의 들꽃들이 자라고 있었다.

"이것도 모래언덕에서 피는 꽃이에요?"

내가 양지꽃을 가리키며 물었다.

그녀는 망설이다 대답했다.

"다른 곳에서도 필 거야. 황야나 산에서도 피는데, 다른 꽃들보다 번식력이 강하지. 땅에 바싹 붙어서 자라니까 토끼나 사슴이 뜯어먹지 못하거든."

"산이요?"

"응, 산에서도 자라."

그 말이 내 기억을 일깨웠다. 언젠가 가본 장소에서 누군가가 나를 부르는 것 같았다.

'지미, 지미, 지미…'

그러더니 끊임없는 산들바람이 내 안을 통과해서 지나갔고 나는 동요하며 주위를 둘러보았다. 잃어버렸다는 것만 알고 이름은 알지 못하는 그 뭔가를 찾아서.

"전에 맥스 삼촌과 피오나 숙모랑 함께 산에 올랐는데, 그 산은… 그 산은…."

그들은 산 정상 가까이에서 나를 두고 조금 떨어진 곳으로 바람과 함께 걸어가더니 거기서 웃으며 얘기했다. 그때가 삼촌이 숙모에게 청혼하던 때였다. 나는 모래언덕에 서서 기억해냈다. 나와 그들 사이 풀밭에 작은 양지꽃이 카펫에 박힌 금빛 별처럼 점점이 피어 있었다는 것을.

맥스 삼촌과 피오나 숙모가 그리웠다. 그 산도 그리웠다. 거기에 한 번밖에 오르지 않았고, 그 후로 그곳을 생각한 적도 없었는데 이상한 일이었다.

"그 산은 모일 새보드라는 산이었어요. 거기서 처음 이 꽃을 봤어요."

그 산이 나를 부르는 소리가 들려오는 듯했다. 고통과 환희의 중간쯤 되는 아주 인상적인 소리였다.

"그 뒤로는 다시 못 갔고, 삼촌이랑 외숙모는 미국으로 떠났어요."

그 여자는 나를 쳐다보았다. 모일 새보드를 모르는 눈치였지만, 그녀 내부의 뭔가를 느낄 수 있었다. 그것은 피오나 숙모도 지니고 있던 것, 따뜻함과 자연스러움이었다. 그 느낌의 이름을 몰랐지만, 그날부터 나는 그것을 품고 다니게 되었다. 그것은 내가 찾고 있던 보물의 일부였고, 다시 찾고 싶은 그 집의 일부이기도 했다. 그 집에는 그런 따뜻함이 스며 있을 것 같았다.

"꽃에 대해 많이 아시네요."

내가 말했다.

"도버 대학 시험과목 중 하나로 생물학을 선택했지. 우리 학년에서는 나밖에 없어. 그 과목에 식물학도 포함되어 있고. 지금은 모래 언덕의 꽃에 관한 보고서를 쓰고 있어."

"몇 살인데요?"

"16살."

내가 보기에는 서른 살이었는데.

"너는?"

"열네 살이요. 스태닉 인문중학교에 다녀요. 이름은 지미 로바예요."

"난 해리엇 포스."

그녀가 손을 내밀었고 우리는 악수를 했다. 마치 친척들이 우리를 소개한 것처럼. 하지만 그것은 중요하지 않았다. 우리는 양지꽃에 대해 얘기를 하며 서로에 대해 깊은 인상을 받았던 것이다.

나랑 친구가 된 사람들은 그날처럼 거의 예외 없이 우연히 그렇게 만났다. 나는 길 위에 있었고, 그 길이 갑자기 모퉁이에서 꺾어졌는데 거기에 그들이 있었던 것이다. 마치 나를 만나 함께 여행하기 위해서 영겁의 세월을 기다린 것 같았다. 그 순간부터 그 친구들은 계속 나와 함께 여행했다. 직접 할 수 없는 경우에는 추억 속에서라도 동행했다.

웨일즈에서의 잃어버린 장면을 기억해내던 때도 그런 순간이었다. 길이 꺾어지고 해리엇이 거기에 있었던 것이다. 그리고 영원히 나와 함께 했다.

"가야겠어요."

나는 갑자기 어색해져서 그렇게 말했다. 그녀의 나이가 얼마든 별로 신경 쓰이지 않았다.

"음… 그래. 다시 만났으면 좋겠구나. 잘 가!"

그녀가 말했다.

"네, 그럼."

나는 모래언덕을 가로질러 되돌아왔다. 바닷가로 내려가 수면에 돌을 던질 때는 내가 그녀에 대해 모두 잊어버렸다고 생각했다.

조류(潮流)

해리엇을 알게 된 그 해, 하늘색 중고 자전거가 내 손에 들어왔다. 그것의 핸들은 아래로 구부러진 형태였는데 왠지 아귀가 안 맞는 느낌이었다. 샌더스 아저씨가 내게 브레이크를 점검하는 방법, 안장 높이를 맞추는 방법, 방향을 조정하는 방법을 가르쳐 주었다. 그래도 한동안은 페달에 발도 잘 닿지 않고, 넘어질 듯 이리저리 비틀거렸다. 그러다가 어느 날 갑자기 자전거가 작아지는 것 같더니 내 몸에 딱 맞게 느껴졌다.

모든 것이 빠르게 바뀌고 있었고, 그 해에는 내 안에서도 뭔가 이상하고 갑작스러운 감정이 바다 위로 불어오는 질풍처럼 다가왔다. 나는 자전거를 집어타고 노어 가를 쏜살같이 달려 모래언덕으로 달리곤 했다. 전시에 지어진 콘크리트 자전거 도로를 바람을 가르며 날쌔게 달렸다. 자전거는 갈라진 틈을 만나면 요란한 소리를 내며 튀어올랐고, 방향을 바꿔 모래언덕으로 올라가서는 퍽 하고 부딪히며 다시 도로 쪽으로 넘어지려고 했다. 바퀴는 체인에 들어간 모래 때문에 조금씩 뒤틀리고 있었다.

나는 미친 사람처럼 바람을 가르며 달리고 종달새를 향해 소리를 질러댔다. 변성기가 시작되고 있어서 개구리 우는 소리처럼 들렸다.

집에는 마이클 형도 없었고 엄마와 얘기하고 싶은 것도 없었다. 가끔 찾아오는 엄마 친구들도 마찬가지였다.

"다들 겪는 일이야."

엄마는 그날 기분에 따라 찡그리거나 웃으며 나를 두고 그렇게 말했다. 우리는 가끔 다투기도 했다. 침묵 속의 신경전은 몇 시간이 가기도 했고, 며칠이 가기도 했다.

나는 엄마랑 함께 상점에 가는 걸 거부했다. 사실 거의 대부분을 거부했다. 싫어요. 싫다니까요.

"그렇게 버티는 동안 벌써 거기 갔다가, 돌아오는 길에 빵도 사왔겠다."

"싫어요, 아무리 그래도 싫다구요."

엄마의 불그레하고 거친 손이 올라가기도 했지만, 나는 이제 재빨리 비켜서서 해볼 테면 어디 해보라는 듯이 맞섰다.

"지독한 놈들."

엄마는 증오와 지겨움이 섞인 말투로 그렇게 말했다.

"지독하고 징글징글한 놈들."

나는 항상 반갑게 맞아줄 엄마를 기대하며 학교에서 돌아왔지만, 그런 일은 한 번도 없었다. 대신 거기에는 저녁식사를 어떻게 해서 먹으라는 쪽지만 있었다. 음식에 엄마의 회색 머리카락이 들어 있어서 비위가 상한 적도 있었다.

좀 친절하게 대해 줄 수도 있었건만 엄마는 그러지 못했다. 성격도 점점 불같아졌다. 윗입술에 있는 털에 땀이 맺힐 정도로 흥분하기도 했다. 가까이 가지 않는 게 상책이었다. 엄마는 항상 신경질이 나 있었지만 이제는 그 정도가 더 심해지고 있었다. 그런 때는 지나간 인생이나 놓쳐버린 기회에 대해 얘기하지 않았다. 했다 하더라도 내가 귀를 기울이거나 흥미를 나타냈을지 의문이다.

하지만 가끔, 겨울이면 저녁에 난로 앞에 앉아, 여름이면 마당에 나가서, 또는 햇볕에 따뜻해진 벽돌처럼 기분이 온화해졌을 때, 엄마는 살아온 얘기를 들려줬다. 이모와 외삼촌과 외할아버지, 옥스퍼드, 동료 대학생들과 강에서 보트를 타던 일, 하워드 스커플과 그의 친구들, 숙소까지 자전거를 타고 가던 일, 그리고 30대 초반에 가본 스페인…. 엄마는 학창시절을 마무리하고 한동안 하워드와 냉각기를 갖기 위해 그곳에 갔다고 한다.

나는 듣고 있다가 물었다.

"스페인어 할 줄 알아요?"

"어, 그럼…."

그렇게 대답하는 엄마의 얼굴에는 추억의 미소가 번졌는데, 그때 그 추억을 이해하기엔 내가 너무 어리다고 생각했는지, 아니면 그 추억을 말하는 순간 그것이 사라질 것 같아서인지 더 이상 얘기해주지 않았다.

"오렌지가 스페인어로 뭔지 알아요."

한번은 내가 말했다.

"그건 나란야스예요."

"오, 어…."

엄마는 그렇게 반응했지만 그뿐이었다.

엄마가 가지고 있던 기억은 지워버리고 싶던 어두운 기억이었다.

엄마는 평생 동안 가장 소중하고 가장 내밀한 기억은 아무에게도 말하지 않고 혼자서 간직했다. 엄마가 말하지 않은 것들, 즉 마이클 형과 나를 임신하고 낳았던 전쟁기간이 엄마에게 가장 소중한 세월이었음은 상상하기 힘들었다.

엄마가 너무나 비밀스럽게 간직한 화원에서 가장 향기롭고 소중한 들꽃은 사람들 – 나의 아버지를 포함하여 – 이었음을 내가 어떻게 알 수 있었겠는가?

엄마가 마지막으로 손찌검을 한 건 내가 해리엇을 만나고 자전거와 더불어 활기에 넘쳐 살던 몇 달 동안이었다. 나는 엄마 손에 얼굴을 정면으로 맞아 코피가 흘렀다.

그 일이 일어난 장소는 생선냄새와 양배추 냄새로 불쾌한 부엌이었다. 엄마는 일주일 내내 기분이 언짢은 상태였는데, 내가 도가 지나치게 비아냥거리자 참지 못하고 폭력을 쓴 것이다. 나는 놀라서 엄마를 쳐다보았다. 피가 흘러내려 소매와 손을 적시고, 기름범벅에 쥐며느리까지 있는 지저분한 타일바닥으로 떨어졌.

우리는 아무 말 않고 서로를 노려봤다. 그때 나는 식민지가 본국에서 독립하듯이 나도 엄마로부터 독립해야 하는 순간이 왔다는 것을 깨달았다.

"모래언덕에 갈게요."

그렇게 말하는 순간 그곳은 내 정신생활의 중심부가 되었다. 나는 보트창고의 다락방이나 내 침실에 갇혀 있지 못할 만큼 자라버렸고, 이제는 집 밖으로 나갈 만큼 자란 것이다.

나는 코와 입 주변의 코피를 닦지도 않고, 전투의 상처를 지닌 채 아무런 감정 없이 자전거 페달을 밟았다. 마음속에서는 분노와 고통, 좌절감, 고독감, 자기연민이 소용돌이치고 있었다.

지독한 엄마, 징글징글한 엄마, 그렇게 생각하다가 나는 엄마의 말투가 생각나 쓴웃음을 지었다. 그러다가 내 안에 있는 엄마의 목소리를 파괴할 수도 있다는 생각에 움찔했다. 내 머릿속에 있는 것이 단순히 내가 하는 엄마 생각이 아니라 엄마 자신이라는 기분이 들자, 머릿속에서 엄마를 밀어내는 것이 생각보다 쉽지 않다는 예감이 처음으로 들었다.

마이클 형이 왜 신경쇠약에 걸려 도망쳐야 했는지 알 것 같았다. 내면에서 치러야 할 전투가 무시무시한 모습을 드러내기 시작했다. 나는 바람 부는 모래언덕에서 내 머릿속에 든 엄마 생각을 깨끗이 씻어내려 했다.

"지미, 어디 가니."

샌더스 아저씨가 해안관리실에 있다가 나를 불렀지만 나는 못 들은 척했다. 모래언덕 저쪽에서 손을 흔드는 해리엇에게도 손을 흔들지 않았다.

모래와 무성한 풀밭에서 더 이상 페달을 밟지 못할 정도로 지쳤을 즈음, 나는 골프장의 일곱번째 티에 자전거를 밀어두었다. 그 위에는 가장 높은 모래언덕이 솟아 있었다. 자전거를 두고 모래언덕을 올라간 나는 바람이 불어오는 방향을 향해 개구리 울음소리 같은 변성기의 목소리로 악을 썼다. 내 머릿속에 있는 엄마를 내 입을 통해 추방하기 위해. 그렇게 하고 나니 정말 쫓아내버린 듯 안심이 됐다.

지독한, 지독한….

나는 엄마의 못된 성미에서 자유롭게 탈출해서 모래언덕을 뛰어

내려갔고 풀밭을 건너 자갈제방 아래로 내려갔다. 그리고 별받고 있는 해병대원처럼 있는 힘껏 위로 달려갔다. 다리가 끊어질 듯하고 발도 아파서, 제방 끝까지 가서는 숨을 헐떡거리며 노스엔드 너머 세상을 둘러보았다. 광활한 바다를, 영국의 구불구불한 동쪽 해안선을 따라 서 있는 타넷의 석회절벽 너머 북쪽과 북서쪽을, 그리고 지명은 알지만 내가 거기에 가볼 가능성은 없는 곳 – 페나인과 스코틀랜드 그리고 케이프 래스 – 까지.

그 다음에는 남쪽과 서쪽, 도셋으로 뻗어있는 자갈길을 그리고 데번과 콘월의 불규칙한 해안선을, 그리고 대서양 건너 미국 쪽을 바라봤다. 마음속으로만 그려볼 수 있을 뿐 그렇게 멀리까지는 보이지 않지만 말이다.

마지막으로 먼 남쪽 7대양을 향해 눈을 돌리며, 태양의 나라, 낙타가 사막을 건너고, 모터보트를 타고 강을 거슬러올라가고, 다우(삼각돛을 단 연안항해용 범선 : 역주)를 타고 논에 가는 더운 나라를 그려보았다. 이런 광경들을 나는 백과사전에서 봤었다.

자갈제방 마루에 나는 그렇게 서 있었다. 처음부터 상처입은 채 노스엔드에서 시작한 내 외로운 여행의 환상은 어느새 사라지고 있었고 보람도 희망도 없는 꿈은 발아래 찢어진 마른 해초처럼 자갈해변 아래로 사라지고 있었다.

마지막으로 열정과 신념 – 내가 언젠가는 탈출할 수 있을지도 모른다는 – 을 끌어모아 나는 훨씬 가까운 곳을 바라봤다. 그날은 보이지 않았던 프랑스 땅이었다. 그리고 나는 스스로 다짐했다.

'언젠가는 저곳으로 가서 바다를 사이에 두고 엄마와 영원히 결별할 테다'

일종의 약속이었다.

나는 모래언덕으로 내려와 현실세계로 돌아왔다.

그리고 한 번도 가보지 않은 먼 북쪽 모래언덕을 향해 출발했다. 자전거는 돌아오면서 가져가기 위해 가시금작화 덤불에 그대로 두었다. 내 목소리의 반쯤은 소년이었고 내 몸의 반쯤은 어른이었다. 말랐지만 강했고 힘이 솟아나는 것이 느껴졌다. 어두운 집안에 혼자 있는 엄마한테서 점점 더 멀어지기 위해서 계속 걸었는데, 그 부근의 모래언덕은 멋진 골프장이었고 울타리도 부서진 곳이 없었다. 다시 자갈제방을 향해 올라가보니, 그곳은 스태닉 만이었다. 게다가 얕은 웅덩이와 건초들이 있는 먼 모래사장에는 내가 알고 있는 사람도 보였다. 갯지렁이를 잡고 있는 사람들 중 가장 얼굴이 탔고, 가장 키가 크고, 가장 어깨가 넓은 사람, 바로 버블스 아저씨였다.

"오랜만이다."

그가 말했다.

"결국 여기까지 왔구나. 이제야 오다니!"

그가 노스엔드의 파도에서 나를 구해준 지 4년이 넘었다. 그 동안 아저씨가 같이 갯지렁이를 잡으러 가자는 말을 자주 했었지만, 나는 한 번도 찾아오지 않았었다.

아저씨의 목소리는 저음이면서 깊은 울림이 있어서 한밤의 파도에 자갈이 움직이는 소리 같았다. 그가 일하는 곳에 오게 되자 나는 기쁜 마음에 씩 웃었다. 그는 짧은 끌과 자신이 개조한 손잡이가 긴 갈퀴로 갯지렁이 잡는 것을 보여주었다. 갯지렁이는 빨랐기 때문에 그도 일하는 동작이 재빨랐다. 파내고, 몸을 굽혀서 잡아내고, 그것을 깡통에 재빨리 넣은 다음 다른 자리로 이동한다. 뒤로 물러나면서 파기 때문에 그것을 담는 통은 뒤에 놓는다. 그는 미끼를 잡기 위해 바다 쪽을 향해 고랑을 길게 팠다.

그가 파낸 곳은 금방 바닷물이 차서 하늘이 들어앉았다. 머리가 검고 날개 끝이 날카로운 제비갈매기가 갯지렁이를 잡아먹기 위해 떼지어 날아와 깡통 주위를 맴돌았다. 겁이 많아서 깡통 안에 든 갯시렁이를 채가지도 못하면서, 서로 뛰어들라고 부추기고 있었다.

"재갈매기가 오나 잘 봐야 한다."

그가 당부했다.

"그놈들은 제비갈매기보다 더 공격적이거든. 자, 깡통 이리 가져와라. 재갈매기들이 때맞춰 오는구나. 빨리."

소란스러운 제비갈매기들은 어린 재갈매기 몇 마리가 오자 조금 물러나면서도 버티고 있더니, 등이 시커먼 커다란 재갈매기들이 다가오자 눈부신 하늘을 향해 일제히 날아올라 램스게이트와 클립튼 빌 쪽으로 가버렸다.

"그것들은 내 자전거에 싣고 덮어라."

버블스 아저씨가 말했다.

"금방 점심을 준비하마."

나는 서둘러 깡통을 가지고 그의 자전거로 갔다. 거기서 얼룩이 수천 군데는 됨직한 그의 검은색 펠트 코트로 그것을 덮었다. 버블스 아저씨는 노인들처럼 새것을 사는 데 관심이 없었다.

나는 손에 묻은 녹을 닦아내고 그가 마지막 고랑을 파는 것을 지켜보았다. 나는 '발레같다'는 뜻을 몰랐고 '완벽하다'는 것이 어떤 건지 몰랐지만, 버블스 아저씨는 세상에서 가장 넓고 아름다운 무대에서 자신이 가장 잘 하는 일을 하고 있었다.

그는 내 눈 앞에서 미끼파내기 춤을 추고 있었다. 오케스트라는 바다와 바람이었고 무대는 모래사장이었다.

짧은 걸음, 모래사장을 살피는 재빠른 시선, 날랜 쇠스랑 꽂기, 리듬을 타듯 바다 쪽으로 물러나며 고랑 파기, 이어서 몸을 숙여 갯지렁이를 잡아내고 그것을 깡통에 집어넣기. 그 동작들은 너무 빠르고 너무 효율적이고 너무 완벽했다.

주위를 정리하고 난 그가 어깨 너머로 바다를 바라봤다. 그리고는 천천히 해변 쪽으로 걸어왔다. 그의 장화는 보통사람들 것보다 훨씬 컸다.

그는 몸을 굽혀 깡통 안에서 꿈틀거리고 있는 갯지렁이들을 찬찬히 들여다봤다. 흡족한 것 같았다. 그런데 거기서 가장 큰 놈을 하나 집어내더니 자신이 파놓은 고랑으로 가서 그것을 떨어뜨렸다.

"놓아주는 거야."

그가 말했다.

"항상 한 마리지. 그게 나일 수도 있고, 너일 수도 있어. 잊지 마라. 자, 가자."

자신의 포로에서 대표로 한 마리를 해방시키는 것, 그것은 운명에 관한 그의 의식(儀式)이었다.

그는 자전거를 방사제의 나무 기둥에 기대놓았었는데, 그 방사제 한 쪽은 수십 년 동안의 강풍에 쓸려가고 그저 몇 개의 검은 기둥만 바다 쪽을 향해 줄지어 서 있었다. 자전거의 크로스바에는 오래되고 찢어진 시장가방 — 한때는 광택이 있었을 유포(油布)로 만든 — 이 단단히 매어져 있었다. 그는 그것을 조심히 풀어서 세상에서 가장 정교한 가방이라도 되는 양 살그머니 내려놓았다. 그 안에서 꺼낸

수놓아진 하얀 천을 내 앞의 자갈밭에 펼쳤다. 그리고는 갈색 봉지에 포장된 것, 흰색 끈으로 묶인 것들을 마치 신에게 바치는 봉헌물처럼 순서대로 그리고 세심하게 꺼내놓았다.

과연 신을 위한 것이었다. 그것은 아저씨의 베로니크인 버블스 아줌마가 만들어준 점심이었다. 정성들여 만든 흰 샌드위치, 샐러드 봉지, 드레싱이 든 작은 병, 처음 맡아보는 맛있는 냄새의 소시지 등 백 가지는 족히 되는 것 같았다.

그는 각 포장을 묶은 줄을 진주손잡이가 달린 과일칼 – 항상 벨트에 꽂아가지고 다니는 생선 다듬는 칼이 아니라 – 의 은색 칼날로 잘랐다. 그 칼은 너무 정교해서 아저씨의 투박하고 상처투성이인 손에서 곧 부서질 것 같았다. 그런 다음 백포도주 반 병과 유리컵을 꺼냈다. 매일 자전거로 모래언덕을 다니는 동안에도 깨지지 않을 만큼 견고해 보이는 컵이었다. 아저씨가 모든 것을 굉장히 조심스럽게 펼쳐놓아서, 모두 준비되었을 때는 음식들과 포도주와 천과 해변이 완벽한 조화를 이루는 것 같았다.

"자."

그가 말했다.

"많이 먹어라. 소시지랑 토마토는 같이 먹게 되어 있으니까 그렇게 먹어봐."

우리는 파도소리와 하늘에 둘러싸여, 그리고 서로 뒤엉켜서 꿈틀거리고 있는 갯지렁이가 든 깡통들에 둘러싸여 점심을 먹었다. 나는 그때 사랑으로 만든 음식은 아름답다는 것을 처음 깨달았다.

"좀 마셔봐. 프랑스에서는 너만한 아이들도 마신다더라."

그는 컵에 포도주를 반쯤 따라 내게 내밀었다.

내가 처음으로 술을 마셔보는 순간이었다. 그 술에서 나는 소금기 있는 바닷바람의 톡 쏘는 맛과 큼직하고 못이 박힌 거친 손에 수많은 행복의 비밀을 쥐고 있는 한 남자를 느꼈던 것 같다.

"아줌마가 내 점심을 준비하지 않으면, 그 날은 갯지렁이를 잡으러 나오지 않고 하멜 아저씨랑 일하면서 가까운 곳에 있어줘야 한단다. 언제 아줌마가 나를 부를지 모르니까 말이야. 만약 꼭 나와야 한다면, 나 대신 다른 사람을 곁에 두고 오지. 하멜 아저씨나 아니면…."

그는 자신이 믿는 친구들 이름을 하나하나 나열했다. 그리고 마지막으로….

"그리고 몇 년이 지나면 너도 거기에 들어가야 될 거야."

우리는 조용히 앉아 있었고, 자연스럽게 그의 친구로 받아들여진 나는 행복했다.

"아줌마가 점심을 안 싸주시면 뭘 드세요?"

나도 모르게 그런 질문이 나왔다. 잠깐 나는 괜히 물었다 싶은 생각이 들었다. 하지만 그는 웃으며 대답했다.

"펜더스 상점에서 사온 스팸을 먹거나, 소고기 샌드위치를 먹는단다. 킹스헤드의 뒷문으로 나온 맥주도 한 병 마시고."

그는 눈을 찡긋 하고는 남은 포도주를 마시며 고개를 뒤로 젖혔다. 그 모습은 마치 성체성사를 하는 신부님 같았다.

"코피가 났구나."

자리를 정리한 후, 버블스 아저씨는 나를 잠시 쳐다보더니 결국 그 말을 꺼냈다. 그는 항상 신중했다.

나는 아무 말도 하지 않았다.

"누구랑 다퉜니?"

"엄마요."

"지미, 싸울 친구가 하나 있어야겠구나. 엄마가 아니라."

"그러게요."

내가 대답했다.

"그런데… 싸움이란 게…."

나는 그를 쳐다보았다. 그리고 그의 커다란 손을 봤다.

"네가 처음 학교에 가던 날 내가 한 말 기억나니?"

나는 고개를 끄덕였다.

"아저씨가 시킨 대로 한두 번 했어요. 하지만 할 필요가 없어졌어요. 그 뒤로는 저를 못살게 구는 애가 없었거든요."

그는 기특하다는 듯이 고개를 주억거렸다.

그리고는 얼굴을 찡그렸다.

"내가 듣기로는 학교에서 네가 별로 대접을 못 받고 있다던데, 사실이냐?"

나는 아무 말 하지 않았다.

"흠. 그래도 버텨라. 곧 좋아질 거다. 언젠가는 네가 학교를 졸업하길 잘했다고 생각할 거야. 자, 이제 난 다시 일을 해야겠구나. 어디로 갈 거냐?"

정해진 곳이 없어서 나는 어깨를 으쓱했다. 만 건너편을 바라봤다. 그곳은 스테인 강이 바다와 만나는 스테인플릿이었다.

"거긴 생각보다 멀어서 걸어가면 몇 시간은 걸릴 거다. 자전거를 타고 가면 고장날 거고. 소금하고 모래는 베어링하고 체인에 치명적이거든. 밤에는 파도가 밀려들어와서 사람을 휩쓸어갈 수도 있으니까 안 가는 게 좋아. 잠자는 아기처럼 조용하다가도 갑자기 발뒤꿈치를 쫓아오는 강도떼 같단다. 지미, 거기 가려면 조심해라. 일찍 출발하고 만조 때의 물 높이 아래로는 내려가지 마."

그는 멀리 보이는 스테인플릿을 바라봤다.

"내 말 들어, 지미. 그 곳은 바닷물이 들어왔다 나갔다 해서 괜찮은 갯지렁이가 많단다. 그러니까 조만간에 내가 데리고 가마. 처음에 가는데 혼자 가는 건 위험해. 특히 엄마랑 싸워서 기분이 엉망인 상태에서는. 그러니까…."

그날 이후 나는 모래언덕을 지나 버블스 아저씨가 일하는 곳을 자주 찾아갔다. 여름이든 겨울이든, 날씨가 좋든 험하든 상관하지 않았다. 아저씨가 쇠스랑을 하나 만들어줘서 나도 갯지렁이를 잡았다. 아저씨는 내가 잡은 것을 대신 팔아주고 그 돈을 나한테 줬다. 그것은 내가 처음으로 일해서 번 돈이었다. 쇼 아저씨 화분을 돌봐주는 대가로 용돈을 받은 걸 제외하면 말이다.

우리는 마음속 이야기를 자주 했다. 가끔 나는 스테인 강 쪽으로 벗어났다가 그가 내 뒤를 바라보고 걱정하는 것을 느끼면 다시 돌아오곤 했다.

그는 미끼 파는 법을 가르쳐 주었다. 바다새의 이름을 가르쳐주었고, 철새와 토종새의 차이점도 가르쳐 주었다. 전쟁 때의 방어시설이 어디에 있었는지 보여주었다. 그리고 쇠스랑을 자전거에 어떻게 매야 내가 넘어지더라도 다치지 않는지 가르쳐주었다.

그는 밤낚시에 좋은 장소도 가르쳐주었다. 1, 2미터 거리의 차이로, 던져넣는 낚싯줄의 길이에 따라, 바람과 조류의 상태나 다른 사소한 것들에 따라 고기를 낚을 수도 있고 놓칠 수도 있다는 것이다. 버블스 아저씨는 거칠어 보였지만 미묘한 차이에 따라 결과가 달라진다는 것을 누구보다 잘 알았다.

어느 날 내가 물었다.

"아저씨는 전쟁 때 아줌마를 구해준 이야기를 저한테 안 해주셨어요."

"그랬나?"

"네."

"흠. 정말 안 한 것 같구나."

외할머니는 언제 침묵을 지켜야 하는지를 가르쳐 줬는데, 그때는 침묵을 지켜야 할 때였다. 그는 점심을 조금 더 먹고 포도주도 평소보다 조금 더 마셨다.

그때까지도 나는 조용히 기다렸다.

그는 제비갈매기를 뚫어지게 쳐다보다가 그 다음에는 나를 물끄러미 바라봤다. 그래도 나는 아무 말 하지 않고 기다렸다. 그러더니 그가 입을 열었다.

"전쟁중이라고 물고기가 미끼를 안 무는 것은 아니잖니, 지미? 그래서 하멜 아저씨하고 그 형은 굿윈 사주 남쪽에서 어둠을 틈타 낚시를 계속 했단다. 프록 아저씨네도 마찬가지였고. 그 사람들은 해협 한가운데서 만났는데, 물론 잡담을 하거나 물고기를 교환하려는 것은 아니었지. 하멜 아저씨의 형은 절대 밀수입을 할 사람이 아니었기 때문에 나는 가끔 접선장소로 따라가곤 했지."

"아저씨는 보트 안타시잖아요."

"그때는 전시였고 게다가 밀수를 할 때라 어쩔 수 없었지. 지금도 배 타는 건 싫어해. 어쨌든 제리 아저씨가 프랑스에서 자리를 잡았던 1941년 어느날, 하멜 아저씨는 포도주가 들어온다는 언질을 받고 해협으로 나갔어. 나도 따라갔고. 칠흑같이 깜깜하고 비까지 뿌리던 밤이었는데, 그날 하멜 아저씨는 바보같이 들고 있던 컵을 잃어버렸어. 우리집에 있던 거랑 비슷한데 봤니? 깨진 걸 그대로 둬서 만지면 위험해. 컵 떨어뜨리는 소리를 듣고 내가 무슨 소리냐고 물으니까 하멜 아저씨는 아무것도 아니라고 했지. 우리는 무사히 그리네 곶 아래의 바위에 도착했는데, 누가 포도주를 팔고 있었는지 아니? 제리 형제하고 프록 형제야. 정말 끝내주는 협동이지. 그리고 다 죽어가는 사람을 데려왔는데 누군지 아니? 버블스 아줌마야. 그 사람들은 '그 여자는 화물에 딸려 온 거야.' 이러더라. '이런 빌어먹을.' 욕을 할 줄 모르던 하멜 아저씨가 그러더라고. '우리는 못 데려가. 난 결혼한 몸이라구!' 안개 끼고 불빛도 없어서 형체만 알아봤는데 여자 같더라. 난 여자 보는 눈은 없지만 보물을 보는 눈은 있지. 그래서 이렇게 말했어. '자넨 결혼했지만, 난 안 했어.' 그리고 아줌마를 와인과 함께 끌어당겨서 보이지 않게 배 바닥으로 눕혔지. 우리가 스토닝 해변에 닿았을 때야 비로소 새벽빛에 아줌마 얼굴을 볼 수 있었는데 정말 가여워서 볼 수가 없더라. 날개 다친 새가 해변에 쓰러져 죽기만 기다리는 모습이었어. '이 여자 어떡할까?' 하멜 아저씨가 묻더라. '자네 형이 보기 전에 데려가야 해.' 내가 말했어. '분명히 이 여자를 스파이로 여기고 신고할 테니까.'

그래서 우리는 평소보다 더 높은 곳에 보트를 끌어올려 내가 아줌마를 들쳐업고, 하멜 아저씨한테 일 끝나면 부인을 우리집으로 보내달라고 했지. 그리고 나는 최대한 빨리 앵커 필드와 노어 가를 지나 우리집으로 데리고 갔어. 내가 문지방을 넘어갈 때 우리 둘은 눈이 마주쳤는데, 그걸로 서약이 된 거야. 더 이상은 필요한 게 없었지. 하멜 부인이 몇 달 동안 드나들면서 아줌마를 보살펴줬는데 나한테는 보여주지도 않더구나. '어디가 아픈 거요?' 내가 하멜 부인에게 물었지. '지금은 당신이 상관할 일이 아니에요. 제 남편이나 다른 사람도 마찬가지예요. 좀 있으면 괜찮아질 거예요. 때가 되면 스스로 얘기하겠죠.' '저 여자는 영어를 할 줄 몰라요.' '그럼 가르쳐요.' 그래서 시키는 대로 했지. 아줌마는 사진을 하나 가지고 왔는데 그것만 바라보고 있었거든. '사진'을 가르치는 건 어렵지 않았지만 '남자형제'를 가르치는 건 어렵더라. 어쨌든 우리는 열심히 서로를 가르쳤단다. 그러던 어느날 아줌마가 자리에서 일어나 내가 잡은 고기로 요리를 했는데, 그렇게 맛있는 건 생전 처음 먹어봤어. 그래서 아줌마가 보통 보물이 아니라 황금이란 걸 알게 됐지. 전쟁 중에 스토닝에는 군인들 말고도 오고가는 사람들이 많았지. 그런 사람들한테 하멜 아저씨는 아줌마가 괜찮은 사람이고 흠잡을 데가 없다는 얘기를 자주 했고, 나중에는 하멜 부인이 하이 가에 있는 군인매장에 취직을 시켜줬단다. 그 후로는 여기서 적응해서 나랑 살게 된 거야. 내 행운은, 그날 밤 프랑스 해변에서 우리가 아줌마를 발견하던 날 시작된 거지. 그 후로 버블스 아줌마보다 더 나은 보물은 들어오지 않더라."

그는 그 얘기를 한 후 오랫동안 말없이 앉아 있었다. 하지만 침묵 속에서 더욱 친근해진 분위기가 느껴졌다. 내가 묻고 싶은 게 또 하나 있었다.

"아저씨는 아기를 안 낳으시네요."

"응."

그가 말했다.

"버블스 아줌마가 낳지를 못해. 위쌍에서 일어난 일 때문에. 그 사람이 못 낳으니까 나도 못 낳지."

그의 표정이 이상해져서 나는 더 이상 묻지 않았다.

갈매기가 우리 주위를 선회하고 있다가 그가 음식찌꺼기를 던져주자 거기에 날아들었다.

그때 그는 해변가의 새들과 바다의 조류에 대해 얘기했다. 그 후로도 자신이 아는 것을 모두 가르쳐줬다. 그 날 마지막 질문은 하지 않았어야 했는데, 그는 그것까지 대답해 주었다.

"해변에서 내가 주운 금덩이는 아줌마 말고 또 있어."

"그래요?"

그는 머리를 흔들고는 씩 웃었다. 그리고는 내 어깨를 두드렸다. 그 후에는 자주 그랬지만 그때까지는 드문 일이었다.

"지미, 너는 아빠가 없고 나는 아들이 없잖니. 그런 우리가 해변에서 각자의 보물을 찾았으니, 우리는 행운아야. 그렇지?"

나는 씩 웃고 고개를 끄덕이며 맞다고 했다.

콘크리트 길 끝까지 자전거를 타고 가거나 모래 언덕을 걸어서 넘어갔을 때, 나뭇조각이나 난파선 잔해를 찾아 해변을 터덜터덜 걷다가 아저씨가 일하는 곳까지 갔을 때, 그가 안 보이면 실망스러웠고 내 또래의 친구를 어디서 찾을지 생각하며 앉아있곤 했다.

비바람이 세차게 불던 10월 어느 날, 나는 버블스 아저씨를 찾아 나섰건만 그는 거기에 없었다. 그날 우리집은 분노와 묵은 증오로 가득차 있었다. 외할머니가 점심을 함께 하러 집에 들렀다가 '자신'의 방이 어떻게 변했는지를 보고 기분이 상했던 것이다. 나는 바람에 움츠린 채 아저씨가 갯지렁이를 잡던 장소를 지나, 스테인 강을 향해 계속 걸어갔다. 젖은 모래 속으로 내 장화가 빠져도 아랑곳하지 않았고, 사실 죽든 살든 상관없었다.

오후의 햇살이 점점 희미해져가고 어둠이 북쪽에서부터 다가올 때, 그리고 타넷의 첫번째 불빛이 켜지고 최초의 등대선이 바다에서 번쩍 불을 밝혔을 때도 나는 계속 걸었다.

오른쪽으로 바다가 짐승처럼 울부짖고 있고 하늘에 별이 하나 떴을 때, 나는 걸음을 멈췄다. 모래사장에는 완전히 나 혼자였다.

하지만 외롭지는 않았다.

한참 그렇게 있으니 어둡고 무거운 기분이 사라졌다. 나는 별 하나가 무수히 많은 별이 되어 그 어느 때보다 밝게 빛나고 있는 것을 지켜보았다. 그렇게 밤이 내리는 동안 아무 말 없이 서 있었다. 혼자 조용히 있는 것이 자유롭다는 것을 느끼게 되었고, 내가 알고 있는 사람들을 생각하면서 기분이 좋아졌다.

별을 우러러보며, 그리고 해변을 따라 어부들이 켜놓은 강풍용 램프 불빛에 평온함을 느끼며 나는 자갈제방의 위쪽 길을 따라 집으로 돌아왔다.

익사 사고

내가 졸업시험을 치르기 전 마지막 학기였던 그해 9월은 날씨가 매우 좋았다. 전형적인 인디언 썸머였다. 온화한 날씨가 계속되어 남자들은 아직도 여름바지를 입고 있었고, 여자들은 얼굴이 갈색으로 탄 데다 머리카락 색도 바래 있었다.

젤라토 아저씨는 행인들이 많아 평소보다 늦게까지 가게를 열었다. 바다가 예년보다 따뜻해서 수영을 즐기는 사람이 많은 데다, 주말에는 관광객들이 몰려와서 더 붐볐다. 하멜 아저씨는, 보통 때는 8월의 축제가 지나면 대여용 소형보트를 창고에 들여놓았는데, 그 해는 모나크 호텔 옆 해변에 내놓고 있었다.

햇빛에 반짝이며 물위에 떠있는 소형보트 때문에 그곳 풍경이 더욱 유쾌해 보였다. 보트를 탄 여자들은 노를 저어보려고 했고, 남자 아이들이 물을 튀기면 소리를 질렀다. 내가 경험하지 못한 즐거운 가족들의 모습이었다. 나는 수영복 차림으로 해변에 앉아 숙제 걱정을 하면서도 키스하는 느낌은 어떨까 상상해보기도 했다. 기온이 점점 높아져서 우리는 모두 비라도 내리길 바랬지만, 태양은 여전히 이글거렸고 사람들은 신나게 휴가를 즐기고 있었다.

태평스러운 나날이었고, 학교생활이 계속됨에 따라 오래된 패배감도 한동안 보이지 않는 곳으로 가라앉았다. 나는 티셔츠를 입고 모래언덕까지 걷다가 너무 더워지자 다시 해변으로 돌아와서 타월을 깔고 누웠다. 그리고는 갈색 몸을 태양에 맡긴 채 사방에 내리쬐는 햇살과 심란하고 침울한 기분 사이에서 여자애들 생각을 몰아내려 애를 썼다.

어느 일요일 오전이었다. 그 날도 그 자리에 누워 있던, 나는 갑작스러운 외침소리를 듣고 옅은 잠에서 화들짝 깨어났다. 해변에 있는 많은 사람들의 잡음을 배경으로 들려오는 그 소리는 하멜 아저씨의 목소리였다. 나는 단번에 일어나 앉았다. 하멜 아저씨가 그렇게 화난 듯이 외치는 것은 위급한 상황이 생겼다는 뜻이었다.

흰색 오두막 쪽을 바라보니 낮은 방파제 모서리에 서 있는 그가 보였다. 그는 손을 모아서 우윳빛 수면 저쪽에 있는 남자에게 큰소리로 외치고 있었는데, 그 남자는 빌린 보트를 타고 있었다. 100미터 정도 나가 있던 그 남자가 탄 보트에는 아이들 두 명이 뱃머리에 앉아 양쪽 난간을 꽉 잡고 있었다. 조수가 반쯤 차 있을 때여서 그의 보트는 해변과 나란히 북쪽으로 흘러가고 있었다.

하멜 아저씨가 소리를 지르고 있는 이유는, 검은 머리의 그 남자가 노를 노걸이에 놓고 보트에서 해서는 안 될 행동을 하고 있었기 때문이다. 그는 일어서서 다리를 벌리고 양쪽으로 배를 흔들고 있던 것이다.

노걸이에 둔 노가 뱃전에 부딪히는 소리와 물이 보트에 부딪히는 소리가 들릴 정도로 조용하고 바람이 잔잔한 날이었다. 그 남자의 웃음소리도 들렸는데 겁에 질려 소리지르는 아이들을 놀리는 것 같았다.

그 배가 한쪽으로 너무 기울어 안으로 물이 들어가기 시작하자, 남자는 배를 바로 하기 위해 반대쪽으로 기울였는데, 그 정도가 지나쳤다. 배 안으로 들어왔던 물은 반대편으로 가서 출렁거렸고 아이들의 비명소리는 미친 듯이 커졌다. 하멜 아저씨가 다시 소리를 지르는 순간 갑자기 배가 뒤집혔고 남자와 아이들은 바닷물 속으로 사라졌다.

하지만 그때도 해변가의 떠드는 소리나 물가에서 노는 아이들 웃음소리는 변함이 없었다. 일이 벌어졌다는 것과, 하멜 아저씨가 갑자기 해변으로 뛰어내려간 이유를 아는 사람은 몇 명 되지 않았다. 아저씨는 바다에서 가장 가까운 보트로 달려가서 체중을 실으며 보트를 밀어 물속으로 띄웠다.

배 앞쪽이 물에 닿자 그는 나란히 달리기 시작했고, 보트가 흔들리지 않도록 몸을 굽히고 올라탔다. 그의 늙은 팔다리는 젊은이의 기력 못지 않았다. 젊은 시절 구명보트의 키잡이였던 만큼, 그는 상황이 분초를 다툴 정도로 급박하다는 것을 누구보다 잘 알고 있었다. 물 위에 보트가 뜨자 그는 노 옆에 무릎을 꿇고 앉아 노걸이에 끼우고, 내가 듣기만 했지 한번도 보지 못한 식으로 노를 젓기 시작했다. 일어서서 노를 짧고 빠르게 젓는 방식인데, 그것은 수평보다는 수직에 가까운 움직임이었다. 아저씨가 탄 보트는 뒤집힌 배를 향해 곧바로 나아가고 있었다. 아저씨가 그렇게 노를 젓는 것은 그때 물속에 빠진 남자와 두 아이뿐 아니라 자신의 목숨까지 구하기 위해서였다.

하멜 아저씨는 자기만 알고 있는 줄 알았겠지만, 그 사실을 나도 알고 있었다. 그 남자는 아저씨의 외침소리를 듣고 돌아봤는데, 그것 때문에 보트가 그렇게 심하게 기울어졌는지도 모른다는 것, 만일 아저씨가 조용히 있었으면 그렇게 뒤집히지 않았을지도 모른다는 것이다.

나는 그를 돕기 위해 뛰기 시작했지만 그는 너무 빨리 가고 있었다. 그래서 나는 달리기를 멈추고, 좀더 멀리 볼 수 있도록 방사제 위에 올라가 뒤집힌 보트가 어디쯤에 있나 찾아봤다.

뒤집힌 지 20초, 길어야 30초밖에 되지 않았지만 그런 물살에서는 20미터는 흘러갔을 것이다. 해변에서 누군가가 아저씨에게 방향을 일러줘야 했다. 바다로 나간 보트 안에서는, 더구나 물살이 흘러가는 와중에는 위치를 파악하기기 힘들기 때문이다.

두 아이는 보이지 않고 소리도 들리지 않았다. 계속 남자가 외치는 소리만 들렸다. - 살려주세요! 살려주세요! - 그는 떠 있는 배의 뱃머리에 매달려 외치고 있었는데 바다 쪽에서는 보이지 않았다.

물위에 떠있는 노도 보였다. 나는 그가 보트 반대쪽에 아이들을 데리고 있기를 바랐지만 혹시 몰라서 보트의 아래쪽을 찾아봤다. 그동안 아저씨는 신속하게 그쪽으로 이동하고 있었다.

순간, 한 아이의 어깨가 물위로 드러났다. 그 아이는 뭔가를 잡으려고 손을 앞뒤로 젓다가 정신없이 팔을 흔들었다. 하지만 그러다가 무력하게 눈앞에서 사라져버렸다.

"보트 아래쪽으로 30미터예요!"

내가 하멜 아저씨에게 소리쳤다

"31미터…."

내가 초를 세며 거리를 외치는 건 하멜 아저씨와 버블스 아저씨를 보며 배운 것이었다. 그들은 뭔가가 물살을 따라 떠내려가며 보였다 안 보였다 할 때면, 다시 떠오를 만한 장소를 놓치지 않기 위해 눈으로 그것을 좇으며 거리를 쟀다.

하멜 아저씨는 나를 힐끗 보고는 고개를 끄덕였다. 노를 젓고 있었기 때문에 손을 흔들 수는 없었다. 하지만 노를 계속 저어 가던 아저씨는 난처한 상황에 봉착했다. 그 남자를 구할 것인지 보이지 않는 아이들을 계속 찾을 것인지 결정해야 했기 때문이다.

인명구조선을 조종하는 사람들은 구할 수 있는 사람을 먼저 구하라는 교육을 받는다. 그래서 하멜 아저씨가 그 남자에게 다가가는 동안 나는 계속해서 물살을 따라 아이들이 있을 만한 곳을 찾았다. 여자애인지 남자애인지 모르지만 한 아이가 보였다. 하지만 서너 번 돌면서 손을 뻗고 애를 쓰다가 점점 움직임이 약해졌다.

하멜 아저씨는 간신히 남자에게 다가가서 그를 보트에 태웠다. 나이든 그로서는 쉬운 일이 아니었겠지만 죽을 힘을 다해 해냈다. 그러고 나서 나를 돌아봤다. 나는 목청껏 소리질렀다.

"아래쪽으로 55미터예요, 아저씨. 56…."

아이가 다시 눈에 들어왔던 것이다.

그때는 해변에서 상황을 알게 된 몇 사람이 바다 쪽으로 헤엄쳐 가려 했지만, 물살이 있는 곳에서 100미터는 너무 먼 거리였다. 게다가 계속 흘러가는 물살을 헤치고 어떤 지점으로 가려면 기술과 지식이 필요했다. 아저씨는 그 방법을 알았고 그대로 움직였기 때문에 남들에게는 쉬워 보였던 것이다.

　수영을 해서 구조하러 가려던 사람들은 가까이 접근하지 못했고, 날씨가 더 춥고 파도가 험한 날이었다면 목숨까지 위태로웠을 것이다. 나는 그것을 알았기 때문에 아저씨에게 위치를 지시해주기 위해 방사제 위에 남아 있었던 것이다.

　그는 방사제를 이용해 거리를 재며 보트가 해변과 나란히 가도록 열심히 저었다. 그리고는 수면을 둘러보았다. 하지만 그에게 위치를 가르쳐주는 것도 결코 쉽지 않은 일이었다. 아저씨가 보트를 타고 움직이고 있어서 더욱 그랬다. 거리는 더 멀어 보이고 물살은 더 느리게 느껴지고 하늘과 태양은 수면에 반사되어 눈을 어지럽혔다.

　아저씨는 보트 방향을 틀어야 할 지점에서 3, 4미터 정도 못미쳐 틀었다. 나는 소리를 질렀지만 벌써 멀어져서 내 목소리가 들리지 않았다. 다른 사람들도 함께 소리를 질렀지만 별 도움이 안 됐다. 미친 듯한 고함소리도 못 듣고 그가 몇 미터 위쪽에서 찾고 있는 동안, 그 아이는 계속 흘러내려가서 다시 떠오르지 않았다.

　다른 한 명은 훨씬 전에 시야에서 사라진 상태였다.

　해변의 관광객들이 모두 사태를 파악하게 되었을 때, 갑자기 우리 머리 저 위쪽에서 첫번째 구명보트 로켓이 터졌다.

　펑!

　그 소리는 노스엔드의 붉은색 기와지붕 사이에서 울려퍼졌다.

　그리고 일분 뒤 다시 한번 울렸다.

　펑!

　내가 할 수 있는 일은 떠내려가고 있는 보트가 멀어질 때까지 눈이 아프도록 쳐다보는 것뿐이었다. 내 심장과 머리는 의혹과 두려움으로 마비되었다.

낚시꾼이 모터보트를 몰고 나타났고, 이어서 다른 모터보트도 나타났다. 그리고 마침내 구명보트가 보였다. 그들은 앞뒤를 살피며 물살을 따라 북쪽으로 떠내려갔다. 아이들이 살아있기를 바라며.

나는 더 이상 서 있을 수가 없어서 군중들 사이로 물러나 티셔츠와 바지로 얼른 갈아입었다. 그런 상황에서 수영복 차림으로 있을 수가 없었다. 하지만 다른 사람들은 그런 비극을 그새 잊어버린 것인지 다시 하던 일을 즐기거나 수영을 하고 있었다.

다른 보트들이 수색을 하는 동안, 하멜 아저씨는 자신의 보트를 모터보트에 연결해서 살아남은 남자를 데리고 해변으로 돌아왔다. 나는 아저씨가 보트 대는 것을 도와주러 갔다. 아저씨의 얼굴은 흙빛이 되어 병자 같았다. 하지만 더 기억에 남은 것은 보트를 뒤집었던 남자의 얼굴이다. 그의 얼굴은 공포와 극도의 상실감, 수치심 그리고 충격적인 무력감과 비통함을 담고 있었다.

나중에 지역신문에는 그 남자와 아이들의 신원이 보도됐다. 그는 아이들의 삼촌이었고, 조카들은 남자아이 한 명, 여자아이 한 명이었다. 그 남자는 아이들을 재밌게 해주려고 그렇게 장난을 친 것이었다. 그 조카들이 나였다면 해변으로 헤엄쳐 나왔겠지만, 그들은 내가 아니었기 때문에 그 남자는 결국 조카들을 익사시키게 된 것이다. 공포에 질린 그의 얼굴이 뇌리에 깊이 박힌 것도 당연한 일이었다.

하지만 나도 죄책감을 느꼈다. 그것이 일어나는 동안 보고만 있었다는 사실 때문이었다. 하멜 아저씨는 절통함과 부끄러움이 사무쳤을 것이다. 그는 자신이 소리치지 않았다면 그 남자는 돌아보지 않았을 것이고, 그러면 배도 뒤집히지 않았을 거라고 생각했던 것이다.

버블스 아줌마가 와서 아저씨를 병원에 데리고 가야 한다고 했다. 앰뷸런스가 와서 아저씨와 살아남은 남자를 태우고 갔다. 나는 아저씨의 오두막에 가서 테이블과 의자, 대여료수입이 가득 든 깡통을 안으로 들여놓고 문을 닫았다. 깡통 안에는 살아남은 남자가 낸 돈도 들어있었을 것이다.

나는 집으로 돌아갔지만 엄마는 없었다. 누군가와 얘기를 나누고 싶었던 나는 버블스 아줌마 집에 가봤지만 아저씨는 없었고, 버블스 아줌마도 아직 병원에서 돌아오지 않았다. 나는 무엇을 해야 할지 몰라 노스엔드 여기저기를 쏘다녔다. 울고 싶었지만 주변에는 사람들이 너무 많았다. 내가 제일 좋아하는 장소로는 가고 싶지 않았다. 예전의 나처럼 바다에 떠 있다가 천천히 물에 가라앉았을 아이들의 몸이 머릿속에서 떠나지 않았다. 물살에 휩쓸리며 앞뒤로 휘두르던 그 아이들의 팔이 눈에 선했다. 내가 그 근처에 있었더라면 그들을 살릴 수 있었을지 모른다는 생각도 들었다.

누군가에게 말하고 싶었다. 나는 그들이 어디쯤에서 가라앉았는지를 알고 있었기 때문에 최선을 다해 아저씨에게 방향을 알려줬다고. 그리고 만일 내 목소리가 제대로 들렸다면 아저씨가 그들을 무사히 해변으로 데리고 나왔을 거라고.

그리고 나를 아는 누군가로부터 이런 말을 듣고 싶었다.

"지미, 지미, 네 잘못이 아냐. 네가 할 수 없는 일도 있는 거야."

하지만, 하지만 뭔가 방법이 있었을 것이다. 죽음을 막을 수 있는 방법이 있었을 것이다. 나는 그들을 구하고 싶었고, 그랬다면 그들이 그 후로도 내 가슴 속에서 계속 익사하는 일은 없었을 것이다. 해변에서 멀지 않은 바다에서 철저하게 혼자서 느낀 두려움, 그 두려움을 나는 그 아이들보다 더 생생하게 경험했다. 적어도 나는 그렇게 느꼈다.

나는 울고 싶었고, 소리치고 싶었고, 그 아이들을 살아있는 모습으로 다시 해변으로 데려오고 싶었다.

하지만 그런 말을 들어줄 사람이 아무도 없었다. 그래서 나는 눈물을 겨우 참으면서 그냥 한없이 걸었다. 그러면서 생각했다. 내가 곧장 바다로 뛰어들어 죽을힘을 다해 헤엄쳐 갔더라면 무사히 그 아이들의 손을 잡고 데리고 나왔을지도 모른다고. 옛날에 외할머니가 내 손을 잡고 안전한 곳으로 데리고 나왔듯이 말이다.

결국 내가 도착한 곳은 외할머니가 있는 양로원이었다. 하지만 외할머니는 잠들어 있었다.

"거기서 기다려도 된다."

그곳 직원이 말했다. 나는 거기 앉아서 훌쩍이며 외할머니의 누런 얼굴을 바라봤다. 벌린 입 안은 이도 없이 어둡고 무서운 암흑뿐이었다.

결국 나는 그곳을 나왔다. 내 마음을 털어놓고 싶은 순간이 지나갔고, 외할머니에게 괴로운 내 모습을 보여주고 싶지도 않았던 것이다. 그 아이들을 생각하며 느낀 비통함은 내 안에서 단단히 굳어버렸다.

집으로 돌아왔지만 그때까지도 엄마는 와있지 않았다. 그래서 나는 자전거를 타고 모래언덕을 향했다. 그리고 콘크리트 길을 따라 스태닉 만까지 갔다.

그때는 물이 빠져나간 때라 모래사장 저쪽에 버블스 아저씨가 보였다. 그는 그때까지 수색을 하고 있는 보트들을 바라보고 있었다. 키가 큰 그는 햇볕이 강한데도 여느 때처럼 검은색 코트와 커다란 장화 차림이었다. 주위에는 여전히 갈매기가 있었고 그가 파놓은 검은색의 젖은 모래 더미가 있었고 갯지렁이가 가득 찬 페인트통이 있었다.

나는 자전거를 그의 자전거에 기대놓고 그를 향해 걸어갔다. 갈매기들이 내가 다가가는 것을 보고 끼루룩거리며 날아올랐다. 그가 몸을 돌리고 나를 보자 나는 그에게 달려갔다. 울고 있던 내게 그는 든든한 팔을 내밀었다. 그의 품안으로 뛰어들어가 숨이 막히도록 울고 주먹으로 그를 때리는 동안에도 아저씨는 나를 꼭 안고 있었다.

나는 그의 품에 안긴 채 무슨 일이 일어났는지, 그리고 내 심경이 어떤지를 얘기했다.

"그 꼬마애들은 안 죽을 수도 있었어요. 제가 구할 수도 있었단 말이에요."

"지미, 세상 사람들을 슬픔에서 모두 구해낼 수는 없어. 모든 사람을 구해낼 수는 없는 거야."

"그 애들은 구할 수 있었어요. 제가 본 애한테라도 곧장 헤엄쳐 갔더라면…."

"네가 아저씨에게 방향을 가르쳐준 것은 잘한 일이야."

"아저씨는 그애들을 못 찾았어요."

"지미, 너는 네 능력 이상의 일을 했어. 그리고 아저씨도 그렇게 생각할 거야."

"제가 구할 수도 있었어요."

"아니야."

잠시 후 우리는 수색중인 보트를 바라보며 함께 서 있었다.

"그 애들은 지금 어디쯤 있을까요?"

"이런 조류에?"

그는 굵고 진한 눈썹과 번들거리는 구릿빛 이마를 찡그렸다.

짧고 억센 수염이 난 턱을 비비던 그는 손가락을 물에 담갔다가 그것을 들어 바람을 쐬었다. 그리고는 고개를 저었다.

"보트보다 좀더 아래로 내려갔을 거다. 램스게이트 더 아래쪽으로. 그 애들은 큰 U자형을 그리면서 다시 이쪽으로 밀려오겠지만 그 다음에는 더 멀리 흘러가겠지. 이런 바람이라면 스태닉 만의 해변으로는 밀려오지 않을 거다."

"그럼 사람들이 엉뚱한 곳을 찾고 있는 거예요?"

"그런 것 같구나."

버블스 아저씨가 말했다.

"하지만 이렇게 맑은 날 너처럼 좋은 시력으로도 못 찾았다면, 그 애들은 익사한 거야. 이젠 바다에 맡기는 수밖에. 하지만 찾는 사람들까지 물에 빠지면 안 되는데."

"전에 하멜 아저씨가 한 얘기가 사실이에요? 아저씨가 바다에 빠졌다가 살아나셨다는 거 말예요."

버블스 아저씨는 웃지 않고 고개만 끄덕였다.

"그때가 1924년 던즈네스 갑 근처였을 거야. 메드웨이에서 좀 떨어진 포메로이 연안이지. 내가 잘못 생각한 거야."

"어떻게 했는데요?"

"떠다니다가 헤엄쳐 가기로 한 거지."

나는 듣기만 했다.

"그리고 내가 만일 살아서 물 밖으로 나간다면 다시는 보트에 발을 들여놓지 않겠다고 결심했어."

"그래서, 살아서 나왔어요?"

그가 나를 쳐다보자 나도 그를 쳐다봤다.

세상에 그렇게 멍청한 질문이 어디 있단 말인가.

버블스 아저씨는 이가 보이도록 웃었고 나도 웃음을 터트렸다. 해안에서 보트들이 죽은 두 아이를 찾아다니는 동안, 우리는 그곳 스태닉 만에서 서로 어깨를 기대고 서서 눈물을 흘렸다.

우리가 정신이 든 것은 버블스 아저씨의 갯지렁이를 훔치고 있는 갈매기들 때문이었다.

"이런 도둑놈들!"

그가 갑자기 나를 놓아주며 그것들을 쫓았다.

"하지만 아저씨는 다시 보트를 탔잖아요. 안 그랬으면 프랑스에서 버블스 아줌마를 못 구해 냈을 테니까."

"전쟁이나 사람 생명을 구할 때는 사정이 다른 법이다, 지미. 그럴 땐 누구나 그런 약속을 잊고 자기도 모르게 용기를 내게 되지."

우리는 각자의 생각에 빠져 몇 분 동안 더 서 있었다. 그러다가 그가 문득 생각난 듯이 말했다.

"자, 이리 와서 뭐 좀 먹자."

우리는 자전거 옆의 제방에 서서 그가 점심 때 먹고 남긴 음식을 먹었다. 그리고 미끼 깡통 하나는 내 자전거에 걸고 아저씨 집까지 갔다.

기다리던 버블스 아줌마는 하멜 아저씨가 병원에서 검진을 받고 있다는 말을 전해주었다. 그래서 아저씨는 병원으로 갔고 나는 집으로 왔다. 충격과 슬픔은 여전히 내 가슴 속에서 가라앉지 않고 있었다.

"저녁 먹어라."
엄마가 말했다.
"오늘은 뭐하고 돌아다녔니? 오늘 구명보트가 출동했다더라. 애들 둘 때문에."
엄마는 차를 들며 보던 책으로 눈을 돌렸다.
수요일에 「이스트켄트 머큐리」에서 두 아이의 삼촌에 대한 기사를 읽은 엄마가 말했다.
"기가 막힐 일이다. 이제 그 가족은 예전 같지 않을 거다. 생각해봐. 삼촌이라는 사람이 자기 조카들을 데리고 나갔는데 그 애들은 물에 빠져죽고 자기만 살아남았잖아. 그런 일을 어떻게 잊겠니. 죽을 때까지 용서 못할거다. 그 삼촌 잘못이 아니라도 말야."
나도 그걸 알고 있었지만 한 마디도 하지 않았다. 엄마는 그런 일이 있으면 오히려 신나서 말이 많아졌기 때문이다.
"어떤 일로 가족들이 사이가 나빠지면 끝까지 화해를 못할 수도 있는 법이야."
엄마의 말은 모든 게 뒤죽박죽인 우리집 허공에 떠 있었다 죽은 파리로 빈틈없는 끈끈이종이처럼.

버블스 아저씨가 한 말이 옳았다. 한 아이는 노스포어랜드 지나 마게이트 모래사장 부근에서 발견되었고, 다른 아이는 펙웰 만의 청어 그물에 걸려 발견되었다.

죽은 사람은 그들뿐만이 아니었다.

그로부터 얼마 되지 않아 버블스 아저씨가 우리집 문을 두드렸다. 한 번도 그런 적이 없었고 그 뒤로도 그런 일은 없었다. 그는 내가 신문에서 읽기 전에 직접 말해주고 싶었던 것이다.

"미끼 잡으러 가자."

그가 명령하듯 말했다.

우리는 스태닉 만까지 그 먼 거리를 걸어서 갔다. 그는 아무 말 없이 자전거를 끌고 갔다.

스태닉 만에 도착하자 그가 입을 열었다.

"지미, 안 좋은 소식이 있다. 아주 안 좋은 소식. 프레디 하멜 아저씨가 어젯밤에 돌아가셨단다. 자기 때문에 그 두 아이를 잃었다며 무척 괴로워했다는구나. 사람을 잃은 게 아니라 사람을 구했는데 말야. 훌륭하고 강한 사람인데 어젯밤에는 슬픔을 못 이기고 돌아가셨어."

나는 눈물을 흘리며 훌쩍였고 버블스 아저씨도 울었다.

우리는 미끼를 깡통에 가득 잡았다. 그리고는 그것들을 모두 놓아주었다.

몇 주 후에 사람들이 하멜 아저씨의 오두막과 보트들 그리고 그의 소지품과 가재도구를 모두 경매에 부쳤다. 사람들은 해변 공터 앞에 모여 있었다. 보트 다섯 척을 경매장 안으로 들여놓을 수 없었기 때문이다. 훌륭한 사람의 인품과 덕망을 관에 넣지 못하듯이 말이다.

사람들은 프레디 하멜 아저씨가 우리 시대의 마지막 인명구조원이었다고 말했다. 하지만 버블스 아저씨는 생각이 조금 달랐다.

"인명구조원들은 모두 다 훌륭해요. 과거에도 그랬고, 지금도 그렇고, 앞으로도 그럴 겁니다. 하지만 한 가지 확실한 것은 그는 제 아내 다음으로 저에게 절친한 친구였다는 것입니다."

삶이 바뀌었다. 더 우울해진 한편, 어떤 일들은 갑자기 하찮게 느껴지기도 했다.

"지미, 뭐 좀 사와라."

"꼭 제가 가야 돼요?"

"그럼. 넌 엄마 일을 하나도 안 돕잖아."

"알았어요."

나는 말싸움하지 않고 엄마가 시키는 대로 했다. 분노가 어느 정도 내 안에서 사라지고, 그보다 좀 나은 것이 그 자리를 차지한 것 같았다.

물건을 사러 가기 전에 나는 바닷가 공터에 가서 버블스 아저씨가 나를 처음 발견하던 방파제 위에 섰다. 나는 거기에서 두 아이가 물에 빠져 죽었던 날 내게 필요했던 사람이 누구였는지를 깨달았다.

그때는 버블스 아저씨를 찾아갔었지만 정말로 내가 필요로 했던 사람은 아빠였다. 진짜 아빠.

나는 아빠가 오래 전에 어디로 떠나버렸는지 그리고 왜 떠나갔는지 생각하며 바다만 바라봤다.

하염없이 눈물을 흘리며, 나는 몸에 힘을 주고 똑바로 서 있으려고 애를 썼다. 그렇게 하지 않으면 내가 유리처럼 깨질 것 같았기 때문이다.

아빠가 그 자리에 없어서 나는 화가 났다. 철들고 눈물을 흘린 것은 그때가 처음이었다. 눈물 때문에 뺨이 쓰라리고 화끈거리고 따가웠다. 손등에 엎질러진 표백제를 물로 씻어내도 한동안은 그 느낌이 남아 있듯이 말이다. 처음으로 나는 가슴이 미어지는 고통을 느꼈다. 그 오랜 세월 동안 암흑시절을 잊고 바위가 되기 위해 노력했건만, 그 바위 사이에서 슬픔이 스멀스멀 배어나오고 있었다.

외할아버지의 유산

마이클 형과 외할머니가 집을 떠나고 나 역시 집을 떠나기까지 그 암울하고 외롭던 기간에 내가 몰두하던 일은 듣기였다.

말싸움과 침묵이 이어질 때도, 화나서 자리를 떴을 때도, 상념과 쓰라림의 시간에도, 그리고 시간을 잃어버린 듯한 기분으로 괴로울 때도, 우리집 거실과 끊임없이 마시던 차는 항상 그대로였다. 난롯불은 모든 걸 깨끗이 지워버리고 처음부터 다시 시작하기 위해 필요한 장치였다. 난로 앞에서 촛불과 석탄으로 행하는 의식은 아무리 여러 번 해도 내게는 여전히 놀랍고 매혹적이었다.

불을 지피면 지저분하고 차갑던 쇠살대가 순식간에 활기를 주는 아름다운 도구로 변했다. 그 의식을 나는 아침저녁으로, 특히 겨울 강풍에 유리창이 깨질 것 같은 날, 엄마가 외풍을 막기 위해 문틈마다 수건을 밀어넣는 날 성심껏 거행했다.

엄마 의자는 난로의 오른쪽에 있었고, 내 의자는 왼쪽에 있었다. 그리고 내 뒤쪽 벽에는 파란색 플라스틱 전자시계가 있었다. 현대적인 분위기를 내려는 엄마의 아이디어였다. 우리집에는 텔레비전도 없이 오직 책과 낡은 로버츠 라디오만 있었다. 라디오는 내 방에도 하나 있었는데 그것은 한참 기다려야 소리가 났다. 하지만 우리에게는 우리가 있었다. 정확히 말하면 엄마에게는 들어줄 상대 – 나 – 가 있었다.

집 밖에서는 사정이 달랐다. 나는 엄마랑 쇼핑을 하거나 학교에서 함께 있는 모습을 다른 사람들에게 보이기 싫어했다. 엄마는 다른 엄마들에 비해서 덩치가 큰 데다 단정하지도 않고 옷 입는 것도 엉망이었다. 다른 엄마들은 모두 세련되고 단정해보였다. 걸음걸이도 가볍고 머리도 단정하고 화장도 깔끔했다.

엄마는 항상 안경을 비뚤어지게 썼고, 안경알은 닦지 않아서 뿌예 보였다. 신발은 지저분하고 질질 끌어서 뒤축이 닳았다. 크게 웃기라도 하면, 차를 너무 많이 마셔서 변색된 이만 보였다. 그런 엄마를 흠모하는 남자는 차치하고라고, 친구가 있다는 것이 – 그것도 꽤 많이 – 내게는 불가사의한 일로 보였다. 그래서 사람들 있는 곳에서 나는 엄마 아들이 아닌 것처럼 항상 떨어져 다녔다. 우리가 함께 있는 모습을 누군가에게 들키면 나는 그 사람이 장님이기를 바랐다.

하지만 호기심 강한 눈들에서 벗어나 우리집에 있을 때 내가 의식하는 것은 엄마의 외모가 아니라 목소리와 말이었다. 엄마의 말은 리듬이 있고 변화무쌍했으며 설명이 아주 정확했다. 그리고 엄마의 눈과 표정도 말하는 내용에 맞게 계속 변했다.

나는 그것에 사로잡힌 채 귀를 기울였다. 엄마로서 또는 한 인간으로서의 자격에 대한 의구심은 이야기를 듣는 동안 힘없이 사라졌.

주로 다루는 화제는 세상의 불공평함과 남자들의 배신이었는데,

엄마의 표현은 냉소적이면서도 재치 있고, 지나치게 신랄했다. 하지만 그 강한 어조는 깊은 인상을 남겼다. 엄마는 살아온 이야기를 여러 번 해줬는데, 매번 그 내용이 조금씩 달랐다. 오랜 시간이 지난 후에야 나는 엄마도 분투하며 그 진실을 찾고 있었다는 것을 깨달았다.

엄마는 유머를 섞어 유창하게 얘기했다. 우리는 비록 다투기도 했지만 나는 너그러운 청자였기 때문에, 그 앞에서 엄마의 말은 풍성해졌고 유쾌하게 비상했다. 외할머니는 내게 듣고 말하는 법을 가르쳐주었고, 엄마는 남자들의 세계가 어떻게 굴러가는지를 자신의 방식으로 해설해서 가르쳐주었다.

다른 사람이 엄마의 얘기를 의심하거나, 이의를 제기하거나, 어떤 사실을 바로잡거나, 지난번의 내용과 다르다는 사실을 지적하면 엄마는 갑자기 얼어버린 듯 입을 다물어버렸다. 그런 사람들은 엄마가 문학이나 역사에 대한 지식 자체보다는 그 단어들을 재미있게 끌어다 쓰는 걸 즐긴다는 것을 모르는 유머감각 없는 부류였다.

나는 엄마가 머리와 옷에 돈을 쓰고, 닳지 않은 신발을 신고, 예쁘게 화장을 하고 다녔으면 했지만 엄마는 그런 것들을 무시하고 남보다 못한 부류에 남아 있었다.

권위 있는 남자들 앞에서 엄마는 절대 먼저 얘기를 하지 않았다. 그들에게서 외할아버지의 환영을 봤고, 그의 찌푸린 얼굴을 봤기 때문이다. 하지만 자식들 앞에서는 - 한 명씩 멀어지기는 했지만 - 자신의 이야기를 한없이 풍성하게 들려주었다. 정확히 말하면 자신이 하고 싶은 얘기만 골라서 해줬다. 내가 가장 늦게까지 집에 남아 있었기 때문에 나는 그 이야기의 만찬을 가장 오랫동안 즐겼다. 그

긴 겨울밤 엄마의 독백을 통해, 나는 엄마가 어쩌다가 그런 사람이 되었는지를 점차 납득하게 되었다.

불친절하고 잔인하고 이기적이고 무자비한 엄마를 좋아할 사람은 없을 것이다. 하지만 그런 행동이 어디에서 비롯되었는지를 알게 되면 용서의 실마리를 찾게 되어 차분한 위안을 느끼게 된다.

엄마는 세 나라에 뿌리를 두고 있었다. 태어난 곳은 1908년 덴마크이고, 외할머니는 영국인, 외할아버지는 독일인이었다. 이것은 엄마한테 여러 차례 들은 얘기다.

"우리 엄마 로라 마가렛 페어베언 – 너는 외할머니라고 부르지만 – 은 영국에서도 알아주는 신교도 집안 사람이었단다. 말하자면 집안사람들이 영국 국교회에 다니지 않고 자신들의 종교를 독실하게 믿었다는 거야. 외할머니는 1893년에 외할아버지를 만났는데, 그때 엄마는 함부르크에 있는 교회연합 예배에 영국 성가대원으로 갔었단다. 거기서 강연을 한 외할아버지는 당시에 구스타프 테오도르 드리크너 박사로 불렸지."

엄마는 이런 얘기를 할 때 외할아버지를 증오한다는 것을 확실히 나타내기 위해 항상 얼굴을 찡그렸다. 특히 '드리크너'는 마치 더러운 단어라도 되는 듯이 발음했다. 그리고 내가 잘 듣고 있는지, 맥락을 이해해서 다음으로 넘어가도 되는지를 살피기 위해 간간이 차를 홀짝이면서 나를 힐끗 쳐다봤다.

"너한테 얘기했는지 모르겠다만, 외할아버지는 당시에 루터파 신학자였고, 구약성서도 연구했어. 두 사람은 외할아버지가 목사가 된 다음 해인 1895년에 결혼했지. 스트랄준트라는 곳인데, 개신교 전통이 강한 발틱 해 연안의 대도시였을 거야. 외할아버지가 쓴 회고록은 제2차 세계대전이 일어나기 전에 쓴 건데 꺼림칙하고 읽기도 힘든 필체야. 어쨌든 그걸로 판단해보면, 외할아버지는 별로 평판이 좋지 않았던 것 같아. 당연하지. 날카로운 지성과 거만한 성품에, 엄격하게 학풍만 고집하던 사람이었으니 목사로 지내는 게 힘들었겠지. 아빠로서 부적격자이듯이 말야. 특별할 것 없는 교구민들에게 질렸을 것이고 교구에서 행하는 일상적인 업무와 신도들에게도 흥미가 없었겠지. 몇 년 후에, 교회는 외할아버지로부터 그 신도들을 구했고 - 하늘에 감사할 일이지 - 동시에 외할아버지 능력도 알아봤단다. 구약성서에 관한 외할아버지 저서들 중에서 처음으로 하나가 출판된 1897년에, 외할아버지는 속세의 사람들한테서 떠나 함부르크에 있는 세인트 앤쏘니 루턴 컬리지에 연구부장 자리를 얻게 됐어. 그래서 외할아버지가 하고 싶던 일을 하고, 책임 있는 일을 맡게 되고, 사람들에게 잘못된 삶의 방식에 대해 설파하게 된 거지."

"외할머니도 가끔 '사람들의 잘못된 삶의 방식'에 대해 말씀하셨어요."

"외할머니와 외할아버지가 공통점이 많다는 걸 너도 알게 될 거다."

"하지만 외할머니는 외할아버지를 좋아하지 않으셨잖아요."

"그랬지."

엄마가 의미심장한 표정으로 말했다. 그리고는 내가 그 말을 곱씹어보도록 잠깐 말을 멈췄다가 다시 입을 열었다.

"외할아버지는 1900년에 함부르크 대학으로 자리를 옮겼다가, 1905년에는 베를린 대학교의 신학 부서로 옮겼어. 그런데 승진에서 탈락하고는 홧김에 영국 옥스퍼드로 옮겨버렸어. 그때는 거기가 개신교신학에서 이름이 나기 시작했거든. 외할아버지는 1911년에 뉴컬리지에서 특별연구원으로 있었는데…."

"특별연구원이 뭔데요?"

"거의 전부가 남자였는데, 어떤 분야에 대해 가르치고 숙식을 제공받는 거야. 어쨌든 좋은 자리야."

"저도 할 수 있어요?"

"그러기는 힘들 거다. 어쨌든, 외할아버지가 옥스퍼드에 갔을 때, 영국에서는 독일인에 대한 반감이 심했지만, 학자로서의 명성이 있어서 별 문제는 없었지. 뉴컬리지에서 강사직을 얻고 꾸준히 승진을 해서 1925년경에는 비교신학 교수로 발탁되었어. 1939년에 퇴직할 때까지 그 자리를 유지하다가 1945년에 돌아가셨지. 네가 태어나고 1년 뒤에, 그러니까 네 첫번째 생일날 돌아가셨어. 물론, 장례식에서는 옥스퍼드답게 사람들은 모두 외할아버지가 훌륭하고 학생들한테 존경받는 선생이었다고들 하더라."

엄마는 짧고 높은 소리로 몇 번 웃었는데, 그것은 어처구니가 없다는 뜻이었다.

엄마가 차를 더 따르는 동안 나는 난로에 석탄을 몇 개 더 넣었다. 그런 다음 다가올 맹공격을 즐기기 위해 의자로 돌아가 앉았다. 재밌는 얘기를 할 때, 엄마는 쥐를 가지고 노는 고양이 같았다. 처음에는 부드럽게 시작했다가 포악하게 끝내며 그동안 완벽하게 장악하고 있는 것이다.

"장례식에서는 외할아버지에 대해 진실한 얘기가 하나도 안 나왔어. 그랬을 리가 없지. 사실 외할아버지는 냉정하고 자기중심적인 사람이었는데 말야. 당신 일을 가장 중요시하고 그 다음에 가족, 그리고 집안 여자들은 가장 하찮게 여겼지. 무정하고 말도 못하게 냉혹했어.”

"엄마는 오전 아홉 시 이후에는 집에서 말도 못했다면서요. 마이클 형이 그러던데.”

"우리가 끽 소리라도 내면 외할아버지는 서재 문을 벌컥 열고 서서 우리를 노려봤거든. 안경 너머로 말야. 그러면 우리는 무서워서 얼어붙었지.”

"플랙스 학장이 학교에서 그러는 것처럼요?”

"지미, 그 사람은 상대가 안 돼. 플랙스 학장 수염이 곤두서든?”

엄마도 나랑 마이클 형한테서 들어서 그가 콧수염이 있다는 것을 알고 있었다.

"그렇지는 않은 것 같아요. 어떻게 그게 곤두서요?”

엄마는 지저분한 안경을 벗고는 나 있는 쪽으로 몸을 기울였다. 눈을 무섭게 치뜨고 입과 볼을 요상하게 움직이면서 말이다.

"네 외할아버지는 화를 낼 때마다 수염이 그게 곤두섰다니깐. 화도 자주 냈고.”

"곤두선다고요?”

"수염을 타고 강력한 전기가 흐르는 것 같더라. 꼭 상대방을 태워버릴 것처럼 말야. 눈썹까지 그렇게 곤두선다니깐. 등골이 오싹하지. 당신한테 여자들이란 하등한 종족이었어. 완전히 빅토리아 시대의 사고방식에 찌들어있는 샌님이었지. 그래서 너희 외할머니뿐 아니라 엘리 이모랑 나까지 그렇게 학대한 거야. 외할머니가 사랑도 애정도 따뜻함도 모르는 무정한 사람이 된 것도 다 외할아버지 때문이지. 우리한테는 어떻게 했는 줄 아니?"

엄마는 외할아버지의 잔인한 행동을 수천 가지는 얘기했는데, 나는 한 번도 그런 얘기가 지겹지 않았다. 매번 엄마는 그 얘기들을 조금씩 다르게 얘기했고 그때마다 조금씩 더 무서워졌기 때문이다.

"내가 사진 얘기 했었니?"

물론 예전에 했지만, 나는 고개를 저었다. 다시 듣고 싶었던 것이다.

"엄마 외삼촌인 몬티 삼촌이 있었는데, 배스에서 장사를 해서 돈을 많이 벌었지. 외할아버지는 물론 장사 같은 걸 경멸했지만 말야. 그 삼촌이 어느 날 우리를 놀래주려고 연락도 없이 갑자기 옥스퍼드에 찾아온 거야. 삼촌이 우리집 문을 두드리자 외할아버지는 화가 머리 끝까지 났어. 처가 식구들 때문에 자기 아침을 망쳤다 이거지. 하지만 엘리 이모하고 나는 몬티 삼촌을 너무 좋아했어. 그 삼촌은 키도 크고 사교적이고 잘생겼거든. 우울한 학자풍의 집에 신선한 바람을 몰고 오는 인물이었지. 외할아버지는 되도록 우리 삼촌을 빨리 내보내려고 했지만, 삼촌이 먼저 우리들에게 마술을 보여줬단다. 그 중에서 클라이맥스는 외할아버지 왼쪽 귀에서 5파운드짜리 지폐가 나오게 하는 거였어. 외할아버지는 입을 꾹 다물고 자세히 지켜봤지. 수염을 곤두세우고 말야. 그 마술도 외할아버지한테는 충분히 못마땅한 짓이었는데 몬티 삼촌은 우리에게 그 돈을 주면서 '좋은 일에, 하지만 교육하고는 상관없는 일'에 쓰라고 한 거야. 그 말을 듣고 외할아버지 인내심이 바닥난 거지. 우리 삼촌은 외할아버지가 얼마나 인정머리 없는 사람인지 알고 있었나 봐. 그래서 우리를 불쌍하게 생각하고 돈을 준 거야. 그런데 몬티 삼촌이 가자마자, 외할아버지는 그 돈을 뺏을 수는 없으니까, 그것을 어디에 쓸 것인지 정해주시는 거야. 그게 뭔지 아니? 사진관에 가서 사진을 찍고 감사편지와 함께 그것을 삼촌한테 보내라는 거야. 거기에 든 돈이 딱 5파운드였어. 우리가 받은 돈은 한 푼도 못쓰게 된 거지. 단 한 푼도."

이 시점에서 엄마의 침묵은 항상 감동적이었다. 표정에는 분노가 어렸고 한숨에는 비탄이 섞여 있었다. 그리고는 마지막으로, 권리를 침해당한 10대의 가냘프고 구슬픈 소리로 이렇게 말했다.

"그건 내가 처음으로 내 맘대로 쓸 수 있는 유일한 돈이었고, 18살이 될 때까지 다시는 그런 돈을 만져보지도 못했어! 그 거지 같은 사진 때문에! 분명히 몬티 삼촌은 아연실색하고 분통을 터트렸을 거야. 원래는 다정다감한 성격인데 말야."

엄마는 이렇게 과거 일을 얘기할 때 상대방이 열두세 살의 남자애라는 것을 잊고 어른들에게나 할 말들을 쓰곤 했다. 대부분의 부모들보다 훨씬 솔직하기도 했다. 또한 역사를 공부했고 심리학과 교육학에 관심이 많았기 때문에, 좀더 넓은 맥락을 고려해서 이야기를 펼쳐나갔다.

그런 얘기를 들으면서 나는 엄마가 왜 자신감이 없고, 왜 권위적인 위치에 있는 남자들을 두려워하면서도 그들을 지나치게 신뢰하는지, 그리고 왜 여자에게 불리한 자질들을 지니게 되었는지를 이해하게 되었다. 내가 유추해낸 것이 아니라, 잊어버리지 않을 정도로 엄마가 인상적으로 얘기해준 것이다.

여자로서 엄마 - 엘리 이모도 마찬가지지만 - 의 단점이 무엇인지 엄마도 명확히 알고 있었다. 그 중 첫번째는 놀라운 언변이었다. 이 재능이 문학과 책에 대한 광범위하고 다양한 지식과 결합되자,

다소곳하고 '여성스러운' 여자를 좋아하는 남자들을 겁냈다고 한다.

"또 한 가지는 내가 외모를 이용하는 능력이 없다는 거야. 난 립스틱도 제대로 바를 줄 몰랐으니까 그거야 놀랄 일도 아니지. 같이 사는 유일한 남자한테서 어린 시절 내내 못생겼다는 소리만 듣고 살았고, 외모에 신경을 좀 쓰려고 하면 비웃음을 샀으니까. 그런데, 어쩐 일인지 네 맥스 삼촌은 외할아버지하고는 달리 한 번도 여자들을 업신여기는 말을 않더라. 그 애는 학창시절을 거의 사립학교 기숙사에서 지냈고 집에 오면 항상 제 방에서만 지내고 외할아버지하고는 얘기를 안 했지."

"집안은 어땠어요?"

"먼지 하나 없이 깔끔했지."

엄마는 찡그리며 차를 더 따랐는데, 그때 찻잔 밖으로 차가 조금 흐르고 비스킷 조각이 카펫 위에 떨어졌다.

"그냥 놔 둬. 너하고 나밖에 없는데 뭐 하러 신경을 써."

시간이 지남에 따라 나는 엄마의 옥스퍼드 생활에 대해 들은 얘기를 깊이 있게 해석할 수 있게 되었다.

외할아버지가 엄마에게 끼친 가장 치명적인 영향은 어린 시절의 엄마를 너무 통제했다는 것이다. 엄마는 어른이 되어서도 외할아버지한테서 해방될 수 없었고, 그래서 그가 엄마 안에 일으켰던 분노와 증오에서도 벗어날 수 없었다. 마이클 형, 특히 내게 퍼부었던 것이 그런 억압된 분노였고, 그것을 알고 있는 하워드 스커플은 엄마한테서 힐러리 누나를 보호하기 위해 옥스퍼드로 데려간 것이다.

마이클 형이 그랬던 것처럼, 나는 엄마의 자체 분석에 귀를 기울이면서도 점차 나만의 결론에 이르게 되었다. 그때 열네 살이었던 나는 개인적인 고난에 직면한 엄마의 눈물, 난관에서 물러나는 습관 - 보통은 로맨스 소설로 도피했지만 - 그리고 비이성적인 갑작스러운 분노는 자신의 어린시절과 자신의 아버지로부터 도망치려고 했던 어린 소녀의 증상이라는 것을 이해하기 시작했다. 그 소녀의 아버지는 한 번도 사랑받지 못했고, 한 번도 다른 사람에게서 사랑을 불러일으키지 못했다. 그래서 결국 두 사람은 자신들을 사랑하지 못하게 된 것이다.

엄마는 집에 별로 없었던 힐러리를 포함해 우리 모두가 성격이 못됐고, 무심하고, 배은망덕하고, 무뚝뚝하고, 인정머리가 없다고 했다. 또 경멸하는 투로 '지미, 네놈이 뭐가 될지 안 봐도 뻔하다' 또는 '이런 건 정말 넌덜머리 나'라고도 했다. 이런 말들에서 나는 엄마의 아빠, 즉 외할아버지의 목소리를 들었다. 그가 다시 살아 돌아온 듯했다.

외할머니가 쫓겨나다시피 집을 떠난 후, 몇 달이 지나고 몇 년이 지나면서 외할머니의 노쇠함을 지켜본 엄마는 자신의 노년을 극단적인 시각으로 바라보게 되었다. 엄마는 자주 두려움에 차서 그것에 관해 얘기했다. 하지만 엄마가 정말로 두려워하는 것이 무엇인지를 알게 되기까지는 시간이 좀 걸렸다. 엄마가 두려워하는 것은 죽음이 아니라 죽음에 이르게 되는 과정이었던 것이다. 엄마가 외할아버지한테서 독립하기 위해 고군분투했다는 것을 알게 되면서, 그리고 신학자로서 외할아버지의 사명이 신의 존재를 증명하는 것이었지만 엄마는 그 신을 필사적으로 불신했다는 것을 알게 되면서, 엄마가 느끼는 두려움의 실체와 깊이가 명확히 이해되기 시작했다.

엄마가 양로원에서 외할머니를 데리고 올 생각을 하고 있을 때, 신문에서는 몇몇 양로원들의 충격적인 실태에 관한 기사가 몇 차례 실렸다. 매일 엄마는 내 눈앞에 『데일리 텔레그라프』를 흔들며, 노인들을 비인간적으로 방치한다는 양로원 기사를 읽어주곤 했다.

"나는 늙어서 이런 대우 받기 싫다, 알았니? 어? 알았어?"

"어, 네, 알았어요."

"어쨌든 대책을 세워야 돼. 너 안 세웠지? 이건 로니 도네건이나 그 아무짝에도 쓸모없는 팝송보다 더 중요한 일이야."

"엄마는 어떤 음악이 좋은데요?"

"지금 그게 문제가 아냐. 중요한 건…."

엄마는 자신의 노년에 대해 새로 자각하면서 외할머니를 염려하고 걱정하게 된 것이 아니었다. 외할머니에게 새로운 양로원을 찾아봐야 되겠다는 생각을 하다가 자신의 노년에 어떤 일이 일어날 것인가를 고민하기 시작한 것이다.

마침 유럽에서는 노인문제가 한창 화제였고 엄마는 여러 나라에서 벌어지는 상황을 즉시 파악하게 되었다. 그러다가 자발적인 안락사를 옹호하게 되었고, 결국 냉혹한 결정을 내리게 되었다. 그 와중에서 나까지 자신의 강박관념과 자기도취에 끌어들이는 잘못을 저질렀다.

그 즈음에 흡연에 빠져 있던 엄마는 담배연기가 가득 찬 거실에서 차를 마시며 여러 차례 자신의 견해를 밝히는 연설을 연습했다.

엄마는 자신이 겪은 병원의 권위 - 특히 남자 의사들의 권위 - 를 생각하면 두려워하는 게 당연하다고 했다. 게다가 병세와 무관하게 오랫동안 병원생활을 한 노인들의 자유의지에 대한 일반인들의 인식과, 자신도 신체적인 노화로 인해 병원에 입원할 날이 가까워지고 있다는 위기감까지 더해져 두려움은 더욱 커졌다.

엄마는 양로원 응접실에 버려진 듯이 앉아 두려운 표정과 공허한 눈빛을 하고 있는 노인들도 한때는 젊었고 활기찼고 희망에 부풀어 있던 사람들이라는 것을 잘 알고 있었다. 몇날 며칠 동안의 일방적인 대화를 통해 나는 세뇌되었다. 일단 그런 근본적인 진실이 잊혀지면 노인들은 다른 사람들에게 더 이상 인간으로 보이지 않으며, 그것은 무관심을 불러오고 그 무관심은 잔인함으로 이어진다는 것이 그 내용이었다.

거기에 엄마의 두려움이 있었다.

엄마는 언젠가는 자신이 컨베이어 벨트에 올라 쓰레기 매립장으로 버려지게 될까 봐 겁을 먹고 있었다. 엄마에게 그 매립장은 옛날 어디엔가 있었다는, 시체들이 버려지는 석회갱과 별반 다를 바 없는 곳이었다.

엄마는 품위 있게 죽고 싶었다. 자신이 직접 선택한 시간과 장소에서 사람들의 손길을 받으며, 그리고 자신이 그토록 오랫동안 싸워서 창조하고 다시 만들어내고 보존해온 수많은 자아를 그대로 유지한 채 말이다.

장기간의 의료체계에 자신을 맡김으로써, 그때까지 자유와 독립을 위해 수많은 전투에서 싸워 이긴 공을 물거품으로 만들고 삶의 마지막 전쟁에서 패자가 되는 것, 이것이 나와 함께 살았던 마지막 몇 년간 엄마를 갉아먹은 두려움 – 때로는 공포 – 이었다.

스스로 죽을 권한을 빼앗기면 자신이 사랑하지 않는 사람들에 둘러싸여 살아야 할 것이다. 낯선 방과 침대에서 잠을 자야 할 것이다. 그리고 어쩌면 자신이 존경하지도 않고 좋아하지도 않고 신뢰하지도 않는 사람들, 더 상황이 나쁘면 잘 알지도 못하는 사람들의 말과 행동 때문에 고통받을지도 모른다.

자신이 이제는 삶을 끝내고 싶은데도 무력하게 의사들의 손에 의해 연명되는 비참함을 견디며 악화되는 자신의 모습을 지켜봐야 할 것이다. 그리고 통증을 참으며 모욕과 통제불능에 직면해야 할 것이다. 삶의 막바지에서 적절한 시기에 자신의 힘으로 목숨을 끊을 수 있었다는 사실을 알면서도 말이다.

엄마는 독선적인 자선사업가와 환자들에게 확신을 주는 사람, 듣기 좋게 말하는 사람, 상담가들에게 깊은 증오심을 품고 있었다. 엄마가 보기에 그들은 자신에게서 죽을 자유를 박탈하는 업무 중심적인 사람들이기 때문이다. 엄마는 자신의 죽음을 편안하게 해줄 만한 의사가 있다는 것을 알고 있었지만, 그들에게 의지할 수만은 없었다.

간단히 말하면, 엄마는 죽지도 못하고 지옥 같은 삶에 갇히게 될 것을 두려워했다. 엄마가 이제는 목숨을 거두겠다고 공공연하게 선언한다면, 의사는 그때부터 엄마를 판단 능력이 없는 사람으로 간주해버린다는 것이다. 그것은 엄마가 증오하는 논쟁의 순환이었다. 더 이상 살고 싶지 않으니 도와달라고 요청하면 그것이야말로 그런 결정을 내릴 능력이 없다는 증거가 된다니 그게 말이 되느냐는 것이 엄마의 주장이었다.

나는 밤마다 엄마가 자신의 두려움에 대해 얘기하는 것을 들으며, 때로는 숙제도 하지 않은 채 앉아 있어야 했다. 엄마의 마지막 목표는 지옥 같은 노인병동으로 끌려가지 않고 자신의 존엄성을 지키며 스스로 죽음을 행할 수 있는 집에 남는 것이었다.
하지만 문제가 있었다.
엄마는 주위의 친구들을 보면서, 자신이 시기를 놓치고 너무 늦게까지 살아남게 된다면 – 하루라도 말이다 – 나이 때문에 판단력을 잃고 마지막 승리도 빼앗길지 모른다는 데에 생각이 미쳤다. 그래서 엄마는 의식이 흐려지기 전에 그 시기가 언제인지를 알려줄 믿을 만한 동맹군이 필요했다. 스스로 목숨을 거둘 시기가 언제인지를 말해줄 사람, 엄마가 임명한 사람은 바로 나였다.

어느 날 아침을 먹다가, 엄마는 안락사를 권장하는 단체에서 보낸 인쇄물을 받았다. 그리고 그것을 묵묵히 읽었다. 자신을 더 이상 돌볼 능력이 없을 때 스스로 목숨을 거두겠다고 엄마가 단호하게 결심을 밝힌 것은 그때부터였다. 엄마는 감정을 배제하고 솔직하게 얘기했고 나는 그 말이 모두 진심이라고 느꼈다.
"그 날은 내가 70대일 때 올 것이고, 정확히 언제냐고 묻는다면 75살이라고 하겠다. 그때 내가 스스로 죽을 거야."
엄마는 삶과 사람과 성에 대해 솔직하게 말하는 편이었다. 이제는 죽음까지 솔직하게 말할 차례가 된 것이다.
"하지만, 그때가 되면 나는 너무 늙고 힘이 없고 정신이 흐리멍덩해서 내가 원하는 것이 무엇인지도 잊어먹을 거다. 그러니까 내가 나이는 많이 들었지만 아직은 정신을 놓지 않았을 때 네가 말해줘야 한다, 지미. 알았지?"
깊이 생각해보기도 전에, 너무 놀라고 납득이 되지 않은 나는 당연히 망설였다. 엄마가 너무 늙어서 결정을 내릴 수도 없는 모습을 상상할 수가 없었던 것이다. 나는 아버지도 없지 않은가. 그러니 엄마가 모든 것을 결정해야 했다.

"해줄 거지, 지미?"

나는 그때 겨우 열다섯 살이었지만 어른이 된 것 같았다. 죽음에 대해 아무것도 모르면서, 혹은 엄마가 하는 말의 반도 이해하지 못했으면서 말이다.

그래서 나는 그러겠다고 했다. 그러고 나서야 내가 외할아버지의 구약성서에 적힌 맹세만큼이나 신성한 약속을 했다는 것을 깨달았다. 그러자 뜻밖에 절망감이 엄습했다.

엄마는 어두운 어조로 덧붙였다.

"물론, 다른 사람한테는 얘기하지 마라. 이건… 윤리적인 신뢰 문제야."

엄마는 '비밀'이라는 말을 쓸 수도 있었지만 '윤리적인 신뢰'라는 말을 씀으로써 시기와 책임감에 특히 의미를 두었다.

나는 그때 너무 어려서 그런 약속을 열다섯 살짜리 자식한테 받아내는 건 합당한 일이 아니라고 반박하지 못했다. 우선, 그것은 그렇게 어린 아이가 이성적으로 할 만한 약속이 아니었다. 둘째, 그런 약속을 한 아이는 쉽게 깨기 힘든 음울한 서약에 갇히게 된다. 그런 특별한 임무를 맡길 정도로 자신을 신뢰한다는 암시를 주는 경에는 특히 그렇다.

가장 치명적인 것은 그런 약속은 부모의 삶과 존재에 대한 그 아이의 생각과 삶을 영원히 바꿔놓는다는 것이다. 만일 그 아이가 나처럼 자신의 엄마가 어느날 정말로 자살할 것이라고 믿는다면, 어떤 식으로든 그 자살과 연관될 그 아이는 어른이 되어가는 과정에서 겪어야 하는 사건 - 부모의 죽음 - 을 부자연스럽고 위험하게 공모하여 미리 알게 되는 것이다. 그것이 정신적으로 치명적인 악영향을 끼치리라는 것은 아마추어 심리학자라도 뻔히 알 수 있는 일이다.

어린 나이에 그런 약속을 하면서 나는 희한하고 무서운 계약에 가담하게 된 셈이고, 그것은 어느날 나를 파괴할 시한폭탄 같은 것이었다. 그것이 위험하고 예측할 수 없는 후유증을 내포하고 있는 것은 확실했다.

카운트다운을 위한 무대가 설치되었고, 그 무대에서 정확한 시간을 재는 것이 엄마와 나 두 사람의 목표였다. 정확히 언제가 엄마가 자신을 돌볼 능력을 잃은 때고 자신의 목숨을 거둘 순간인지를 판단하는 것이다. 말하자면 엄마의 자살을 위한 카운트다운이었다.

나는 이 짐을 묵묵히 지고 있었고 잘 견디고 있는 것 같았다. 하지만 그것은 끊임없이 나를 괴롭혔고, 그 후 몇 년 간 가장 어두운 그림자 중의 하나였다. 그 짐은 결국 나를 쓰러뜨릴 것 같았다.

내가 그 일에 관해 비밀을 지키겠다고 서약했고, 내가 그 비밀을 누군가에게 털어놓는다면 나와 그 사람이 파멸할 것이라는 엄포도 도움이 되지 않았다.

플랙스 학장

우리 학교 학생들 중 3분의 1은 기숙사생활을 했고 나머지는 매일 통학을 했다. 하지만 유럽과 아시아의 수많은 종족들이 소수의 로마인들에게 힘을 못 썼듯이 우리 통학생들도 기숙사생들과의 기싸움에서 밀리고 있었다.

그 이유도 비슷했다. 우리는 분열되어 있었고 그들은 명령 체계와 훈련과 지도자가 있었기 때문이다. 처음 학교에 왔을 때부터 기숙사생들은 학교의 먼 끝에 상당히 넓은 면적을 차지하고 있는 기숙사로 들어갔다. 학교규칙상 그곳 운동장과 그 문으로는 통학생들이 절대 들어갈 수 없었다. 그 규칙이 두 세력을 분리하는 요인이었다.

우리가 볼 수 없는 그 비밀 장소에서, 기숙사생들은 명시된 규칙뿐 아니라 무언의 규칙까지 준수했다. 많은 규칙들을 혹독하게 배웠고 스스로 터득하기도 했다. 인정사정없는 선배들이 순진한 후배들에게 부과하는 불쾌한 의식들, 그런 것들은 주거생활을 함께 하는 남자들 세계의 특징이었다.

그래서 기숙사생들은 일찍부터 유대가 긴밀했고, 피비린내 나는 전쟁에서 필수불가결한 동지의식과 의리 같은 원시적인 충성심으로 단련되었다. 공동건물에서 생활하는 그들은 단체활동, 특히 스포츠에서 우리 통학생들보다 한 수 위였다. 매일 수업이 끝나고 우리들이 이스트켄트의 집까지 걸어가는 동안, 그들은 훈련을 받았다. 그래서 우리보다 건강했고 단체정신도 더 굳건했고 우리에 대해 우월감을 갖고 있었다. 그들의 학년별 팀과 전체 팀, 그리고 개인대표는 거의 모든 분야에서 통학생들을 이겼다. 그들이 이기고 우리가 지는 것이 당연한 일이 되어 버렸다.

그런 훈련체계의 악령이자 사령관은 플랙스 학장이었다. 기숙사 사감으로서 그는 처음부터 이런 규칙들을 마련하고 분위기를 잡아 나갔다. 그리고 기강을 해치는 학생들에 대해서는 위험하고도 무자비하게 응징하는 것이 관례가 되었다.

플랙스 학장은 기숙사를 일종의 군대로 보고, 기숙사생들이 우선 자신에게 충성하고 그 다음에는 학생들 자신에게 충성하게 했다. 이 말은 이유가 어떠하든지 간에 그 안에서 생길 수 있는 불만을 절대 밖으로 누설하지 않아야 한다는 뜻이었다. 대신, 기숙사 내에서 겪는 애로사항들 – 단순한 향수병이든, 가벼운 괴롭힘이나 그 밖의 문제들이든 – 은 직접 플랙스 학장 자신에게 보고하도록 했다.

여기서 학생들은 고민에 빠지게 된다. 기강을 세우려는 플랙스 학장은 고충을 호소하는 행위 그 자체를 죄악시했고, 그때부터 그 학생은 의심의 대상이 되기 때문이다. 그는 진정한 남자는 그런 문제를 혼자서 해결해야 한다고 생각했다. 그래서 학생들이 문제를 스스로 판단하고 해결하고 자체적인 형벌로 다스리는 것을 더 좋아했고 그것을 적극 권장하기도 했다.

이것이 실패하거나 논쟁이 일어나면, 플랙스 학장이 직접 최종 심판이자 집행관으로 나섰다. 그가 직접 나서는 것은 그 자체로 불편한 심기를 드러내는 것이어서, 아무리 최악의 시나리오를 각오하더라도 최종 벌칙이 무엇인지는 짐작할 수가 없었다. 이런 관습들 때문에 플랙스 학장과 그의 추종자들 주변에서는 공포와 은밀함의 분위기가 풍겼다. 우리 통학생들은 그의 추종자들이 누구인지 알고 있었지만, 그들의 성향은 짐작만 할 뿐이었다.

때때로 플랙스 학장에 의해 조성된 강압적이고 폭력적인 관습에 저항하는 기숙사생도 있었지만, 그들은 수에 밀려서 대부분 일찍 학교를 떠났다. 플랙스 학장은 그런 학생들을 반항자, 이탈자, 배신자로 보고 극도로 증오했다. 그때는 몰랐지만, 마이클 형도 그런 소수의 일원이었다.

기숙사생이 되었을 때, 형은 겉으로 보기에도 플랙스 학장과 그의 건장한 추종자들의 먹잇감으로 보일 만했다. 몸이 다른 학생들보다 허약했고 스포츠에도 전혀 관심이 없었기 때문이다. 플랙스 정권은 호적수를 만났고 마이클 형도 주저하지 않고 그 정권에 선전포고를 했다.

마이클 형은 학교에서 실종된 후 요양원으로 보내졌고, 그곳을 찾아간 내게 그 사건에 대해 넌지시 알려줬었다. 하지만 자초지종을 털어놓은 것은 한참 후였다.

플랙스 학장을 상대로 한 마이클 형의 전투는 일주일에 한 번 있는 수영시간을 거부하면서 시작되었다. 플랙스 학장은 근처 육군 수영장으로 기숙사생들을 데리고 가는 것을 좋아했다. 그 수영장은 30

여 년 전에 스태닉 습지 위에 훈련용으로 지어진 것이었다.

마이클 형은 수영을 배우지도 않았고 찬물에 들어가면 몸에 이상 반응이 왔다. 그래서 항상 수영을 피하려 했고 야외에서 옷을 벗는 것도 싫어했다. 조금만 추워도 그의 얼굴은 금방 창백해졌고 입술은 푸르스름해졌다.

마이클 형이 첫 수영시간에 빠지겠다고 할 때부터 플랙스 학장은 못마땅해했고, 그 후로 아프다는 이유로 두 번 연속 불참하자 심기가 더욱 불편해졌다. 마이클 형이 꾀병을 부린다고 믿은 그는 수영에 빠지면 안 된다고 엄명을 내리고, 그의 깡패 같은 하수인 세 명을 뽑아 마이클 형을 수영장에 집어넣으라고 지시했다.

이것이 실수였다. 마이클 형은 외유내강형이었고 용기도 있었다. 그것을 건드리는 것은 현명하지 못한 짓이었다. 또한 그의 계산된 무자비함은 나중에 드러났듯이 플랙스 학장을 능가했다. 학교버스가 수영장 가까이 도착하면서, 마이클 형은 그날뿐 아니라 다시는 그런 일을 당하지 않기 위해 상황을 타개할 방법을 찾아야 한다고 생각했다. 앞좌석에는 플랙스 학장이 냉정한 얼굴로 앉아 있었고, 주위에는 그의 하수인들이 마이클 형을 노리고 있었다. 마이클 형은 작전을 짜기 위해 그곳 부대의 지형을 살폈다. 어쩌면 가장 먼저 떠오른 생각은 도망치는 것이었을지도 모른다. 하지만 그곳은 외딴 곳이었고, 수영장도 넓디넓은 부대의 중간에 있어서 그것은 실행 불가능했다.

버스가 멈추고 학생들은 우르르 쏟아져나갔다. 마이클 형은 힘센 학생들에 의해 탈의실로 쓰이는 조립식 막사로 끌려들어갔다. 그 막사 뒤에 야외수영장이 있었다. 그때까지 마이클 형은 두려움에 찬

허약한 학생이었다. 하지만 그 두려움은 수영을 못하는 사람이 자신이 감당할 수 없는 깊은 물 속으로 들어가기 전에 느끼는 그런 두려움이 아니었다. 자기 옆에 불량배 같은 학생들이 있어서 느끼는 두려움도 아니었다.

그것의 원천은 그가 일곱 살 때 벌어진 비열한 폭력이라는 훨씬 깊은 곳에 뿌리를 두고 있었다. 여러 번 일어난 그 짓 때문에 마이클 형은 평생 남 앞에서 옷 벗는 것을 싫어했던 것이다. 형이 일곱 살 때 당한 충격적인 경험의 자초지종을 알게 된 것은 학교에서 다른 아이들이 수군대는 말을 듣고 나서였다. 그것은 남자 어른이 행한 성추행으로서, 사실 다른 아이들도 말은 안 했지만 간간이 경험하는 일이었다.

"저 녀석 옷 벗기고 물에 넣어."

플랙스 학장의 하수인인 학년대표가 다른 학생들에게 지시했다. 마이클 형이 소리를 지르고 저항했지만, 결국 막사 안에서 거칠고 불쾌하게 바지가 벗겨졌다. 그런 모습은 우리 통학생들은 거의 볼 수 없는 광경이었다. 보더라도 덜 험악한 광경만 볼 수 있었다. 바지나 반바지만 벗기고 나머지 속옷은 그대로 두는 식으로 말이다.

그렇게 지나친 행위에 저항하는 것은 자연스러운 반응이었지만, 기숙사생들의 기준으로는 못마땅한 태도였다. 다른 사람도 없고 자신들만 있는 자리였기 때문이다. 게다가 마이클 형이 바로 앞에 있는 수영장에서 수영을 안 하겠다는 것은 말이 안 되는 행동이었고, 담당 선생도 그런 처벌을 묵인하고 있는 상황이었다.

셔츠와 조끼, 양말, 마지막으로 팬티까지 벗겨져서 형은 알몸이 되었다. 그의 흰 속살과 성기까지 드러나자 하수인들은 깔깔대고 소리 지르며 맘껏 놀려댔다.

마이클 형은 두려움이 밀려들고 옛날의 기억이 떠올라 소름이 끼쳤지만, 전과는 달리 그곳은 어두운 곳이 아니어서 그나마 다행이었다. 그때 형에게 살아남을 방법이 떠올랐다. 그래서 그는 갑자기 순종적인 얼굴로 느릿느릿 걸었다.

막사 밖으로 나오자 그곳에 있던 학생들이 조롱하는 소리가 들려왔고, 그는 수영장의 가장자리로 이끌려갔다.

"깊은 곳으로 넣을까요?"

그 날도 수영장 바로 옆에서 의자에 앉아 있던 플랙스 학장은 고개를 끄덕였다. 그는 마이클 형이 수영을 할 줄 모른다는 것을 기억하지 못했고, 형이 그것을 굳이 말하지 않은 것은 비상하면서도 용기가 필요한 책략이었다. 이 얘기를 나에게 해줄 때 마이클 형은 당시의 상황을 자세히 기억하고 있었다.

"그 자는 웃으면서 수영장 옆에 앉아 있더라. 그날따라 유난히 깔끔하고 단정한 모습으로 말야. 특히 갈색 구두는 반짝반짝 광택이 났지."

그들은 마이클 형을 가장 깊은 자리로 데리고 갔다.

옷이 강제로 벗겨지는 것, 나체로 다른 사람들 앞에 서는 것, 그의 성기를 건드리는 학생들의 손, 이런 것들이 마이클 형의 결심을 굳혔다. 그와 비슷한 성향이 있는 사람만이 이해할 수 있는 방식이었다. 그것은 살아남으려는 노력이 아니라 죽음에 대해 두려움 없이 직면하는 것이었다. 형이 오래 전에 겪었고 이미 익숙해진 어두운 터널, 칠흑 같은 어둠에서 나온 대응이었다. 그는 이기기 위해 목숨을 내놓을 각오가 되어 있었고, 그런 결정을 실행하는 데 플랙스 학장보다 훨씬 더 대담했다.

바닥에 계단이 하나도 없는 가장 깊은 곳의 물을 내려다보면서 마이클 형은 자신이 할 일을 잘 알고 있었다.

"제일 깊은 곳으로요?"

"그래, 거기에 넣어. 다 그 녀석을 위한 거니까."

플랙스 학장이 대답했다.

기다렸던 손들이 마이클 형을 밀어넣었다. 물속으로 내던져지는 극도의 고독감을 나만 아는 것이 아니었다. 그는 나보다 훨씬, 훨씬 더 뼈저리게 느꼈을 것이다.

풍덩 물속으로 던져지는 순간 마이클 형은 자신의 결심을 되새겼고 그것을 그대로 실천했다. 수영을 못하는 사람으로서는 대단한 용기와 담력이 있어야 할 수 있는 일, 그것은 바로 아무것도 하지 않는 것이었다. 그는 팔을 힘없이 늘어뜨리며 물속에 엎어졌다. 머리가 수면 아래에 있었기 때문에 입과 코도 물속에 있었다.

수영장을 둘러싸고 학생들은 재밌어하며 구경했다. 하지만 의혹이 퍼지면서 점점 웃음소리가 잦아들고 놀려대던 그들의 반응들이 서서히 조용해지기 시작했다.

알몸인 마이클 형은 반쯤은 차가운 물에 잠긴 채 그냥 떠있기만 했다. 죽음을 각오한 의지와 냉철한 계산력을 지닌 사람만이 실행할 수 있는 일이었다.

물 위에 떠 있으면서 그는 초를 세고 있었다. 1, 2, 3… 그는 자신이 정확히 몇 초 동안 숨을 참을 수 있는지 알고 있었던 것이다.

"나는 그냥 익사할 때까지 얼마나 걸리는지를 세고 있었어."

형은 내게 무표정하게 말했다. 그것은 진심이었다.

학년대표와 그를 둘러싼 하수인들이 불안해하다가 갑자기 절망적인 심정이 되어 플랙스 학장을 돌아봤다. 모두들 일어나 얼어붙은 표정으로 지시를 기다리고 있었다.

"제발…."

드디어 플랙스 학장이 일어나며 입을 열었지만 어떻게 해야 할지를 몰랐다. 재밌는 구경거리가 벌어지려던 현장은 살인현장이 될 판이었다.

"빨리 물에서 끌어내."

그 대단한 플랙스 학장이 외치며 뛰어들었다. 그와 기숙사 대표 그리고 몇몇 상급생들은 우스운 모양새로 뛰어들어 마이클 형을 잡으려고 했다. 그들은 형을 바로 뒤집고 벌어진 입과 새파란 입술, 그리고 입에서 흘러나오는 물을 두려운 얼굴로 쳐다보았다.

깊은 물속에 들어가 흐느적거리는 사람을 밖으로 끌어내는 것은 쉬운 일이 아니었다. 그들은 마이클 형의 옆에서 헤엄치며 밀어내고 들어 올리려고 애를 썼다. 그들이 마침내 마이클 형을 수영장 벽 쪽으로 끌고 갔을 때 플랙스 학장의 옷은 흠뻑 젖었고 머리는 엉클어졌으며, 침착한 모습은 흐트러졌다. 물 밖에 있던 사람들이 마이클 형을 끌어내기 위해 손을 내밀었다.

마이클 형은 항상 명석했다. 거짓말을 할 수 있었고 언제 어떻게 행동해야 할지도 알고 있었다. 그는 가슴을 부풀렸다가 기침을 했고, 사람들이 그를 끌어내려고 할 때 자신이 플랙스 학장에게 얼마나 벅찬 상대인가를 보여줬다. 그는 오른발로 선배인 예이츠의 머리를 정통으로 차서 풀장의 벽에 부딪쳤다. 생명이 위험할 정도로 세찬 발길이었다. 그리고는 소란을 틈타서 예이츠의 몸 위로 굴러가 그가 떠오르지 못하게 손발로 눌렀다. 그래서 예이츠의 얼굴이 수면 아래로 내려가 사람들 눈에 띄지 않았고 피는 물속에서 퍼졌다. 얼마 후 그가 떠올랐다. 그의 흐느적거림은 진짜였고 그의 목숨은 정말 위험한 상태였다.

"선생님, 저기 예이츠예요. 아무래도…."

이제 플랙스 학장에게는 비상사태가 두 가지나 벌어졌다. 한 명은 익사 직전이고 또 한 명은 뇌진탕까지 일으켰으니.

흠뻑 젖고 추위에 떨던 플랙스 학장이 두 학생을 위해 앰뷸런스를 부르는 동안 수영수업은 혼란 속에서 흐지부지 끝나버렸다. 그 동안 마이클 형은 따뜻한 보호를 받으며 환자 흉내를 내고 있었다. 두 사람은 즉시 병원으로 옮겨졌고 둘 다 금방 회복되었다. 마이클 형은 그 후 다시는 수영을 하지 않아도 되었고, 다른 기숙사생들도 더 이상 형을 괴롭히지 않았다. 그와 플랙스 학장은 서로 냉담한 거리를 유지했으며 그것은 3년 후에 마이클 형이 학교에서 실종될 때까지 계속되었다. 그 후 마이클 형은 학교로 복학하지 않았다.

첫 프랑스어 수업 시간에 플랙스 학장이 불쾌한 표정으로 나를 보며 '이 애가 우리가 다룰 두번째 로바'라고 한 배경에는 이 사건이 있었던 것이다.

우리 로바 형제에 대한 플랙스 학장의 적대감에도 불구하고 기숙사생들은 나를 건드리지 않았다. 나는 이전 학교에서의 경험을 통해, 그리고 버블스 아저씨의 조언을 통해 어떻게 싸움에 대처하는지를 터득한 터였다. 누군가 내게 싸움을 걸어오면 내가 먼저 그를 힘껏 때리는 것이다. 그가 쓰러지면 나는 그의 머리를 마룻바닥에 부딪친다. 콘크리트만 아니라면 괜찮았다. 나에게도 무자비함과 분노가 있었으며 다른 아이들은 그것을 폭발시키지 않아야 한다는 것을 본능적으로 감지했다.

　나와 같은 해에 학교에 들어온 어떤 아이에게 벌어진 일들을 보면 우리 학교에서 학생들을 어느 정도 괴롭혔는지를 알 수 있다. 그의 이름은 램지였는데 사우스다운에 살아서 나하고 같은 기차를 타고 통학했다. 그가 나보다 앞선 역에서 타기는 했지만 말이다. 그는 깨끗했고 표정이 밝았고 관대한 성격이었다. 하지만 머리가 좋아 보이는 얼굴은 아니었다. 그는 하급반에 있었기 때문에, 우리가 처음 만난 것은 내가 1학년 때 중도하차해서 하급반으로 내려왔을 때였다.

　램지는 내가 비참한 모습으로 하급반으로 왔을 때 비웃지 않은 몇 안 되는 애들 중 하나였다. 오히려, 그는 쉬는 시간에 나한테 와서 안됐다는 표정으로 먼저 인사를 했었다. 그 학기에 어떤 기숙사생이 램지의 모형차를 가지고 가서 고장낸 일이 있었다. 램지는 고자질에 대한 응징이 어느 정도인지 잘 모르고 있던 때라 - 그는 더 온화하고 좋은 분위기의 학교를 나왔던 것이다 - 그것을 선생님에게 일러바쳤다. 그 기숙사생은 형이 있었고 다음날 그 형은 램지를 혼내줬다. 그다지 심한 것은 아니었지만, 램지에게는 하루를 결석하고 그 다음날 멍들고 창백한 얼굴로 나타날 정도로 충격적인 것이었다. 램지의 엄마는 하지 말았어야 할 일을 해버렸다. 그 폭력사건을 교장선생님에게 말했고 범인의 이름까지 밝힌 것이다. 더구나 램지를 다시 학교로 보낸 것은 더 큰 잘못이었다.

　램지는 우리 학년에서 희생양이 되었다. 처음에는 나이 많은 기숙사생들의 표적이 되었고 다음에는 그보다 어린 기숙사생들, 그리고 나중에는 통학생들의 공격대상이 되었다. 그는 눈가에 멍이 들고 얼굴이 창백해졌으며 항상 움츠리고 다녔다. 그리고 우리 주위에서는 겁먹은 얼굴로 허둥지둥 지나갔다. 공부도 못하고 운동도 못하고 선생님과 학생들에게 놀림감이 되던 그는 마침내 나처럼 – 이유는 다르지만 – 계속해서 낙오자가 되었다.

시간이 지남에 따라 우리는 그를 신체적으로 괴롭히는 것보다 나은 방법이 있다는 것을 알게 되었다. 램지는 원래 깔끔하고 정리정돈을 잘 하는 애였다. 그래서 우리는 2학년이 되어 개학하자 그의 광택 나는 새 가방을 긁고 칼로 찢었다. 항상 반짝거리던 그의 신발도 짓밟았다. 깨끗하게 다림질된 그의 셔츠에는 잉크를 뿌렸다. 운동경기에서 도움이 안 됐기 때문에 우리는 램지에게 절대 공을 패스하지 않았다. 시합에서 버림받은 그는 깨끗한 운동복에 창백한 얼굴로 추운 겨울바람을 맞으며 한쪽에 서있었다. 운동장에서만 따돌림을 받은 게 아니라 나중에는 탈의실에서도 그랬다. 우리는 그가 따뜻한 물을 쓰지 못하게 방해했고 그의 옷을 감추기도 했다.

그는 우리의 희생양이 됨으로써 우리에게 괴롭히는 방법을 가르쳐주었고, 저항을 하지 않았기 때문에 더 심하게 괴롭힘을 당했다. 갈수록 우리는 그에게 고통을 주는 방법을 더 많이 생각해내게 되었다. 더 좋은 방법이 없을 때는 이유 없이 그를 때려 눈을 멍들게 하고 코피를 냈다. 그는 습관적인 폭력의 실행 대상이었다. 하지만 처음에 기숙사생한테 맞은 후로 그는 한 번도 고자질을 하지 않았고, 그의 엄마도 학교에 찾아오지 않았다.

선생님들까지 그를 괴롭히는 데 가담했는데, 특히 심한 사람은 플랙스 학장이었다. 그가 나를 미워한다는 것은 모두 알고 있었지만 나는 그에게 맞섰다. 하지만 램지는 그러지 않았고, 그래서 플랙스 학장은 더 잔인해졌다. 그러다가 점차 그의 행동은 공개적인 가학행위가 되었다. 범죄행위와 별 다를 바 없는.

"밖으로."

한번은 그가 램지에게 지시했다. 우리가 봐도 아무런 이유가 없었다.

램지는 쭈뼛거렸다.

"내가 밖으로라고 하면, 교실 밖으로 나가서 내가 볼 수 있는 자리에 서 있으란 말이야."

그때는 1월이라 운동장에 둘러서 있는 큰단풍나무가 서리로 덮여 있었고 하늘은 무거운 회색이었다. 그날 아침 학교에 오면서 나는 웅덩이에 얼어있는 두꺼운 얼음을 깨려고 했지만 실패했었다. 게다가 그날은 그 해 겨울 들어 가장 추운 날이었다. 바람까지 불고 있어서 살을 에는 듯했다.

램지는 운동장으로 나가 플랙스 학장이 볼 수 있는 자리에 섰다. 그가 추위에 떨면서 굴욕감과 외로움을 견디는 모습을 우리도 볼 수 있었다. 처음에 그는 발을 이리저리 구르고 손을 호호 불면서, 플랙스 학장이 혹시 들어오라는 신호를 보내지 않을까 하여 교실을 자꾸 쳐다봤다.

그러다가 결국 포기하고 웅크린 자세가 되었다. 추위 때문에 그의 얼굴에는 푸른 기가 돌았고 눈은 땅을 내려다보고 있었다. 우리 눈 앞에서 그는 거의 죽어가고 있었다. 감히 그를 쳐다보려는 아이들은 거의 없었지만 말이다.

하지만 램지는 여전히 눈을 크게 뜨고, 기다리고, 인내하고, 극심한 슬픔을 참으면서 살아 있었다. 그 오랜 시간 램지의 모습을 보면서 나는 너무나 부끄러워 앞으로는 절대 램지를 괴롭히는 무리에 가담하지 않겠다고 결심했다. 절대로. 반면 플랙스 학장과의 전투에서 이기겠다는 결심은 한층 강해졌고 목적의식도 뚜렷해졌다. 내가 그를 무너뜨리는 것은 나만이 아니라 그의 희생양이 되었던 모든 학생들을 위한 것이었기 때문에, 그 생각에 동조할 사람들이 더 많을 거라는 확신이 들었다.

그렇게 램지는 계속 추위에 떨며 서 있었다. 나는 해변을 많이 돌아다녀봐서 누구보다도 추위에 관해 잘 알고 있었다. 수업이 끝나고 플랙스 학장이 나가자 나는 다른 애들의 시선은 아랑곳하지 않고 운동장으로 나가 그를 교실로 데리고 왔다. 기숙사생들이 그를 더 괴롭히거나, 몸을 녹이기 위해 교실로 들어오는 것을 방해할지도 모르기 때문이었다.

램지는 너무 얼어 있어서 몸을 움직이기도 힘들 정도였다. 내가 데리고 간 탈의실의 미지근한 라디에이터에도 데지 않을까 싶을 정도로 꽁꽁 얼어 있었다.

그는 내가 보여준 친절함 뒤에 우정이나 그런 비슷한 호의가 있을 거라고는 기대도 하지 않은 눈빛으로 나를 쳐다보았다. 그는 눈물을 글썽이며 떨리는 입술로 겨우 이렇게 물었다. 죄 없는 희생자들이 항상 하는 말.

"나한테 왜 그러니?"

한동안 나는 내가 램지를 데려온 일을 후회했다. 내가 그의 안전한 도피처가 되어 버렸기 때문이다. 그때부터 그는 학교를 오가는 기차에서 마음대로 내 옆자리에 앉았고, 가끔은 쉬는 시간에도 그랬다. 이것은 다른 애들이 있을 때 곤혹스러운 일이었다. 나는 한 번도 그렇게 하라고 허락하지 않았고 많은 얘기도 나누지 않았지만, 그는 계속해서 내 곁을 맴돌았다. 어쩌면 그는 내 안에 또 다른 생존자가 있으며, 자신처럼 – 그때 나는 몰랐지만 – 내면에 깊은 어둠을 품고 있다는 것을 감지했는지도 모른다.

그렇다고 내가 그를 매몰차게 거부한 것도 아니었다. 그것은 내가 속으로는 그를 존경하고 있었기 때문이다. 그때 나는 램지가 내면에 어떤 힘을 지니고 있다는 것을 감지했다. 그 힘은 해가 갈수록 커졌고 그의 주위를 밝히는 후광이 되었다. 그것은 실패를 경험한 나 같은 사람들의 눈에만 보이는 것이었다. 그는 우리에게 순교자였고 성인이었다. 몇 년 간의 고문과 괴롭힘을 당할 때마다, 그리고 거기에 대응하지 않을 때마다 그가 이기고 우리가 지는 것 같았다.

언제부터인가 이제는 내가 그를 찾게 되었다. 그가 가까이 앉아 있는 것이 좋았다. 나도 친구가 한 명도 없었기 때문이다. 언젠가 어떤 그가 다른 아이들한테 맞고 있는 것을 보게 되었다.

"그만 해둬."

내가 그들에게 맞설 듯이 다가가자 그들은 물러났다.

한번은 램지가 이렇게 말했다.

"지미, 애들이 너는 때리지 않는구나."

"친한 척하지 마."

나는 램지와 단둘이 있을 때는 스스럼없이 지냈지만, 다른 애들이 있을 때는 그런 모습을 보이기 싫었다.

"미안. 그런데 다른 애들이 너는 안 때리는데…."

그가 목소리를 낮춰 말했다.

그가 하는 일이 모두 짜증나는데, 끈질김도 그 중 하나였다.

"왜 그런 거야?"

"뭐가 왜 그래?"

"왜 다른 애들이 너는 안 때리냐고."

"내가 맞고만 있지 않으니까 그렇지. 너도 그렇게 해야 돼."

"나는 못해. 원래 성격이 그래."

우리는 램지를 괴롭히는 것이 기숙사 내에서 비밀스럽게 벌어지는 괴롭힘에 비하면 아무것도 아니라는 것을 알게 되었다.

우리들 몇 명이 럭비 터치라인에 서서 기숙사생들이 하는 경기를 구경하고 있을 때였다. 기숙사생 중 후배 하나가 무리에서 떨어져 우리 가까운 곳에서 울고 있었다.

"무슨 일이니?"

우리들 중 누군가가 물었다.

그 애는 속시원하게 털어놓지 않고 그냥 플랙스 학장 때문이라고만 했다.

"그 선생이 어쨌는데?"

"말 못해요."

"뭘 말 못한다는 거야, 이 바보야!"

"아무도 그런 말을 못해."

그의 눈과 태도에서 깊이를 알 수 없는 슬픔과 절망감이 느껴졌다.

"네 이름이 뭐냐?"

평소에는 말을 하지 않던 내가 물었다.

"라이언."

운동장 저쪽에서 플랙스 학장이 그를 따르는 학생들에게 둘러싸여 있다가 갑자기 고개를 들더니 우리 쪽을 노려보는 것 같았다. 마치 우리가 한 말을 다 들었다는 듯이.

"아무도 그런 말을 못하다니. 뭘 말야?"

내가 물었다.

"기숙사에서 내리는 벌칙 말이에요. 그건 잘못된 건데."

"학교에 얘기해."

나는 무뚝뚝하게 말했다.

그 애가 곁눈으로 나를 쳐다봤다.

"했어요. 그런데 아무도 내 말을 믿지 않고, 이제는 선배들이 나한테 …."

그의 목소리가 흐려졌다. 어떤 기숙사생이 다가오고 있었던 것이다. 럭비를 응원하던 사람들의 외치는 소리가 들렸고, 갑자기 공이 울퉁불퉁하고 진흙투성이인 운동장을 구르고 굴러서 우리 쪽으로 왔다. 선수 하나가 그것을 쫓아왔고 라인아웃이 될 때 우리는 터치라인에서 물러섰다.

"기숙사 팀, 힘내라!"

"무어, 여기야, 여기!"

"야, 꺾어서 차…."

경기가 다시 진행되었다. 항상 그랬듯이 기숙사 팀은 공격적이고 외치는 소리도 컸지만, 통학생 팀은 의기소침했다. 라이언은 우리한테서 먼 곳으로 걸어가서 혼자 서 있었는데 그 모습이 너무 불쌍해 보였다.

"쟤가 한 말이 무슨 뜻이야?"

램지가 물었다.

나는 대충 무슨 뜻인지 알 것 같았다. 라이언이 '선배들이 나한테 본때를 보여주겠대요'라고 할 때 그의 표정은 마이클 형의 표정과 다르지 않았다.

세디가 생각났다. 마이클 형은 그 사람한테서 나를 구해주었다. 나는 다시 라이언에게 다가가 그를 도와주고 싶은 충동이 일었지만 행동으로 옮기지는 않았다. 버블스 아저씨는 내가 모든 사람을 구할 수는 없지만, 구하지 못한 그 사람을 절대 잊어서는 안 된다고 했다. 그 말은 옳았다.

"누군가 나서야 돼."

별 확신 없이 내가 말했다.

"맞아."

누군가가 맞장구를 쳤다.

"어떻게?"

램지가 물었다.

그때는 뾰족한 수가 없었다. 개인적으로든 집단적으로든.

플랙스 같은 사람은 전교생을 공포에 떨게 만들었다. 우리 통학생들은 기숙사의 공포에서 떨어져 있긴 했지만, 학교에서도 어떻게 할 수가 없었고 집에서도 학교에서 벌어진 사건들에 대해 얘기하지 않았다. 학생들 사이에 벌어지는 괴롭힘이나 선생들이 교실에서 학생들을 웃음거리로 만드는 것, 어떤 학생들에게는 간절히 도움이 필요하다는 것들을 말이다.

라이언이 잠깐 동안 도움을 구하려 했다가 포기했던 일은 우리 모두의 머릿속을 떠나지 않았지만 그와 관련된 실상을 우리는 너무 늦게 알게 되었다.

그는 마이클 형처럼 플랙스 학장의 불쾌감과 경멸을 자초한 기숙사생이었다. 하지만 어떻게 보면 가장 나약하고 예민한 학생이었는지도 모른다. 1학년 때 그는 지속적으로 향수병에 시달렸다. 2학년 때는 아플 때가 많아 양호실 신세를 자주 졌다. 3학년 때는 멍하고 슬프고 의기소침한 모습을 자주 보여 기숙사생들의 표적이 되었다. 램지가 우리 학년의 표적이 되었듯이. 하지만 라이언은 램지와 달리 원래의 생활로 돌아오지 못했다.

의지할 사람이 하나도 없는 상황에서 라이언은 절망 속으로 빠져들었다. 소문에 의하면 그는 기숙사에서 벌어진 선배들의 인민재판에 불려나가 '극형'을 받았다고 했다. 그 극형이 정확이 어떤 것이었는지 밝혀지지 않은 채, 온갖 무서운 소문들만 떠돌아다녔다. 라이언은 극형이 집행되기 직전에 그것에 관해 다른 선생님들에게 얘기했지만 아무도 그를 믿어주지 않았고, 아무도 플랙스 학장에 맞설 용기가 없었다.

그가 우리에게 얘기하려고 했던 것도 그 일이었다.

며칠 후 수요일 저녁, 겨울학기가 며칠 안 남은 그때, 열두 살의 리처드 라이언은 우리 학교 운동장을 걸어서 빠져나갔다. 그는 스태닉을 가로지르고 상점들에 켜져 있는 크리스마스 불빛들을 지나쳐, 1.5킬로미터 정도 샛길을 걸었다. 그리고 철길을 향해 도심의 북동쪽으로 800미터를 더 간 다음, 거기서 기차가 몇 대 지나가는 것을 바라봤다. 날이 어두워지자 그는 철길에 엎드렸고, 다음 기차가 그 위를 지나갔다.

그의 목이 떨어져나갔고 발목도 끊어졌다. 그의 몸뚱이는 기차 아래서 끌려가다가 으깨진 채 철길을 따라 300미터나 더 간 곳에서 발견되었다. 공식적으로 그는 그날 밤에 실종된 것이 아니었다. 방을 같이 쓰던 학생들이 그가 사라진 것을 보고하지 않았기 때문이다. 그의 시신은 다음날 새벽 철도 노동자가 발견했다.

이런 자세한 내용은 우리에게 즉각 알려지지 않고, 몇 달에 걸쳐 지역 신문에 보도되었다. 그동안 비밀 아침회의가 열렸고 거기에서는 라이언의 죽음을 단순사고로 결론지었다고 했다. 이상하고 무겁고 선명한 충격이 우리를 내리눌렀다. 그 충격은 그의 자살에 대한 자세한 내용이 하나씩 밝혀지면서 몸서리쳐지는 끔찍한 소문으로 이어졌다. 그리고 그가 자살할 만큼 두려워한 것이 무엇이었는지에 대한 소문들이 퍼지면서 분위기는 점점 더 음산해졌다.

기숙사생들은 그 사건으로 인해 아무런 처벌을 받지 않은 것 같았다. 하지만 라이언이 죽은 후로 우리 통학생들 사이에서는 플랙스 학장에 대한 오랜 두려움이 새로운 감정으로 발전되었다. 그것은 경멸과 증오, 그리고 정당한 분노였다. 우리는 깨닫지 못했지만, 라이언은 램지와 똑같은 이유로 우리에게 수난자가 되었다. 나는 플랙스 학장을 제거하고 그를 파멸시키겠다는 목표를 잊지 않고 있었다.

이제 동맹군이 생겼다. 남은 것은 적절한 시간과 상황이었다. 하지만 그것이 성공하기 위해서는, 고독한 결단과 허를 찌르는 영웅적인 행동도 필요하다는 것을 나는 모르고 있었다.

워튼 선생님

시간은 믿을 수가 없다. 현재 보이는 것은 과거에 일어난 것일 수도 있다. 멀리 떨어진 사람에게 밝게 빛나는 별이 가까운 사람이 봤을 때는 이미 사라진 것일 수도 있다.

전쟁은 오래 전에 끝났고, 플랙스 학장처럼 전쟁 중에 세력을 잡은 사람들은 힘을 잃어가고 있었다. 그런 사람들은 한물 간 시대가 된 것이다.

엄마는 스태닉 근처의 큰 농장에 더 좋은 경리직을 구했다. 그리고 스태닉 인문중학교의 학부모들을 사귀게 되었다.

어느 날 엄마는 집에 오더니 이렇게 말했다.

"소문에 듣자하니 너희 버나드 스마일즈 교장선생님이 곧 퇴직한다더라. 그런 나이든 선생 말고 젊고 혁신적인 선생이 왔으면 좋겠구나."

새로운 세대가 나이든 세대를 전복하는 시대가 되었고, 이제 우리 학교에서도 그런 일이 벌어지고 있었다. 교육에서는 아직도 새로운 세대를 이해하지 못하고 낡은 방식을 고수하고 있었지만 말이다.

내가 졸업시험을 봐야 하는 5학년이 되면서, 학교를 떠나 현실세계로 뛰어들 때가 임박했다. 성적이 좋은 학생들은 6학년으로 올라가 대입시험 준비에 들어가지만, 반에서 성적이 뒤쪽 절반에 해당되는 아이들은 거의 모든 과목에서 낙제점을 받은 실력이기 때문에 대부분 취업 면접을 보러 다니기 시작했다.

하지만, 우리들 몇 명 – 모두 낙제생이긴 했지만 – 은 여전히 어떻게든 그 시험에 합격할 방도가 있으리라는 희망을 버리지 않고 있었다. 담임선생님은 우리가 떨어질 것이라고 오래 전부터 장담해 오고 있었지만 말이다. 문제는, 전에 한 번도 성공한 경험이 없어서 그것이 어떻게 생겼는지, 어디에 숨었는지, 어떻게 찾아야 하는지를 전혀 모른다는 것이었다.

램지와 나만 이 비밀스런 희망을 품고 있는게 아니었다. 조엣이라는 애가 있었는데, 우리 학년에서 가장 뚱뚱했다. 그는 머릿속에 나쁜 생각이 1그램도 없었지만 우리 중에서 낙제점을 가장 많이 받은 애였다. 톰 브로디는 나이에 비해 굉장히 힘이 세고 성숙했다. 하지만 성질만 건드리지 않으면 폭력을 쓰지 않았다. 그는 결손가정에서 자랐고 다른 사람하고 거의 얘기를 하지 않았지만, 혹시 하게 되면 재빠르고 명민하면서도 무정한 모습이 드러났다. 기숙사생들도 절대 그를 괴롭히지 않았다. 하지만 그는 잘 하는 것이 아무것도 없었다. 마지막으로 템플러가 있다. 그는 항상 아팠고 여드름투성이었고 웃음소리가 귀에 거슬렸다.

우리 다섯 사이에는 공감하는 일이 한 가지 있었고, 몇 년이 지나면서 그것은 더 확고해졌지만 아무도 내색하지 않았다. 다섯 명 중에서 나와 램지 – 가끔은 브로디까지 – 만 친구 사이였고, 다른 애들은 사는 방식이 너무 독특해서 친구가 없었다. 자신들도 다른 친구들과 공통점이 있을지 모른다는 생각은 하지 않는 것 같았다.

기숙사생들은 이제 우리를 건드리지 않았다. 우리들이 서로 친한 사이는 아니었지만, 라이언 사건 이후 문제가 생기면 서로 뭉쳤기 때문이다. 램지는 이미 내 주위를 떠나지 않았고, 점차 조엣도 우리 주변을 맴돌았다. 그러다가 싸움이 일어나면 브로디 - 모두가 언제 나타날지 몰라 두려워하는 - 도 험악한 얼굴로 나타났다.

우리 5인조에 끼고 싶어하는 사람도 있었는데, 우리는 거부하지 않았다. 거의 모든 과목에서 1등을 하는 고다드였다. 그는 붙임성이 없어서 우리 낙제생들 말고는 다른 친구를 사귀지 못했다.

이렇게 해서 우리 여섯 명은 쉬는 시간에나 집으로 가는 길에, 혹은 선배들의 운동경기를 구경할 때 붙어 다녔다. 우리에게 접근하거나 건드리는 사람은 아무도 없었다.

5학년은 안 좋게 시작되었다. 그 이전에도 새 학년이 시작될 때는 항상 그랬지만.

선생님들이 들어와서는 열심히 공부하지 않으면 시험에 떨어질 것이고, 그러면 학교를 떠나야 한다고 했다. 직장으로 가든지 아니면 무직으로 떠나든지. 우리는 불안하고 두려워졌다. 우리가 노력을 하건 하지 않건 그것은 별 상관이 없었다. 우리가 잘하는 것이라고는 낙제밖에 없었으니까.

한 달 후에 성적표가 나왔고, 우리 여섯 명은 평소와 똑같은 결과를 받았다. 다섯 명은 밑바닥이었고 고다드는 1등이었던 것이다. 어떻게 그렇게 됐는지 알 수가 없었다. 고다드는 미안해했지만 우리는 신경 쓰지 않았고 우리의 우정과 관용 속에서 그는 마음을 놓았다.

그때 영어를 가르치는 트랜터 선생님이 떠났고 수학선생님이 병으로 휴직했다. 그래서 우리는 몇 주 동안 가장 중요한 두 과목에서 더욱 헤매게 되었다. 수학은 하급반 선생님 중에서도 가장 따분한 선생님한테 임시로 수업을 받아야 했다. 영어는 누가 가르치든 나는 상관하지 않았다. 오래 전부터 낙제와 외로움의 혼란스런 수렁에서 빠져나오는 투쟁을 포기했기 때문이다.

교실에 앉아서 쓸데없는 낙서를 하면서 내 머릿속에서는 오직 한 가지 영상뿐이었다. 시도 때도 없이, 억제할 수 없이 악몽처럼 떠오르는 그 모습은 물에 빠져죽은 두 아이였다. 나도 그들처럼 바닥으로 가라앉는 기분이 들었다.

내가 느끼는 비통함을 가라앉혀 주는 것은 해변의 자갈을 밟을 때 나는 저벅, 저벅, 저벅 소리뿐이었다. 나는 그 소리가 파도소리와 함께 암울하게 떠내려가도록 두었다. 심지어 모래언덕의 친구, 해리엇이 있었다는 것도 꿈처럼 까마득하게 느껴졌다.

졸업시험에 대한 압박감을 느끼며 살던 그 몇 주 동안 내 슬픔의 감정은 끊임없이 몰아치는 거대한 파도가 되어 갔다. 나는 막연히 감지하기는 했지만 그것이 저 멀리 수평선에 왔을 때도 보지 못했다. 서서히 나를 향해 달려오고 있었는데 말이다. 그것은 점점 높아지면서 어두운 그림자를 던지는 냉혹한 모습으로 내 안에도 있었다.

그때 나는 그것에 대항할 만한 기력도 없었고 방어물도 없었다. 연이은 낙제과목 수업이 진행되는 동안, 밖에서 그리고 내 안에서 뭔가가 나를 집어삼키려 한다는 예감만 의식하고 있었다. 하지만 무엇을 어떻게 해야 할지, 누구에게 기대야 할지 모르는 상태였다.

나는 다시 암흑시절의 언저리로 돌아와 있었다. 그것이 다시 나를 덮친다면 다시는 거기서 빠져나오기가 어렵다는 것을 알고 있었기 때문에 나는 겁에 질려 있었다. 더 나쁜 것은 어떤 느낌 - 직감 - 이었다. 내가 만일 도망치더라도 암흑시절은 완전히 사라지지 않고 항상 나를 괴롭히는 재앙이 될 것이고 나는 그 두려움에서 벗어나지 못하리라는 직감이었다. 빗줄기처럼.

"학교에서 잘 지냈니?"

엄마가 물었다.

"네."

하지만 그렇지 않았다. 날마다 나는 학교에서 내가 할 수 없는 일에 맞닥뜨렸고, 앞으로도 절대 할 수 없을 거라고 느꼈다. 나는 쉬는 시간에 우리 무리와 어울리는 일도 그만두었다. 고다드에게 등을 돌리고 있었고, 데이비드 램지가 내게 말을 걸려고 하면 걸어나가 버렸다.

모든 것이 무의미해 보여서, 나는 자주 바닷가에 나가 거대한 파도가 고통 없는 곳으로 나를 쓸어가기를 바라며 서 있었다.

얼굴은 햇볕과 바닷바람을 받아 갈색이 되었고 몸은 건강했지만, 내 마음속에서는 신음소리가 들려왔다. 내 눈물은 내가 아니라 죽어가던 그 아이들 때문에 흘리는 것이었다. 하지만 그들의 얼굴과 표정은 다름 아닌 마이클 형과 내 표정이었다.

괴로운 그 학기의 6주째 되는 월요일 아침, 트랜터 선생님 후임으로 새 영어 선생님이 온다는 소식이 들렸다. 그 선생님에 대한 아무런 소문도 떠돌지 않았고, 관련된 정보도 전혀 없었다.

금요일에, 보통 때는 역사를 가르치지만 임시로 졸업시험 영어과목을 가르치던 로시안 선생님이 다음주 월요일에 새 영어 선생님이 오실 거라고 알려줬다.

"이름이 어떻게 되는데요?"

로시안 선생님은 관심 없다는 듯이 어깨를 으쓱 하며 말했다.

"나도 너희들보다 더 아는 게 없다."

월요일이 되었고 새 영어 선생님이 왔다. 오전 쉬는 시간이 끝나고 교실에 들어와보니, 그는 교탁 앞에서 교과서를 넘겨보고 있었다. 그의 외모는 신통치 않았다. 키는 호리호리했고, 윤기가 흐르는 얼굴은 약간 붉은 기가 있었다. 게다가 구식 디자인인 둥근 금테 안경을 썼다. 어른이 된 공부벌레 같았다. 그는 첫 수업에 긴장했는지 말을 더듬었다.

"어…."

그가 입을 열었다.

"어… 음… 안녕하세요."

우리는 시원찮은 사람이 하나 왔구나 생각하면서 서로를 쳐다보았다. 우리 앞에 거인이 있다는 것도 모르고. 우리들 몇 사람 눈에 악의가 담긴 어떤 빛이 지나갔다.

그가 다시 말했다.

"난 '안녕하세요'라고 말했는데."

그러자 그의 말투를 이용한 장난기가 교실에 퍼졌다.

그의 목소리에는 의외로 날카로움이 있었는데, 그의 평범한 둥근 얼굴과 안경, 턱, 황갈색 곱슬머리가 그 날카로움을 더해 주는 것 같았다.

"어, 안녕하세요."

"음, 안녕하세요."

"그래. 반갑다."

그가 말하면서 창밖을 잠깐 쳐다봤다.

"내 이름은 워튼이다. 지금부터 출석을 불러보마. 여기에 누가 앉아 있는지, 그리고 내가 여러분 이름을 다 외울 수 있는지 보자꾸나."

그리고는 천천히 한 명 한 명의 이름을 부르면서 대답하는 학생의 얼굴을 침착하게 응시했다. 그 학생은 조금 어색해했지만, 선생님은 몇 초 동안 그 시선을 유지하다가 다음 이름을 찾아 시선을 떨어뜨렸다.

우리는 그가 출석을 다 부르고 나면 출석부를 덮고 똑같은 일을 시작할 것으로 생각했다. 그 날 배울 페이지를 펴고, 진도를 열심히 나가고, 그러다 우리를 지루하게 만드는 것이다.

하지만 그는 달랐다. 그는 자신과 우리 사이를 아무것도 가로막지 않도록 교탁을 돌아나와서 섰다. 그리고 이렇게 말했다.

"자, 이제 내가 여러분 이름을 잘 외웠는지 한번 보자. 자기가 다 외웠다고 말만 하면 뭐해? 직접 보여줘야지. 안 그래?"

그가 머릿속에서 출석부에 있던 이름과 우리들 얼굴을 하나하나 연결하는 동안 교실에는 침묵이 흘렀다.

"넌 애치슨, 넌 앤더튼… 그리고 넌 볼드리….”

그것은 특이하고 잊을 수 없는 경험이었다. 우리가 학교에 다니는 동안 선생님이 우리들 앞에서 자신의 지적 능력을 내보이는 것은 그때가 처음이었기 때문이다.

"넌 브로디… 그리고 쿠퍼…."

우리 이름을 다시 부르면서 확신이 커짐에 따라 그의 얼굴에는 가벼운 미소가 떠올랐다. 그는 우리 모두의 이름을 불렀고, 그때마다 우리들 각자의 눈을 쳐다보았다. 우리들 한 명 한 명은 인식되었고, 기억되었고, 존재를 인정받았다.

"모두 출석했고 정확하지?"

다 끝나고 그렇게 말하자 누군가가 대답했다.

"네, 선생님!"

우리들은 씩 웃었다.

램지를 쳐다보자 그도 놀란 표정으로 나를 쳐다봤다. 뭔가 새로운 일이 벌어졌다. 어디선가 새 시계가 구식 시계를 밀어내고 똑딱거리기 시작했으며, 어디선가 오래된 발소리가 복도를 따라 사라지고 있었다. 여기, 낙제생들의 교실에 새 선생님이 도착했고, 우리는 그에게서 완전히 새로운 세계를 감지했다. 우리의 직감은 틀리지 않았다.

"내가 누군가를 가르쳐보기는 지금 이 시간이 처음이다."

그가 말했다.

"그 말은…."

교실의 침묵은 더욱 깊어졌다. 그가 전에 한 번도 가르쳐본 적이 없다는 사실이 무엇을 의미하는지 도무지 알 수가 없었지만, 왠지 그는 그 사실이 아주 중요한 내용을 품고 있는 것처럼 만들었고, 그것이 궁금하지 않은 사람은 우리 중에 한 명도 없었다.

"그 말은, 내가 생각하기에…."

갑자기 그의 얇은 입술이 미소로 벌어졌다.

"우리 모두는, 그러니까 여러분과 나는…."

우리 모두가 뭐?

워튼 선생님이 말을 멈춘 것은 지금까지 만난 어떤 선생님의 말보다 의미심장했다. 우리는 그 다음 말이 무엇인지 듣기 위해 일제히 몸을 앞으로 기울였다. 우리는 그의 말에 매달리는 청중이 되었다.

"그 말은 우리 모두가 앞으로 얻게 될 것이 무궁무진하다는 뜻이다."

뜻이 무엇이건 간에 그 말은 긍정적으로 들렸다. 사실 그것은 우리가 학교에 다니는 동안 선생님들이 해준 말들 중에서 유일하게 긍정적인 것이었다. '우리'라는 포괄적인 말, '무궁무진'이라는 즐거운 말 뒤에 다시 한번 그 수줍은 듯한 미소가 언뜻 떠올랐다 사라졌다.

"자."

그가 들고 있던 책을 한쪽으로 밀어놓으며 말했다.

"듣자 하니, 여러분 반은 '영어를 그다지 잘 하지 못하고' 그래서 졸업시험이 '어렵다'고 생각한다면서? 당장 그 오해부터 풀자."

우리는 선생님을 빤히 쳐다봤다.

"지금 내가 말하는 내용을 못 알아듣는 사람 있나? 예를 들면 '오해'라는 말. 그게 무슨 뜻이지?"

우리가 아무 말도 하지 않자 고다드가 손을 들었다.

"어떤 것을 올바로 이해하지 못하는 것입니다."

"정확해, 고다드. 잘 했어. 하지만 좀더 간단히 말해보면… 그런데, 여러분이 적어도 고개를 끄덕이거나 젓거나 그 정도라도 반응을 해줬으면 좋겠구나. 허공에 대고 얘기하는 건 어색하거든."

다시 한번 예의 날카로움이 말 속에 드러났다. 약간의 조바심도 엿보였다.

"이 반에서 영어를 못 하는 사람 있나?"

우리는 일제히 고개를 저었다.

"그럼 여러분 모두 영어로 말할 줄 아는 건가?"

우리는 모두 고개를 끄덕였다.

그는 의심스럽다는 듯이 우리를 쳐다봤다.

"어, 네, 선생님."

갑자기 우리의 공식 대변인이 된 고다드가 대답했다.

"우리는 모두 영어를 할 수 있습니다."

"여러분들, 혹시 그거 아나? 전세계에서 많은 성인들이 영어를 배우기 위해 이곳 영국으로 온다는 사실 말이다. 그걸 위해 그들은 적지 않은 돈을 들이지. 그리고 그들은 영어를 아주 어렵다고 생각해. 하지만 그 성인들 - 그가 아무리 영리하고, 10년 동안 영어를 공부했다고 해도 - 중 여러분의 반만큼이라도 영어를 할 수 있는 사람은 단 한 명도 없다. 간단히 말하면…"

우리가 그의 말을 음미하는 동안 그는 잠깐 쉬었다가 말을 이어갔다.

"여러분 각자는 영어에서 전문가라는 것이다. 여러분이 알고 있는 것을 그 사람들한테 모두 가르칠 수만 있다면, 그 사람들이 상당한 돈을 아낌없이 줄 정도로 말이다."

우리는 충격을 받았다. 우리가 어떤 분야의 전문가라는 얘기는 아무도 해준 적이 없었다. 누구도 그 선생님처럼 우리를 동등한 상대로 대하면서 얘기한 적이 없었다.

"그래서 여덟 달 후에 치를 졸업시험에서 여러분 한 명 한 명이 모두 영어시험에 합격하는 건 당연하다고 생각한다. 그 과목에서 전문가인데 그런 간단한 시험에 떨어진다면 그게 더 이상한 노릇 아닌가? 안 그런가?"

"어, 네!"

"음, 네!"

"하지만, 선생님…."

조엣이었다.

"졸업시험이, 어, 쉽지는 않잖아요?"

"아니야, 쉬워, 조엣. 그 시험은 아주 쉬워."

우리는 아까보다 더 어안이 벙벙해서 그를 쳐다봤다.

"내가 말한 것을 못 믿는구나."

"졸업시험이 쉽다고 한 사람은 아무도 없던데요."

브로디가 의심스럽다는 듯이 볼멘소리를 했다.

"아냐, 브로디, 어렵지 않아. 사람들은 시험을 어렵게 생각하지만 사실 절대 어렵지 않아. 어렵다고 생각하니까 어렵게 느껴지는 거야. 자, 지금부터 내가 말하는 간단한 문장을 따라해봐. '나는 이번 졸업시험 영어과목에 합격한다.'"

우리는 그렇게 따라했다. 하지만 처음에는 어색하고 어리둥절해서 우물거리며 말했다.

"더 크게."

그가 말했다.

"나는…."

그리고 점점 더 크게.

"나는…."

곧 우리는 그 문장을 고함치듯이 크게 외쳤고, 그럴수록 재밌고 우리가 정말 합격할 거라는 확신이 들었다.

"나는 이번 졸업시험 영어과목에 합격한다!"

갑자기 교실문이 벌컥 열리고 플랙스 학장이 놀라고 화가 치민 얼굴로 거기에 서있었다.

"도대체…."

교실을 둘러보며 차가운 침묵을 끼얹던 그는 새로 온 선생님이 서 있는 것을 보고 목소리를 누그러뜨리며 으르렁거렸다.

"무슨 일이오?"

우리 눈은 플랙스 학장에서 신참 선생님으로 옮겨갔다. 그리고 그도 다른 선생님들처럼 물러나서 수그러들 거라 생각했다.

플랙스 학장은 눈을 살짝 올리고 가늘게 떴다.

"네? 워튼 선생."

워튼 선생님의 눈은 안경 너머에서 의외로 꿈쩍 하지 않았다. 그러더니 미소를 지으며 어깨를 살짝 으쓱 하는 것이었다.

"시끄럽게 했다면 정말 죄송합니다, 플랙스 학장님."

말은 공손했지만 표정은 정반대였다. 그리고 이렇게 덧붙였다.

"젊은이의 열정이죠. 그것 때문이라고 생각해 주십시오."

그러더니 그는 예상치 못한 행동을 보였다. 다시 우리에게 돌아선 것이다. 그래서 그 자리에 서있던 플랙스 학장은 무시당한 꼴이 되었다.

문이 닫혔다. 무언의 선전포고를 뒤에 남겨두고.

워튼 선생님은 문을 힐끗 쳐다봤는데, 놀랍고도 즐겁게도, 그의 평범한 얼굴에 혐오감의 표정이 언뜻 지나갔다. 그리고 거의 동시에 바로 전의 표정, 낯설고도 위협하는 듯하고 단호함을 드러내는 표정이 다시 나타났다.

그는 알쏭달쏭한 말을 꺼냈다.

"때로는 … 분별은 용기보다 더 낫다. 지금부터는 그렇게 크게 외치지 않는 게 좋겠구나. 내가 말한 '분별은 용기보다 더 낫다'는 말이 무슨 뜻이지? 어?"

침묵 속에서 내 심장이 큰 소리로 울렸다. 답을 알고 있었기 때문이다. 그것은 외할머니와 엄마가 가끔 쓰는 표현이었다. 외할머니는 외할아버지 얘기를 하면서, 엄마는 남자들 얘기를 하면서.

"행동하기 전에 먼저 생각하라는 겁니다. 행동으로 옮기지 않는 것이 더 나은 경우도 있기 때문입니다."

나도 모르게 내가 소리 내어 말하고 있었다. 그리고는 이렇게 덧붙였다.

"어, 그렇게 생각합니다."

"맞다."

그가 말했다.

"그래, 어떤 상황에서는 그게 정확한 뜻이 될 수도 있겠다. 어, 로바. 잘 했다. 반면에 잠깐 생각해보자. 그게 다른 뜻으로 쓰일 수도 있으니까."

'잘 했다'

그 두 마디는 내가 스태닉 인문중학교에 다니는 동안 처음으로 들은 칭찬이라는 생각이 들었다. '잘 했다' 나는 그 말의 느낌을 음미하면서 속으로 되뇌어보았다.

그렇게 워튼 선생님은 첫 시간의 수업으로 우리의 학교생활을 변화시키기 시작했다. 개인적으로가 아니라 집단적으로. 그 첫 수업이 끝날 무렵, 그의 마법에 걸린 우리는 모두 각자가 특별하고 새로운 가능성으로 가득 찬 존재라고 느끼게 되었다.

"이 수업이 끝나기 전에…"

그가 첫 시간에 수업할 내용이었던 셰익스피어에 관해 설명하다가 갑자기 생각난 듯이 말했다.

"졸업시험에 대해 간단히 말해줄 것이 생각났다. 사실은 내가 이 수업에서 맡은 과목이 두 가지구나. 영어와 문학. 여러분 각자에게 분명히 말하고 싶은 게 있다. 학교에서는 이 반의 합격률이 높지 않을 것이고, 특히 5학년 상급반보다는 확실히 낮을 거라고 예상하더구나. 하지만 나는 낙제를 좋아하지 않는다. 왜냐하면 그럴 필요가 전혀 없기 때문이다. 특히 여러분 같은 영어전문가들에게는."

그가 미소를 짓자 우리도 씩 웃었다. 왠지 공모자들 같았다.

"더 중요한 것은, 나는 성공의 느낌을 좋아한다. 기분이 좋거든. 게다가 성공은 또 다른 성공을 낳는다. 나는 이 반의 다른 과목 성적에는 별로 관심이 없다. 하지만 내 과목에서만은 5학년 상급반보다 더 나아야 한다. 그것은 보통 이상으로 열심히 공부해야 한다는 뜻이다. 새로운 요령과 집중력이 필요하고, 그보다 더 중요한 것은 새로운 사고방식과 상상력이다. 또한 서로 돕는 방법을 찾아야 하고, 숙제도 해야 한다. 또…"

여기서 우리는 그의 말에 흥미를 잃었다. 우리는 너무나 잘 알고 있었기 때문이다. 그가 말하는 성공은 우리가 아무리 열심히 노력해도 이룰 수 없다는 것을.

워튼 선생님의 목소리는 우리 귀에서 멀어져 갔다.
"그런데 여러분은 반 전체 성적이 상급반보다 높을 수 있다는 걸 믿지 않는 것 같구나. 그걸 나무랄 생각은 없다. 시간이 지나야 그런 신념이 생길 테니까. 하지만 안타깝게도 시간이 많지 않다. 어쨌든 너희들도 그걸 믿게 될 거고, 성공할 것이다. 한 사람 한 사람씩 성공할 거다. 마치 - 지금 생각하니 오래 전인 것 같구나 - 내가 오랫동안 믿지 않다가 결국 성공했듯이 말이다."

선생님의 얼굴에 그늘이 지나갔는데 그것을 보니 그도 우리와 비슷한 처지에 놓인 적이 있고, 그래서 그의 말이 진심일지도 모른다는 생각이 들었다.

"먼저 자신을 믿는 사람부터 성공할 거다. 그리고 한 사람 한 사람에게 퍼져갈 거다. 그렇게 해서 소위 5학년 하급반이 적어도 내 과목에서만은 성공하게 되는 것이다. 이해되나?"

그는 예리한 눈빛으로 우리 반을 쳐다봤다. 그때 수업시간 종료를 알리는 벨이 울렸다. 하지만 그때는 평소와 달리 문 쪽으로 소란스럽게 달려가는 사람이 없었고, 그의 물음에 대답하는 소리도 없었다.

"어… 이해되나?"

우리들의 계속되는 의혹과 침묵 앞에서, 그는 갑자기 자신감을 잃은 것 같았다.

벨소리가 그치고, 복도를 따라 운동장으로 나가는 수백 명의 발소리가 창밖에서 들려왔다. 하지만 우리는 아무 대답도 하지 못한 채 멍한 얼굴로 앉아 있었다. 그가 말한 것이 사실이라는 것을 믿고 싶다고 생각하며, 그 말이 이해되기를 바라며.

워튼 선생님이 방금 전에 말했듯이, 우리 중 딱 한 명만 시작하면 되는 일이었다. 그런데 그 용감한 한 사람은 우리가 전혀 생각지 못한 사람이었다. 그렇게 나섬으로써 그는 자신의 인생뿐 아니라 우리 반 전체의 인생에 전환점을 마련했다.

"이해됩니다, 선생님."

그렇게 또박또박 말한 사람은 데이비드 램지였다. 그는 워튼 선생님의 말에 들어있는 심오한 진실 – 우리는 더 이상 희생자가 아니라는 것 – 을 우리에게 보여줬고, 우리가 몰랐지만 자신이 품고 있던 용기도 보여주었다.

"좋아."

워튼 선생님이 책을 챙겨 문으로 걸어가면서 말했다.

"내가 듣고 싶었던 말이 그거다."

그는 다시 우리에게 몸을 돌렸다.

"좋아."

그는 흡족한 표정으로 다시 그렇게 말했다. 우리들 전부에게 하는 말이었다.

"이제 이 반은 오늘부터 전원이 시작한 거다, 그렇지?"

"네!"

우리를 대표해서 브로디가 대답했다.

우리는 얼마 안 있어 워튼 선생님을 워티 선생님으로 불렀는데, 선생님들의 예명 중 그보다 더한 애정과 존경으로 불린 경우는 없었다.

그가 영어과목에서 상급반보다 하급반이 더 잘하기를 기대한다는 사실은 학교 전체에 곧 알려졌고, 전에 없던 전투가 시작되었다.

그로 인해 우리 반은 처음으로 학업적인 면에서 하나로 뭉치게 되었고, 그 목표는 성공이었다.

우리는 모두 숙제를 해왔고, 수업에 열심히 참여했고, 과제도서를 읽었고, 워튼 선생님은 우리가 성공하리라는 신념을 계속 심어주었다. 플랙스 학장이 위협적으로 명령했던 것을 워튼 선생님은 존중이나 사랑을 보여줌으로써 행동으로 이끌었다. 플랙스 학장이 처벌로 이뤘던 일을 워튼 선생님은 칭찬으로 이뤘다. 플랙스 학장이 인상 썼던 일에도 워튼 선생님은 씩 웃고 말았다.

그리고 질질 끌며 느리게 가던 시간은 이제 달리기 시작했다.

워튼 선생님은 과제도서를 내주면서 잠깐씩 시간을 내어 뭔가를 읽어줬다. 재미로 또는 흥미를 불러일으키기 위해 또는 우리에게 도전정신을 주기 위해서였다. 어떤 때는 소설이었고, 어떤 때는 희곡의 대사였다.

어느 날은 시였다.

그때까지도, 내 안에서는 어둠이 도사리고 있었다. 그래서 워튼 선생님 수업시간에 나는 거의 참여를 하지 않았다. 그 선생님을 좋아했고 그가 말하는 내용을 귀 기울여 듣기는 했지만 말이다. 선생님은 나를 토론에 끌어들이려고 했지만 나는 버티고 있는 상태였다.

하지만 다른 아이들처럼, 나도 그가 우리에게 뭔가 읽어주는 것을 좋아했다. 그는 한 번도 들어보지 못한 작품들을 선보이면서 호소력 있게 읽어주었기 때문이다. 시를 읽는 오후, 이름 없는 시인, 설명 없는 주제. 그는 마침내 내 마음 속으로 들어오는 길을 찾아냈다. 다른 아이들에게 그 수만큼의 다양한 방식을 통해 들어갔듯이 말이다.

"오늘도 아무런 설명을 해주지 않고 어떤 글을 읽을 것이다. 그리고 토론을 해보자. 경우에 따라서는 안 할 수도 있지만. 이 시는 그냥 단어의 울림만 감상해 보거라. 그 소리를 들어보면 이 멋진 시의 의미가 와닿을 거다."

나는 책상에 팔꿈치를 얹고 턱을 고인 채, 책 모서리를 꾹꾹 찔렀다. 그러면서 창밖을 바라봤다.

더 이상 최악은 없어, 더 이상은

나는 몸을 곧추세워 앉았다. 왜 그랬는지 나도 알 수 없었다. 더 이상 최악은 없어, 더 이상은? 이상하게도 바늘로 척추를 찌르는 듯한 느낌이 들었다.

더 이상 최악은 없어, 더 이상은
비통의 역청(瀝靑) 속에 처박혀
더한 고통이 이전의 고통에 더해 격렬히 몸을 비틀리라.
위안자여, 어디에, 어디에 당신의 위안이 있는가?

물에 빠져 들어가던 아이들의 모습이 머릿속에 떠올랐다. 그것을 지켜보던 내 모습도 떠올랐다. 마지막으로, 하멜 아저씨가 해변으로 데리고 나온 그 남자의 절망스러운 표정이 떠올랐다.

더 이상 최악은 없어, 더 이상은
비통의 역청(瀝靑) 속에 처박혀

더한 고통이 이전의 고통에 더해 격렬히 몸을 비틀리라
위안자여, 어디에, 어디에 당신의 위안이 있는가?
마리아여, 우리의 어머니신 마리아여, 어디에 당신의 위안이 있는가?
내 절규들은 짐승의 울음처럼 길게 꼬리를 끌며….

이 단어들이 내 안에 일으킨 커다란 절망의 파도는 내가 마음속에서 상상하던 그 남자, 조카들을 물에 빠뜨린 그 남자의 절망이었다. 그리고 그것은 내 심정이기도 했다. 내 몸에서 호흡이 멈춘 것 같았다. 그리고 다시 회복되지 않았다. 그렇게 숨이 멈춘 채로 나는 바닷가 검은 절벽, 공포스러울 정도로 깎아지른 절벽 끝에 서 있는 나를 발견했다.

시가 계속되면서 나는 내 안에서 감정이 솟구치는 것을 주체할 수가 없었다.

내 절규들은 짐승의 울음처럼 길게 꼬리를 끌며
삶의 비애의 중심에 모여든다
오래된 모루 위에서 주춤거리며 노래한다
노래는 점점 잦아들다가 사라진다
분노의 여신이 날카롭게 외치는 소리
"머뭇거릴 필요 없어! 잔인하게 얼른 끝장내주마!"

단어들이 내 위로, 내 안으로 흘러 나를 채웠다. 나는 서른 명의 학생과 워튼 선생님으로 둘러싸인 교실에서, 나처럼 고통받는 사람,

즉 그 시인의 영혼을 느꼈다. 그리고 그의 슬픔에 지친 고독감을 똑바로 쳐다보고, 이어서 그와 똑같은 내 심정을 응시했다.

  오, 마음 속에는 산들이 있지
  그 산에는 무시무시하게 가파른, 깊이를 알 수 없는
  추락의 낭떠러지뿐
  거기에 매달린 적 없는 자는 그것을 하찮게 여기리라
  우리의 약한 힘은 그 가파르고 까마득한 낭떠러지에서
  오래 버틸 수 없다
  자! 기어들어가라. 비참한 자여
  회오리바람의 안락한 품 안으로
  삶은 죽음을 향해 가고
  하루하루는 잠으로 죽어가지 않느냐

침묵이 흘렀다.
"자, 어때?"
기다리다가 워튼 선생님이 물었다.
  학생들은 뭔가를 말하기 시작했다. 단어의 의미를 애써 추론하고 낯선 문장과 단어의 조성에 대해 해독하느라 힘들어했다. 하지만 나는 단어들이 의미하는 바와 그 감정들이 저절로 이해됐다. 내가 아무 말 않고도 바다를 이해하고 있듯이.
  의미 이전에 느낌이 있는 법이다. 그것은 워튼 선생님이 여태 우리에게 가르쳐준 것의 뿌리가 되는 말이었다.
  토론은 계속 되었지만 나는 끼어들지 않았다. 그 시에 압도당한 채 앉아 있을 뿐이었다. 소리 내어 울고 싶었고, 교실 밖으로 뛰어나가 맘껏 눈물을 쏟고 싶었다. 그토록 오랫동안 무거운 발걸음으로 걸었던 그 해변에 나 같은 사람이 또 한 명 있다는 것을 알고 안도의 마음에서 울고 싶었다. 나는 언뜻 세상의 슬픔을 봤다. 그리고 나 같은 사람이 어딘가에 또 있을지도 모른다는 것을 알게 되었다.

그렇게 나는 책상 앞에 멍하니 앉아 수업이 끝나기를 기다렸다. 그런데 워튼 선생님은 뭔가 심상치 않은 낌새를 알아채고 – 하지만 그 깊이는 가늠하지 못했다 – 내게 아무런 질문도 던지지 않았다.

수업이 끝나갈 때까지.

그러다가, 수업을 마무리하면서 그가 지나가는 말로 그 시가 무엇에 관한 것인지 묻자, 나도 모르게 손이 올라갔다.

"그래, 로바?"

그가 부드럽게 말했다.

"고독감에 관한 겁니다."

나의 겨울 해변으로 몰아치던 사나운 파도소리가 들렸다. 겨울이면 버블스 아줌마를 덮치던 그 슬픔이 느껴졌다. 외할머니가 방에서 우는 소리도 들려왔다.

아무도 입을 열지 않았고, 워튼 선생님도 아무 말 하지 않았다.

"그 시는 잃어버린 희망에 관한 겁니다."

결국 내가 덧붙여 설명했다.

"잃어버린 사랑에 관한 것일 수도 있구요."

오랜 침묵이 흘렀다. 다른 반 교실 문이 열리는 소리가 들렸다.

"그런 것 같구나, 로바. 맞아, 그것에 관한 시야."

나는 선생님을 쳐다보았다. 그가 내 심정을 온전히 이해했다는 것을 알 수 있었다. 그 순간 그는 나를 알아봤다. 내가 신발 잃은 소년이었고, 내 이름이 지미 로바이며, 실제로 존재하는 인간이라는 것을.

나는 그를 쳐다봤고 그도 나를 쳐다봤다. 그리고 나는 다시 시선을 떨어뜨려 닳아빠진 내 책상을 쳐다보고, 내 지저분한 손가락을 쳐다봤다. 손에는 처량하게 살아온 몇 년의 세월이 그대로 새겨져 있었다. 그때 마지막 시간이 끝났음을 알리는 종이 울렸다. 다른 아이들이 일어나면서 책상이 덜컹거리는 소리가 나고, 서로 밀면서 복도로 나가고, 복도가 소란한 소리로 가득 찰 때까지 나는 울지 않으려고 기를 쓰면서 고개를 들지 않았다. 그러다 램지가 내 어깨에 손을 얹는 것을 느꼈다. 그는 내가 흐느끼기 시작하자 다른 아이들이 보지 못하도록 나를 가리고 섰던 것이다.

"선생님."

고다드의 말소리가 들렸다.

"로바가…."

"그래, 알고 있다."

워튼 선생님이 부드러운 목소리로 대답했다. 그는 정말로 내 심정을 알고 있었다.

밖에서 학생 하나가 누군가를 찾으러 왔는지 문을 들여다봤다.

"여기 없어."

톰 브로디가 다가가 문을 닫으며 말했다. 바깥세상과 차단한 것이다. 내 친구 다섯 명과 교실에 남은 선생님은 내가 우는 동안 기다려 줬다. 고다드, 램지, 브로디, 템플러, 조엣 그리고 워튼 선생님이 그들이었다.

그들은 아무도 들어오지 못하게 하고 내 얘기를 들어주었다. 나는 그들에게 물에 빠져죽은 아이들, 내가 그들을 돕지 못하고 느낀 회한, 죽어가던 그들의 모습이 자꾸 떠오른다는 얘기를 모두 털어놓았다. 그리고 나의 절망감 – 그것은 두려움이기도 했다 – 과 나를 둘러싸고 있는 어둠, 어떻게 빠져나가야 하는지 알 수 없는 실패의 공간에 대해서도 얘기했다.

브로디가 입을 열었다.

"지미가 말한 그곳에 저도 계속 있었어요. 지금도 거기에 있구요."

그러다가 우리는 한 명씩 이런저런 방식으로 그것에 대해 얘기했다. 눈물이 얼굴에서 말라갈 즈음, 나는 울고 난 후에 찾아오는 후회스러운 감정과 함께 생명과 빛이 다시 내게로 쏟아져 들어오는 것을 느꼈다. 워튼 선생님은 내내 듣고만 있었는데, 나는 분명히 그의 눈에 물기가 어리는 것을 봤다.

"나도 그곳에 있었단다."

그가 입을 열었다.

"그것도 얼마 전의 일이지. 문제는 어떻게 거기서 빠져나오느냐 하는 거야. 그렇지?"

우리는 고개를 끄덕였다.

"어떻게 빠져나와야 될까?"

그가 일어서더니 창가로 다가가 운동장에 있는 학생들을 바라봤다. 그들은 집이나 기숙사를 향해 가고 있었다.

"어떻게 빠져나와야 될까요?"

브로디였다.

그가 돌아서서 우리를 쳐다봤다. 학생들이 정말로 조언을 듣고 싶고, 배우고 싶은 선생이 있었다면 그것은 바로 그때의 워튼 선생님이었다. 그리고 그날 오후의 상황을 제대로 파악하고 해결한 사람도 바로 그였다.

"자, 먼저 너희들이 올라야 된다고 생각하는 산은 너희가 아니라 다른 사람이 거기에 둔 것이고, 그것은 허상이라는 것을 깨달아야 돼. 산은 없어. 다만 간단한 과제들의 연속만 있을 뿐이지. 예를 들어, 시험 같은 건 어렵지 않아. 합격하기 위해 너희들이 배워야 하는 양은 과제라고 할 것도 없어."

"하지만, 선생님…."

조엣이 이의를 제기하려 했다.

"정말이다."

워튼 선생님이 말했다. 그리고는 교실 앞으로 걸어가 가방에서 얇은 책자를 하나 꺼냈다.

"이게 뭔지 아니?"

우리는 고개를 저었다.

"옥스퍼드 지역 시험출제 위원회에서 발간한 건데, 너희들이 치르게 될 졸업시험의 모든 과목을 여기서 출제하게 돼. 대입 시험을 출제하는 위원회는 따로 있고. 이 책자에 들어있는 것은 모든 과목에 대한 출제요강이야."

우리는 멍한 얼굴로 쳐다봤다.

"요강이란 건 너희들이 시험을 치르기 위해 알아야 될 중요한 사항을 말해. 별거 아냐."

"그럼 그 책자에 우리가 영어와 문학에 대해 알아야 될 내용이 다 들어있다는 말이에요?"

램지가 물었다.

"그 두 과목만 있는 게 아니라 모든 과목이 있어."

"모든 과목이요?"

템플러가 믿어지지 않는다는 듯이 반문했다.

"모든 과목, 그러니까 위원회에서 출제하는 졸업시험의 50여 과목 전부."

"그렇게 얇은 책자에요?"

"그래, 로바. 그러니까…."

그는 페이지를 넘기며 말했다.

"내 과목에서 너희가 알아야 될 것은 이 세 페이지밖에… 아니구나, 정확히 말하면 두 페이지 반이구나…. 그것밖에 안 된다는 거야."

그가 그곳을 펴서 우리에게 보여줬다.

"사실은 그것보다도 더 적지. 우리가 그 중에서 선택하는 부분도 있잖아. 예를 들면 초서 작품을 할 것인가, 셰익스피어 희곡을 할 것인가 그런 거 말야. 정말 많지 않지? 너희들이 생각하는 그런 산이 아니라는 거야."

"물리과목 편을 좀 봐도 돼요?"

고다드가 물었다. 그것이 그의 취약과목이었다.

"그럼."

워튼 선생님이 말했다.

우리는 그 작은 책자를 가져와서 유심히 들여다보았다. 과목을 찾아서 거기에 적힌 내용들을 읽어보고 그 간단한 내용에 놀라서 말문이 막혔다. 그렇게 짧은 시간에 선생님은 거대한 산을 작은 언덕으로 줄여놓은 것이다.

"잊지 마라."

선생님이 지켜보고 있다가 말했다.

"너희들이 복습하는 방식이랑 시험 치르는 요령을 모르면 그것이 아무 도움이 안 된다는 걸 말야. 시험 치르는 요령은 다음 수업 시간에 가르쳐주기로 하고, 일단 내 복습비법을 듣고 싶을 거다."

정말 그랬다.

"대부분의 학생들은 필기한 노트를 무작정 대충 훑어보는데, 나도 그 비법을 알기 전에는 그렇게 했지."

"비법이요?"

램지가 물었다.

"크립카드 비법이지."

"크립카드요?"

"어떤 질문에 대해 너희가 알고 있는지 모르고 있는지를 체크하는 방법이야. 『한여름 밤의 꿈』에 나오는 인물들 — 그들의 이름이 무엇이고 어떤 사람들인지 — 처럼 말야. 일단 질문을 뽑아서 카드의 왼쪽 단에 적어. 그리고 그 답은 오른쪽 단에 적는 거지. 그럼 너희는 혼자서 언제든 자기가 무엇을 알고 있는지 점검할 수 있겠지? 자, '『한여름밤의 꿈』에는 몇 명의 인물이 나오는가?' 이건 왼쪽에 적는 거야. '답: 21명' 이건 오른쪽에 적는 거지. 다음 질문은 다시 왼쪽에 적어. 주요 인물 여섯 명을 쓰시오. 그리고 오베론, 티타니아, 퍼크 등등을 오른쪽에 쓰는 거지. 이런 식으로 하면 필수적인 질문과 답을 자신이 아는지 모르는지 쉽게 점검할 수 있으니까 부담이 훨씬 줄어들지 않겠니? 어지러운 노트를 미친 듯이 허겁지겁 읽을 필요 없이 그냥 크립카드만 죽 읽어보면서 확인하는 거야. 졸업시험에서 다룰 주제를 카드에 제대로 다 적어놨으면, 그리고 거기 적힌 모든 질문에 대답할 수 있으면 그 시험에는 실패할 리가 없는 거지. 안 그래?"

"어, 맞아요. 그럴 것 같아요."

누군가가 대답했다.

"한번 해봐."

선생님이 미소를 지으며 말했다.

"다음 주에 이 방법을 반 전체 학생들에게 가르쳐줄 거다. 너희 덕분에 그 생각이 났구나. 자, 아쉽지만 집에 가봐야겠다. 그리고 로바?"

"네?"

"내가 오늘 읽은 시는 제라드 맨리 홉킨스가 쓴 거야. 그 시의 성격에 대한 네 간략한 답변은 내가 지금까지 들은 대답 중에서 최고였다. 여기, 내 책 받아라. 너한테 주는 거야. 오늘 배운 시는 소네트 65번인데, 그 외에도 네가 좋아할 만한 게 여러 편 있어."

"고맙습니다."

"그리고 로바, 이제부터는 수업 토론에 좀더 열심히 참여할 거지? 우리가 듣고 싶어할 말이 너한테서 많이 나올 것 같은데."

"어, 네, 선생님."

선생님은 미소를 지으며 자리를 떴다. 그리고 그때까지는 절대 오르지 못할 것 같았던 걱정과 의혹의 산도 선생님과 함께 사라졌다.

그때부터 시간은 더 빨리 흘러갔다. 하지만 우리는 이미 더 빨리 달리는 법을 배웠다. 그 방법에 따라 즐겁게 달리면서, 우리는 실패로부터 도망가는 것이 아니라 승리를 향해 달음박질하고 있었다. 영어뿐 아니라 다른 과목에서도 말이다. 한 과목에서 성공할 수 있다면 모든 과목에서도 성공할 수 있다는 자신감이 생겼던 것이다.

드디어 시험일이 가까이 다가왔다. 하지만 워튼 선생님이 우리에게 끼친 영향력은 너무나 강력해서 우리는 모두 그의 조언, 특히 시험 3주 동안엔 밤늦게까지 공부에 매달리지 말라고 한 충고를 철저히 지켰다. 시험 첫째 날은 모두 두려움에 차 있었지만, 한 과목씩 치러가면서 그동안 해온 방식이 옳았음을 깨닫게 되었다. 과연 워튼 선생님의 방식은 예상했던 것보다 훨씬 효과적이어서 우리를 압도했다. 그것은 시험에 합격하고 싶다는 소망을 의지와 결합시킨 것이었다.

그해 6월은 날씨가 더워서 우리는 시험 후에 모여서 하는 공부를 6시 30분에 걷어치우고 부두 근처의 해변으로 나갔다.

우리가 매일 시험이 끝나고 수영으로 더위를 식히고 나와 보면, 한창 기분이 좋은 상태였던 템플러의 엄마는 고다드의 엄마와 함께 마실 것과 샌드위치를 해변까지 가져왔다. 많은 얘기를 하지 않았지만 우리 모두에게 그때는 가장 행복한 시간이었다. 한 번도 느껴보지 못했던 자신감을 발견했고 동료의식까지 더해졌던 것이다.

그러던 어느 금요일 오후, 시험이 갑자기 끝났고 이제 우리와 방학 사이에는 여름학기의 무더위만 남아 있었다. 더 안 좋은 것은 혹은 더 좋은 것은 그 학교에서 소년으로서의 기간은 끝났다는 것이다.

방학이 끝나고 돌아와보면 우리는 6학년이 되어 있을 것이다, 17살이 되어가는 16살. 그때는 거의 어른이라고 볼 수 있어서 우리는 파란색 블레이저를 벗어던지고 최고학년 교복인 회색 트위드 재킷을 입고 담황색 모자를 쓰게 된다. 이제 아무도 우리를 괴롭히지 않고 선생님들도 우리들을 좀더 존중해주는 새로운 세계로 들어갈 것이다.

8월 중순 어느 화창한 여름날, 시험결과가 나왔다. 우리의 성공은 한 편의 드라마였다. 졸업시험에서 다섯 과목도 합격할 엄두를 못 냈던 나는 9과목에서 합격했다. 데이비드 램지도 마찬가지였다. 고다드는 열 과목에서 합격했다. 브로디는 9과목. 캔터베리에서 그림 공부를 할 계획이었던 템플러는 7과목에서 합격했다. 그러면 조엣은?

"여덟 과목!"

그의 전화 목소리는 흥분되어 있었다.

"어떤 과목에서 실패했는데?"

"회화하고 공예."

그가 아무렇지도 않게 덧붙였다.

"크립카드가 목공예에는 별 도움이 안 되더라."

하지만 내가 아홉 과목이라니! 믿어지지가 않았다. 나는 다시 램지에게 전화를 했다. 그날은 세상이 우리 것 같아서 그냥 무슨 얘기든 나누고 싶었던 것이다.

"우리 엄마가 너랑 통화하고 싶으시대."

얘기가 다 끝나고 그가 말했다. 램지 엄마 목소리는 눈물에 젖어 있었다.

"지미, 그냥 고맙다는 말을 하고 싶어서 말이다."

그녀는 내가 램지 대신 시험이라도 봐준 것처럼 얘기했다. 그리고는 이렇게 덧붙였다.

"램지 아버지가 계셨더라면 무척 자랑스러워했을 텐데."

통화가 끝나고 내 방에서 옷을 입는데, 그 동안의 도취감이 사라지더니 갑자기 가슴속에서 살을 에는 듯한 매서운 바람이 불어오며 피로감이 엄습했다. 짧은 순간 자기연민이 가슴을 저몄다. 내 아버지가 있었다면 나를 자랑스러워했을까, 아버지가 내 어깨에 손을 얹으며 자랑스럽다고 말해주면 얼마나 좋을까. 내가 결코 가질 수 없는 것들이었다. 대신 나는 버블스 아저씨네 집으로 갔다. 내가 처음 학교에 등교하던 날부터 그 오랜 세월 동안 나를 지켜보며 잘되기를 빌어줬던 그에게 이 기쁜 소식을 알리고 싶었다.

<낚시 미끼 팝니다>라는 간판이 보였고, 밀물이 차 있을 때라 그는 집에 있었다. 물이 들어와 있을 때는 스태닉 만에서 갯지렁이를 파낼 수가 없다. 나는 내 졸업시험 성적표를 그에게 보여주었고, 그는 그것을 버블스 아줌마에게 보여주었다.

"당신이 읽어주겠어? 안경이 안 맞아서 잘 안 보여."

버블스 아저씨는 읽고 쓸 줄을 몰랐지만 모두들 그것을 모른 체하며 지냈다. 버블스 아줌마가 내 성적표를 받아들고 과목 하나하나를 한참 동안 쳐다봤다. 내가 보기엔 한 시간 정도는 쳐다보는 것 같았다.

"Félicitations, mon petit.(축하한다, 우리 아가.)"

그녀가 프랑스어 점수를 보고 그렇게 말하더니 나를 안고 양 볼에 입을 맞췄다.

그들은 나를 앉히고 진하고 달콤한 차를 타줬다. 버블스 아저씨는 아주 흡족한 표정이었다. 연신 내 어깨를 두드리며 내가 머리가 좋다는 것을 예전부터 알고 있었다고 말했다.

"자, 이제 어떻게 할 거냐? 공부를 더 할 거냐?"

나는 대입시험에 대해 설명해주고, 우리가 과목을 선택해야 한다는 얘기도 해줬다. 나는 영어와 역사, 지리를 마음에 두고 있고 절대 과학은 하지 않을 거라고 결심했었다.

"지미, 네가 정말 하고 싶은 과목은 뭔데?"

버블스 아줌마가 물었다.

"수학하고 영어요. 그리고 세번째로는…."

나는 독일어를 기억하고 있었다.

프랑스어도 기억하고 있었다. 그것은 모욕의 과목이었다.

샌더스 아저씨 때문에 역사를 좋아하게 됐고, 지리는 오래 전에 맥스 삼촌과 피오나 숙모와 함께 산에 오른 후, 세상에 대해 더 알고 싶다는 생각이 들어서 관심이 가는 과목이었다. 하지만 지금 졸업시험을 통과하고 보니 오랫동안 문을 닫고 있던 과학이 내게 손짓하는 것 같았다. 공부해보니 그것도 그리 나쁘지 않고 어렵지도 않았다.

나는 생물학과 해리엇, 그리고 모래언덕의 꽃들을 생각했다. 하지만 왠지 그건 아니다 싶었다.

"물리요."

나는 단호하게 말했다. 수학과 관련이 있을 뿐 아니라, 최근 몇 주 동안 공부해 보면서 즐거움을 느낀 과목이었다. 또한 6학년 물리선생님도 마음에 들었다.

"자, 지미 이제 결심을 했구나."

버블스 아저씨가 말했다.

"성적도 잘 받았으니까, 엄마랑 학교에 가서 네 선택과목을 바꾸겠다고 말하렴. 너희 엄마는 설득력 있게 말씀을 잘 하시잖니."

그가 커다란 손을 내밀었고 우리는 악수를 했다.

"네가 대입 성적표를 가지고 저 문을 들어올 무렵이면 그때는 제대로 축하할 만한 나이가 되어 있겠지?"

"여보!"

버블스 아줌마가 핀잔을 줬다. 아저씨가 너무 앞서간다는 것이다.

아저씨는 마당으로 나가더니 헛간 옆의 땅을 팠다. 그리고는 폐가처럼 먼지를 뒤집어쓴 지저분한 포도주병을 가지고 들어왔다.

"이건 보트 뒤에서 떨어진 거야."

그가 버블스 아줌마에게 눈을 찡긋 하며 말했다.

그것은 적포도주였는데, 나는 제품 이름보다는 연도를 읽었다.

"1940년산이야."

그가 말했다.

"네가 태어나기 4년 전이지."

"지미, 아저씨가 거짓말하고 있는 거야. 그건 보트에서 떨어진 게 아냐. 말도 안 되지. 그건 아저씨가 나를 태우고 올 때 보트에 숨겨 가지고 온 거야. 프랑스에서 훔쳐온 거지."

"웃기시네!"

버블스 아저씨가 진한 눈썹을 꿈틀거리며 짐짓 심술난 표정으로 말했다. 하지만 그의 얼굴엔 미소가 어려 있었다.

아저씨는 포도주를 다시 비밀 장소로 가지고 갔다.

"마당에 묻어 놓은 게 몇 개 더 있지만 이제 많지는 않아. 적절한 시기가 되면 마시자, 알았지? 지미, 계속 열심히 해라. 열심히 공부해서 대학에 들어가고 여길 떠나는 거야. 배운다는 것은 자유를 얻는 거니까."

나는 그를 쳐다보며 생각했다. '아저씨보다 더 자유로운 사람은 못 봤어요.' 그리고 언젠가는 그에게 고맙다는 말을 해야겠다고 생각했다. 그 말이 진심이라는 것을 아저씨도 알 수 있도록 말이다.

나는 그때 내 마음을 어떻게 표현해야 할지 몰랐고, 그래서 아무 말도 하지 못했다. 우리는 그냥 차를 마셨다. 다른 때보다 조금 더 마셨고, 그들이 항상 하던 것처럼 티격태격할 때 함께 웃었다. 그러다가 자축하기 위해서 바닷가에서 친구들과 만나기로 한 시간이 되었다.

우리는 아이스크림을 먹고 음료수를 마시며 바닷가에서 떠들썩하게 놀았다. 템플러의 부모님, 고다드의 부모님, 그리고 브로디의 두 여동생도 함께 했다. 다른 친구들에게 전화로 알아보기도 해서 우리는 반 친구들의 성적을 거의 알고 있었다.

우리 여섯 명은 우리 반에서 가장 성적이 좋았고, 우리 학년에서도 우리보다 잘한 사람은 상급반 몇몇 공부벌레밖에 없었다. 가장 좋았던 것은, 우리 하급반이 문학은 상급반보다 성적이 낮았지만 영어는 더 높았다는 것이다. 영광은 우리 모두의 것이었다. 그것은 아무도 예상하지 못했던 놀라운 결과였다. 비록 워튼 선생님의 높은 기준에는 미치지 못했지만 말이다. 우리는 이제 걱정이 없었다.

그 날도 마술처럼 워튼 선생님이 갑자기 바닷가에 나타났다. 옅은 색 양복에 둥근 선글라스를 쓰고 흰색 신발을 신고 있었다.

우리는 환호하며 그를 맞았고, 그는 고다드에게 돈을 주며 진저비어와 아이스크림을 더 사오라고 시켰다.

"모두들 잘 했다! 너무 잘 해줬어!"

그는 감동이 컸는지 평소보다 얘기를 많이 했다.

그날 해변에서 우리는 무대에서 뽐내듯 걸었고 커튼콜을 받았다. 환희의 날이었다.

밤이 깊어지면서, 우리는 각자 집으로 돌아가기 시작했다. 우리 어린 주인공들은 승리를 거뒀고 다시는 그렇게 모이지 못할 터였다. 혹시 모이게 되더라도 그렇게 즐겁지는 않았을 것이다.

"로바, 너 영어를 하기로 했다면서?"

워튼 선생님이 집으로 가려다가 말했다. 거기에는 램지와 나만 남아 있었다.

"네, 선생님. 그런데 역사를 물리로 바꾸려고 하는데 플랙스 학장님이 싫어할 것 같아요."

"나한테 맡겨 둬."

그가 차분하게 말했다.

"플랙스 학장은 내가 상대할게."

그리고 그도 밤을 향해 떠났다. 구겨진 양복을 입은 그는 스태닉 해변의 저녁 불빛에 왜소하고 유약하게 비쳤지만, 그는 우리 삶에서 만난 거인이었다.

"자, 우리도 가야겠구나."

램지가 말했다.

"집에 가기가 싫어."

내가 말했다.

"오늘이 영원히 계속되었으면 좋겠어."

나는 램지와 함께 3킬로미터를 걸어 그의 집까지 갔고, 거기서 저녁을 먹은 후 우리집으로 왔다.

램지와의 우정은 친근함과 신뢰로 이루어진 평안함으로 이어졌다. 초반엔 어렵게 시작했지만 점차 이심전심인 사이가 되었고, 그것은 세월이 가고 떨어져 지내도 깨지지 않았다. 그날 밤 그의 집을 떠나 우리집으로 걸어가면서 나는 램지가 어디에 있든 항상 마음만은 가까운 곳에 있으리라는 것을 느꼈다. 친구로 인해 나는 진정한 평안을 얻었다.

해리엇

아이들의 익사사고로 인한 절망감과 시험 때문에 해리엇 포스와의 사이는 소원해져 있었다. 하지만 우정이 깨진 것은 아니었다. 그것은 압박감이 사라지고 8월 하순의 태양이 더 뜨거워졌을 때 나에게 발견되기를 기다리며 그 자리에서 기다리고 있었다.

졸업시험을 성공적으로 치른 것을 해변에서 자축하고 며칠 후에, 해리엇이 산책이나 하자며 우리집에 들렀다. 사실은 자신의 대입시험 결과를 알려주기 위해서였다. 그녀는 세 과목에서 A를 받았고 특히 생물 점수가 높았다.

우리는 대낮의 열기를 피해 해변 공터의 대합실에 앉아 해협을 바라봤다. 몇 달 만에 만나서인지 그녀는 나보다 훨씬 어른스러워 보였다. 그녀는 앞으로 다가올 자신의 대학생활에 대해 얘기하면서 사야 될 것, 해야 될 일 등을 흥분된 어조로 얘기했다. 하지만 내가 이해할 수 있는 것은 반밖에 되지 않았다.

그녀는 예전처럼 자신의 발을 내 발에 닿지 않았고, 날씨가 더운

데도 불룩한 블라우스의 단추를 다 채우고 있었다. 그녀에 대한 나의 오래된 갈망은 애정과 맹렬한 욕구 사이를 왔다갔다 했다.

그녀가 갑자기 내 팔을 잡으며 말했다.

"우리 둘의 성공을 축하하기 위해 뭐라도 하자. 좋은 생각 없어?"

마침 좋은 생각이 떠올랐다. 몇 년 동안 나는 여기저기에서 번 돈을 저금해두고 있었다. 동네 사람들의 정원 일, 버블스 아저씨의 미끼 잡는 일, 그리고 보트를 타고 나가서 하는 일도 도와서 조금씩 벌어왔던 것이다. 외할머니가 가끔 용돈을 주기도 했다. 나는 그 돈을 모두 은행에 저금해두고 가끔 그 돈으로 무엇을 할까 생각했다. 내 꿈은 스토닝을 떠나 다른 지역에서 방학을 보내는 것이었다. 내 친구들은 대부분 방학 때 여행을 다녀왔지만 엄마와 나는 한 번도 그러지 못했다.

"해리엇?"

"음?"

"지금부터 개학 때까지 뭐할 거야?"

"누구 개학? 나, 아니면 너?"

나는 개학이 9월이었고, 해리엇은 대학생이니까 한 달 뒤였다.

"내 개학"

"별로 할 일은 없어."

"오래 전부터 난 자전거를 타고 여행을 해보고 싶었거든. 잠은 유스호스텔에서 자고 말야. 내 친구 톰 브로디는 자기 아빠랑 그렇게 했대."

"와! 누구랑 갈 건데?"

해리엇이 얼굴을 찌푸리며 물었다.

"내가 가고 싶은 사람은 한 명밖에 없어."

심장이 뛰었다.

"너."

그것은 사실이 아니었다. 하지만 그렇게 말해야 될 것 같았다. 나는 자전거여행을 램지와 하려고 했었지만, 그 무렵 램지는 골프 치러 다니는 데 정신이 팔려 있어서, 그렇게 며칠 동안 여행하기는 힘들었다. 어쨌든, 그렇게 더운 날 나란히 앉아 있을 때 해리엇의 가슴을 눈앞에 서 보니 그녀와 함께 가면 더 신날 것 같았다.

엄마가 언젠가 했던 말이 떠올랐다.

"기회를 놓치지 마. 안 그러면 다른 사람들이 채가니까."

어쩌면 내 눈빛에 어떤 표정이 나타났는지도 모르겠다.

해리엇은 햇볕에 타서 가무잡잡한데도 얼굴이 붉어졌다.

"우리 아빠가 너랑 너희 엄마를 만나보려고 하실 거야."

"그럼 가겠다는 거니?"

"그럼."

그녀가 말하고 나를 안았다. 그녀의 가슴이 내 가슴에 완전히 닿은 것은 그때가 처음이었다. 어쩌다가 그렇게 됐는지 모르지만 그녀의 입술과 내 입술도 어느새 닿았고, 서로의 이도 방해가 되지 않았다.

서두르며 내가 말했다.

"모래언덕으로 가자."

"절벽 있는 데가 어때?"

그녀가 말했다.

"거기가 더 나을 것 같아. 높기도 하고 또⋯."

"또 뭐?"

"음… 사람들 눈에 안 띄니까."

그녀는 다시 얼굴이 붉어졌고 나는 몸이 달아올랐다. 엄마는 예전에 이렇게 말했다.

"남자를 자신이 주도권을 쥐고 있다고 생각하게 만들어야 돼. 그게 기술이야. 그렇게 하면 남자들은 기분이 더 좋아지고 더 자신감을 갖거든. 왜 그러는지 모르겠지만."

해리엇은 아까부터 절벽에 올라가고 싶었던 것이다.

"자전거 타고 가자."

나는 산책로를 걸어가는 것보다는 자전거를 타는 것이 내 바지 앞의 불룩해진 부분을 감추기 쉬울 것 같았다. 그녀의 눈을 피해 자전거에 올라타는 것이 관건이었다.

우리는 절벽 위에서 비밀스러운 장소를 찾아냈다. 여름풀이 우리 키만큼 자라있었고 우리는 오후 내내 서로의 손길을 황홀하게 느끼면서 거기에 누워 있었다. 가끔 나는 내 인생에서 가장 행복한 몇 주가 그 날 오후부터 시작되었다는 생각을 한다. 한 번도 비가 내리지 않았고 해리엇과 사랑에 빠졌던 그때.

해리엇의 아빠와 우리 엄마는 우리의 자전거여행에 대해 의논한 후 보내주기로 했다. 단, 우리가 계획한 노선대로 켄트와 서식스 주변을 돌고, 잠은 유스호스텔에서 자며, 매일 저녁에 그녀가 집에 전화한다는 조건이었다.

그 여행은 모두 좋았지만 선명하게 기억나는 것은 여행의 시작과 끝, 그리고 여행 내내 우리를 따라다녔던 태양이다.

여행의 시작은 해리엇의 집 앞에서 시작되었다. 자전거에 짐을 모두 싣고 떠날 준비를 마쳤을 때, 그녀의 아버지가 문 앞까지 따라 나왔다.

"해리엇에게 비용 외에 5파운드를 더 줬으니까, 너한테도 똑같이 주마. 여기…."

그는 나에게 빳빳한 5파운드 지폐를 내줬고, 나는 그것을 받아 배낭 안전한 곳에 넣었다.

"해리엇 잘 부탁한다. 나한테는 저 애가 전부니까."

그가 눈물을 글썽거리며 말했다.

"그럴게요, 항상."

내가 왜 '항상' 이라고 했는지 모르겠지만 어쨌든 그렇게 대답했다. 그때는 그렇게 말해야 될 것 같았다. 30분 전에 엄마와 작별할 때, 엄마는 내가 출발하기도 전에 문을 닫고 들어가버렸다. 하지만 해리엇의 아버지는 우리가 보이지 않을 때까지 손을 흔들었다. 딸을 염려하는 그의 마음일 것이다. 엄마의 태도는 내가 가든 말든 상관없고, 내가 여행하는 동안 생각도 하지 않을 것이고, 집에 돌아와도 별로 신경 안 쓴다는 의미였다.

반면, 해리엇 아버지의 인사는 미소를 지으며 거기에서 지켜볼 것이고, 집에 돌아왔을 때 기쁘게 맞이할 것이고, 그 사이에 항상 염려하며 지낼 것이라는 의미였다.

가정이란 어떤 장소나 건물이 아니라, 그 안에서 따뜻함과 어떤 의미를 주며 항상 돌아가고 싶은 열망을 불러일으키는 사람들을 말한다. 그런 점에서 엄마와 나는 한 번도 가정이란 것을 가져보지 못한 셈이다. 하지만 가끔 나는 누군가가 내 안에 그것을 집어넣은 것처럼 돌아가고 싶은 열망을 느꼈다. 또한 내가 해변을 돌아다니면서 찾아 헤매는 보물이 바로 가정이라는 생각도 들었다.

우리가 자전거여행을 하는 동안 내가 기억하는 태양은 덥고 밝았고, 켄트와 서식스를 지나가는 내내 우리를 앞서 갔다. 웃음과 태양으로 가득 찬 그 여행은 시원한 음료수였고, 마음껏 구를 수 있는 키 큰 풀밭이었고, 새벽부터 저녁까지 이어지는 그치지 않는 대화였다. 그것은 우정의 햇빛이었고, 서로에 대한 열망이었고, 노스엔드와 엄마의 그늘로부터 멀리 떨어져 걱정 없이 보낸 나날이었다.

밤마다 각자의 숙소로 들어가기 전에 해리엇과 나는 오랫동안 키스를 했다. 나는 한 번도 질리지 않았고 그녀도 마찬가지였다.

해리엇 덕분에 나는 여자에게 사랑받는 느낌이 어떤 것인지 알게 됐다. 그것은 근사한 것이었다. 내가 집으로 가는 길에 느끼고 싶던 그런 기분이었다.

태양은 여행하는 동안 내내 우리 위에서 내리쬐었고, 집으로 돌아오는 동안에도 마찬가지였다. 우리가 집으로 돌아왔을 때는 여름방학 막바지였다. 나는 6학년에 올라가기 직전이었고 그녀는 대학 입학을 기다리고 있었다.

우리는 도버 하이츠에서 스타힐을 경유하여 사우스스토닝으로 접어들었고 드디어 해리엇의 집 앞까지 왔다. 해리엇 아버지의 마중은 따스했다. 마치 크럼펫에 든 버터처럼, 밤의 포옹처럼. 하지만 나는 얼른 집으로 가고 싶었다. 내 여행에 관해 빨리 엄마에게 얘기해주고 싶었기 때문이다.

나는 그들에게 손을 흔들고, 노스엔드로 그리고 엄마와의 삶으로 되돌아왔다. 하지만 무슨 일이 벌어지고 있을지 짐작했어야 했다. 가끔 엄마의 놀램은 마치 따귀를 때리는 것처럼 정신을 멍하게 했다. 내가 현관문을 열었을 때 집안에서는 파우더와 향수 냄새가 났고 여자 웃음소리도 들렸다. 젊은 여자 목소리 같았지만, 분명히 엄마였다. 꽃병에는 꽃이 한 다발 꽂혀 있었다. 카펫도 바뀌어 있어서 집이 낯설게 느껴졌다. 복도를 따라 걸어가는데 갑자기 조용해졌다.

"엄마? 저 왔어요!"

내가 엄마를 불렀다.

"염병할!"

엄마의 목소리가 들리더니 더 날카로운 소리가 이어졌다.

"빌어먹을!"

엄마가 부엌문을 열고 찌푸린 얼굴로 뭐라고 거짓말을 하기도 전에 나는 사과부터 하려고 했다.

"엄마 친구가 와서 말야."

엄마가 말했다.

엄마랑 나누고 싶었던 여행의 즐거움은 날아가버렸다. 엄마는 얼굴이 상기되어 있고 머리는 헝클어져 있었으며 화가 난 것 같았다.

"괜찮아요."

그 자리에 괜히 왔다는 생각이 들었다.

"전 부두에 낚시하러 갈 거예요. 어… 램지랑요. 밤새 있을 거라 제 물건 좀 챙기러 온 거예요."

오래 전부터 밤낚시를 하기로 약속은 했었지만 그날 하기로 한 건 아니었다.

필버트 씨는 엄마가 일하고 있던 농장의 주인인데, 그때 정원에서 와이셔츠 바람으로 나타났다.

"안녕, 지미."

그가 내 눈을 쳐다보지도 않고 인사했다.

거실 탁자에는 먹을 것들이 있었고, 처음 보는 흰색 테이블보가 덮여 있었다. 초록색 포도주병에는 양초가 남아 있었는데, 촛농이 병 주위로 흘러내려 굳어 있었다. 그 전날 저녁부터 그렇게 켜져 있었던 것 같았다.

필버트 씨가 결국 내 눈을 쳐다봤고 나도 그의 눈을 쳐다봤다.
"지미, 낚시에서 몇 시에 돌아오니?"
"아침에나 올 거예요. 밤낚시 하러 가거든요. 엄마, 내일이 방학 마지막 날이니까 오늘밖에 시간이 없잖아요. 제가 말씀드린 것 같은데. 그래서 엄마는 제가 내일 돌아올 줄 알았던 거잖아요."

또 다른 거짓말이 나왔지만 엄마는 다른 질문을 하지 않았다. 내가 다시 집을 나간다는 사실에만 안도하는 것이었다. 필버트 씨는 바지 주머니에서 동전을 몇 개 꺼내주면서 뭐라도 사먹으라고 했다. 그의 돈을 한 푼도 받고 싶지 않았지만, 그러면 안 될 것 같아서 그냥 받았다.

나는 따뜻한 옷으로 갈아입고 낚시장비를 가지고, 어느새 표정이 밝아진 엄마가 준비해준 보온병을 받아 밤거리로 나섰다. 내 자전거 여행에 관해 얘기할 사람은 아무도 없었다. 엄마도 아니었고, 외할머니도 없었다. 외할머니는 오후 5시 30분이 지나면 외출하지 못하도록 되어 있었던 것이다.

나는 해변산책로에 서서 필버트 씨가 준 돈을 바닷가에 던져버렸다.

그날 저녁, 부두에 대구가 몰려와서 나는 상당히 많이 잡았다. 하지만 잡아서 뭐하겠는가? 나는 그것들을 밤새 한 마리씩 물속으로 던져넣었다. 다 넣고 나니 너무 피곤해서 아무 생각도 할 수 없었다.

나는 다른 사람들 눈에 낚시하는 것처럼 보이도록 미끼도 없이 낚싯줄을 물속에 던져넣었다. 그리고 대합실 그늘에 몸을 숨긴 채 웅크리고 앉아 바다에 떠있는 불빛들을 바라보다 잠이 들었다.

내가 어렸을 때 파도 소리와 조류의 리듬은 세상의 모든 음악이었다. 그것은 스스로 박자와 선율을 바꾸는 교향곡이었다. 바람이 바뀌면 발라드는 오페라로 바뀌었고, 밤이 내리면 진혼곡으로 바뀌었다. 그날 밤 내가 불편한 자세로 고민 속에 자면서 들은 음악은 진혼곡이었다. 그날 엄마는 열정적인 남자의 팔에 안겨 있는 동안 아들의 거짓말을 믿고 싶었을 것이다. 전쟁이 끝나던 해 내 아버지의 품속에 누워 있을 때처럼 말이다.

나는 그 다음날 집으로 들어갔다. 그날은 일요일이었다.

새 학기가 시작되기 전날 밤이자 무더운 여름이 끝나던 그날 밤, 엄마는 내가 방 정리를 안 하고 교복도 준비해놓지 않았다며 트집을 잡아 고래고래 소리를 질렀다. 우리는 큰소리로 싸웠고 엄마는 문을 쾅 닫고 나가 버렸다.

나는 혼자서 저녁을 해먹었다. 그리고 싸늘한 침대로 들어갔다.

엄마는 아침도 만들어주지 않았다. 그래서 내가 알아서 준비해 먹었다. 그렇게 6학년 첫 날을 불길한 예감으로 기차역을 향해 출발했다.

해리엇이 대학에 가서 새로운 삶을 시작하기 전에 나는 그녀를 두 번 만났다.

처음 만난 것은 내가 새 학기를 시작하고 3주 후였다. 그녀가 전화를 해서 우리는 바다 앞 공터에서 만났다.

"내일 학교로 가니까 작별인사하려고 불렀어."

나를 쳐다보는 그녀는 성숙해보였다.

다시 낯선 사이가 돼버린 것 같은 느낌이었다.

나는 힘없이 말했다.

"잘 지내."

그때 생각나는 것이 있었다.

버블스 아저씨가 뜻밖에 노어 가로 배웅하러 나왔던 일이었다. 내가 처음 등교하던 날, 단지 잘 지내라는 인사를 하기 위해서.

"기차가 몇 시에 출발해?"

"내일 아침, 9시 조금 지나서."

내일은 토요일이었다.

"그럼 얼마 안 남았네."

그녀가 몹시 그리울 것 같았다.

"그럼 잘 있어."

그녀가 말했다.

"잘 가."

토요일 아침이 되자, 나는 일찍 일어나 모래언덕으로 갔다. 몇 년 동안 해리엇이 가르쳐줬기 때문에 내가 찾는 것들이 어디에 있는지 잘 알고 있었다. 일찍 나섰고 자전거를 타고 갔지만 늦을 뻔했다.

기차역에 도착하자 나는 천천히 걸어가면서 호흡을 골랐다. 해리엇에게 뭐라고 말해야 할지 정확히 생각나지 않았다. 그것이 중요하다는 생각뿐이었다.

기차가 역에 들어와 있었기 때문에 그녀를 찾는 것은 어렵지 않았다. 그녀는 창밖으로 몸을 내밀고 아버지와 작별인사를 하고 있었다. 해리엇은 정장 차림에 머리도 단정하게 정돈되어 있었다. 행복해 보이지도 않았고 그렇다고 슬퍼 보이지도 않았다. 그녀는 긴장한 듯 역내의 신호판을 보고 있었기 때문에 내가 다가가는 것을 보지 못했다.

"안녕."

내가 그녀를 불렀다.

그녀의 아버지는 미소를 지으며 뒤로 물러났고, 해리엇은 고개를 돌리고 나를 봤다. 그녀의 얼굴에 나타난 표정은 기쁨과 슬픔, 흥분과 두려움, 희망과 당황이었다. 그것은 모두 나를 봐서 반갑다는 표시였다.

"인사하려고 왔어."

내가 말했다.

"너 주려고 오늘 아침에 이걸 꺾어 왔어. 그러니까 넌 이제 나중에까지 간직할 수 있는 과거의 추억을 가지고 가는 거야."

어떻게 내 입에서 그런 말이 나왔는지 모르겠지만, 어쨌든 그렇게 말했다.

나는 모래언덕에 있던 모든 종류의 꽃을 그녀에게 줬다. 체꽃, 석죽, 달래, 사철쑥, 엉겅퀴, 수레국화, 모두 그녀가 내게 이름을 가르쳐준 것들이었다. 그리고 그 가운데에는 양지꽃이 그녀를 다시 만나고 싶다는 내 소망을 전하고 있었다. 그녀가 내게 처음으로 가르쳐준 그 꽃의 노란빛은 내가 아는 어떤 꽃보다 따뜻하고 선명한 색이었다. 대부분 말라 죽거나 시들해져 있었지만, 다행히 그때까지 활짝 피어 있는 한 송이를 찾을 수 있었다. 하지만 그녀는 시든 꽃도 개의치 않았을 것이다. 나는 그것들을 바닷가에서 주운 붉은색 끈으로 묶었다. 높은 파도에 휩쓸려온 잡동사니에서 그걸 찾느라고 늦을 뻔한 것이다.

해리엇은 나한테서 그것을 받아들고 미소를 지으며 바라봤다. 그러더니 다시 나를 보고 그녀의 아빠가 거기 있는데도 내 머리를 끌어다 키스를 했다. 나도 그녀에게 키스했다. 그것은 내가 언젠가는 꼭 해보려 했던 꿈의 키스였다. 자유롭고 편안하게, 영화속 주인공들처럼 꼭 그렇게.

신호가 바뀌었고 기차가 갑자기 역을 미끄러져 나가기 시작했다.

"몸조심해라!"

그녀의 아빠가 소리쳤다.

"저녁에 전화하고!"

"아빠, 안녕히 계세요!"

"잘 가!"

내가 소리쳤다.

"잘 있어, 지미!"

미소를 지으며 손을 흔드는 그녀의 눈에는 슬픔과 기쁨의 눈물이 고였다.

'잘 가, 해리엇' 기차가 굽은 길을 돌아가면서 그녀의 손 흔드는 모습이 사라지자 나는 조용히 속삭였다.

"자…."

해리엇의 아버지가 말했다.

"지미, 해리엇이 이젠 우리를 떠났구나."

"네."

"해리엇은 네 생각을 많이 했단다. 항상 그랬어. 그 애에게 친구가 꼭 필요했는데 그때 너를 만난 거야."

해리엇과 작별인사를 하다가 흘린 눈물이 그의 눈에 남아 있었다.

나는 그를 쳐다봤고 그도 나를 쳐다봤다. 그리고 우리는 함께 걷기 시작했다. 한 쪽은 젊었고 다른 한 쪽은 늙었다. 한 쪽은 살 날이 많았고 다른 한 쪽은 살아온 날이 많았다. 한 쪽은 강해지고 있고 다른 한 쪽은 약해지고 있었다. 두 사람은 방향이 달랐다.

헤어질 때 그가 손을 내밀어 우리는 악수를 했다.

"올해부터 대학 시험을 준비하지?"

나는 고개를 끄덕였다.

"잘 해라. 너도 해리엇만큼 잘 할 거라 믿는다."

"노력하겠습니다."

최우수상

그 해 여름이 지나고 조엣은 도버에 있는 어떤 화물자동차 회사에 다니기 시작했다. 그래서 그를 자주 볼 수 없었는데, 가끔 보면 그는 우리들보다 더 마르고 더 강해진 것 같았다. 옷도 더 좋은 것을 입고 다녔다. 고다드는 램지처럼 미술을 선택했기 때문에 학교에서 마주치는 일이 점점 드물어졌다. 램지와 나는 전처럼 똑같이 지냈지만, 그도 달라진 점이 있었다.

그해 8월 해변에서 수영할 때 보니, 그는 나보다 몸에 털이 더 많았고 근육도 더 멋있었다. 어깨와 팔뚝이 굵고 튼튼해 보였다. 그가 골프를 열심히 하고 있어서 그랬는지, 한창 크고 있을 때라 그랬는지 그것은 알 수 없었다. 이제 아무도 그를 못살게 굴지 않았다.

그는 골프에 푹 빠져 있었고, 새로 들어온 같은 학년의 개리스 필드라는 아이도 골프를 했다. 그는 램지 집과 가까운 사우스스토닝에 살았고 골프장도 가까웠다. 그 두 사람은 주말마다 함께 골프를 쳤기 때문에 나는 학교 밖에서 램지를 만나는 일이 드물어졌다.

톰 브로디는 나처럼 수학과 물리를 했고, 내가 영어를 하는 대신 그는 화학을 했다. 그는 원래 말수가 적었고 그 후에도 달라지지 않았지만, 우리는 서로 믿고 의지했다. 실습이 필요할 때면 같은 팀이 되어서 했고, 내가 수학에서 그보다 잘한 만큼 그는 물리에서 나보다 나았다. 그때까지도 워튼 선생님의 비법을 마음에 새기고 우리는 시험에 대비해서 서로를 격려했다.

시간이 쏜살같이 흘러 가을이 지나고, 강풍이 부는 겨울도 지나고, 어느새 비가 많은 봄이 왔다. 어렸을 때와는 달리 시간은 멈추지도 않고 느릿느릿 가지도 않았다.

비가 많은 여름이 다가왔고, 세차게 내리는 비와 함께 운동경기도 많아졌다. 램지가 그의 클럽 대표로 뛰는 골프대회도 많아졌다. 석회암 위에서도 초록색 잔디밭은 폭신해 보였다.

비에 대한 나의 공포는, 그때까지는 별 고민거리라고도 할 수 없는데 그 해에는 유난히 심해졌다. 해변에 있다가 갑자기 쏟아지는 비를 맞고 꼼짝 못하는 일이 심심치 않게 있었다. 그때까지도 나는 달리 할 일이 없으면 바닷가에서 주울 게 없나 돌아다녔던 것이다. 비가 오거나 바람이 분다고 해서 밖으로 안 나가는 건 아니었지만, 어쨌든 불안했다. 게다가 바다 쪽에서 해안을 향해 쏟아붓듯이 내리는 비를 맞으면 나는 그 자리에서 얼어붙고 말았다. 모래언덕이나 스태닉 만처럼 근처에 피할 데가 없거나 피할 시간이 없으면, 나는 몇 십분, 때로는 한두 시간 동안 추위에 떨면서도 그 자리에서 꼼짝 못하고 서 있었다. 내 안의 두려움과 공포는 그 정도로 극심했다.

엄마는 이 문제에 대해 알고 있었지만 그저 시간이 지나면 나아질 거라고만 했다. 학교 친구들은 나의 그런 나약한 모습을 희한한 증상으로만 치부했다. 다른 사람들과 함께 있으면 빗속에서도 걸을 수는 있었던 것이다. 곁에 사람들이 있으면 그 무시무시한 마력이 힘을 못 쓰는 것 같았다. 하지만 그들은 증상이 얼마나 심각한지 몰랐다. 오직 램지와 브로디만이 폭우가 내게 얼마나 공포스러운 것인지 알고 있었다. 두 사람은 그것에 관해 별 얘기는 하지 않았지만, 비가 쏟아질 때면 나를 기다려주고 내 옆에서 함께 걸으며 역으로 오갈 수 있게 해주는 믿을 만한 친구였다. 5월과 6월 비가 오는 날이면 그 두 사람은 번갈아가며 나를 집까지 바래다주었다.

"괜찮니?"

브로디는 이렇게 묻곤 했다.

"자, 다왔다!"

램지의 작별인사였다.

비가 오는 아침이면 가까이 사는 브로디가 나를 데리러 오기도 했다.

"괜찮겠니?"

"이러지 않아도 되는데."

말은 그렇게 했지만, 사실 비가 올 때마다 내 두려움은 조금씩 커져갔고, 머리가 멍해지는 증상도 심해졌다. 그러다가 어느날 찻길이나 기찻길 한 가운데처럼 생명이 위험한 상황에서 빗속에 갇히게 될까봐 두려웠다. 나는 암벽등반가들처럼 대문간이나 나무들, 비를 피할 만한 시설물을 중심으로 도망칠 노선을 점검하기 시작했다. 비를 맞고 우레 소리를 들으며 마비된 채 서 있어야 하는 것은 공포였다.

그렇지만 두려움을 품고 먹구름에서 눈을 떼지 않으면서도 여전히 나는 모래언덕을 넘어 다녔고 해안을 따라 걸었다.

"이유가 뭐야?"

한번은 램지가 물었다.

"왜 무서워하느냐고."

나도 몰랐다. 그저 비는 두려움이었고 공포였다. 우리들은 그 단어도 잘 알지 못했지만 말이다. 그것은 뭔가를 잃어버린 상황에 직면했는데 아무것도 할 수 없는 무기력한 느낌이었다. 그것은 아무것도 모른다는 느낌, 방향감각 상실이었다. 그 정도가 너무 극심해서 무엇을 해야 할지를 모르고 그래서 아무것도 하지 않는 상태가 되는 것이다. 비의 감촉뿐 아니라 빗소리도 나를 마비시켰다. 북을 두드리는 것 같은 두두둑, 두두둑, 하는 소리.

그 여름학기에 오랫동안 우리 교장선생님으로 있던, 약해 보였지만 인자했던 버나드 스마일즈 선생님이 엄마가 얘기했던 대로 건강 문제로 퇴임하게 되었다. 플랙스 학장이 오랫동안 학교를 좌지우지하고 있어서, 우리는 아침조회 시간이나 상장을 수여할 초청 인사들을 소개하는 졸업식 날이 아니면 교장선생님의 존재조차도 잊고 있을 정도였다. 아침조회 시간에도 플랙스 학장은 교장선생님을 거의 무시했다. 새 교장에 누가 취임할 것인가를 두고 소문이 무성했지만, 가장 유력한 사람은 스마일즈 교장선생님이 퇴직한 후 임시 교장을 맡고 있는 플랙스 학장이었다.

그날 아침조회에서는 새로운 냉랭함이 우리를 내리누르고 있었다. 가운 차림의 선생님들 - 그 중에는 워튼 선생님도 있었다 - 은 플랙스 학장 뒤에 순종적인 자세로 나란히 앉아, 무표정한 얼굴로 정면을 바라보고 있었다. 플랙스 학장이 지명하면 대표로 기도를 하거나 간단한 공지를 하는 모습이 마치 그의 곡에 맞춰 춤추는 것 같았다.

플랙스 학장은 좀더 활달하고 온화한 분위기를 풍기면서 자신의 새 역할에 신속하게 적응하고 있었다. 하지만 사악한 표정은 그대로여서 그가 강당의 이쪽저쪽을 노려보거나 어떤 학생들을 보거나 자신이 못마땅해하는 어떤 선생님에게 눈을 돌리기만 하면 주위는 쥐 죽은 듯 조용해지고 우리의 불안한 시선은 이리저리 흔들렸다. 그 모습은 개의 이빨에 걸릴 차례가 누구인지 전전긍긍하는 양떼들 같았다.

우리 지역의 생활금고에서 일하고 있던 엄마는 온갖 종류의 소문들을 듣고 와서 내게 전해줬다. 아무도 플랙스 학장이 교장직에 오르는 것을 원하지 않지만 모두들 그를 두려워하고 있고, 군인인 이사장도 그의 손에 꽉 잡혀 있다는 것이다.

"비열한 작자야, 플랙스 학장은."

엄마가 말했다.

"하지만 그게 인간 세상이지. 나약하고, 이기적이고, 이끌고 싶어 하면서도 누군가 이끌어주기를 바라는 인간들. 어쨌든 플랙스 학장은 너희 학교의 교장이 될 만큼 영리한 사람은 아냐. 해만 될 뿐이지."

그 말은 사실이었다. 시간은 계속 흘러 전쟁의 기억들이 빠르게 사라지고 있었다. 60년대가 시작되면서 문학이나 과학 분야의 학위가 해병대나 국군훈장보다 더 대접받게 되었다. 하지만 시대의 변화와 무관하게 굴러가던 우리 학교는 머리가 더 희끗희끗해지고 더 야윈, 하지만 말쑥한 트위드 재킷에 잘 다림질된 트윌 바지, 그리고 반짝거리는 구두 차림의 무서운 플랙스 학장이 여전히 통치하고 있었다.

 통상적으로 여름 학기의 마지막 화요일로 정해진 우등생 표창일이 다가오고 있었다. 졸업식 며칠 전에 열리는 그 행사는 플랙스 학장이 위세를 떨칠 수 있는 좋은 기회였다. 그 행사는 항상 대강당에서 열렸으며, 저학년들은 앞쪽의 바닥에 앉고, 학부형들은 그 뒤쪽, 나머지는 맨 뒤쪽에 앉았다. 나 같은 최고학년들은 양쪽에 서서, 입장하는 사람들에게 자리를 안내하고 필요한 경우에는 질서유지를 돕기도 했다.

 우리를 둘러싸고 있는 벽에는 니스칠이 된 수많은 목판에 그 동안의 수석학생, 장학생들이 금색 글씨로 새겨져 있었다. 그리고 스포츠 부문 수상자와 그 해의 모든 분야에서 가장 뛰어난 학생에게 주는 최우수상 수상자의 명예로운 이름도 새겨져 있었다. 우리 친구들 가족은 아무도 없었지만, 템플러의 삼촌은 거기에 있었다. 그는 전쟁 전에 스포츠 부문 수상자였던 것이다. 그래서 템플러는 항상 그보다 더 잘할 수 있다는 생각을 하고 있었다. 하지만 우리들은 자랑스러워할 일도 축하할 일도 없었다.

 그래서 우리의 마지막이자 한 번뿐인 우등생 표창일도 우리 친구들에게는 별 기대 없이 다가왔다. 이사장은 축사를 할 것이고, 수상자들은 유명인사들한테서 상을 받을 것이고, 그 유명인사들도 연설을 할 것이다. 그리고 나머지 대다수 – 엄연한 패배자들 – 에게는 축하의 소리가 무겁게 마음을 내리누를 것이다.

 해마다 램지나 나, 템플러, 브로디 같은 학생들은 아무런 수상의 가능성 없이 그것을 지켜봐왔다. 그동안 열심히 공부해온 우리 친구들 여섯 명 중에서 상은 받아본 사람은 고다드뿐이었다. 그 상도 하급반의 과목우수상이었고 상품은 트로피가 아니라 도서상품권이었다. 인정받는 것은 트로피였고, 그것도 더 크고 더 은빛이 날수록 좋은 것이었다. 그 중에서도 선망의 대상은 최우수상 트로피였다. 30년대에 어떤 수석졸업생이 기증한 것으로 과목성적과 스포츠에서 가장 뛰어난 학생에게 수여되는 것이다. 내가 학교에 다니는 동안 그것은 항상 기숙사생에게 돌아갔고 우리 학교에서는 별로 변하는 게 없었으므로 그 해에도 기숙사생에게 돌아갈 것이 분명했다. 우리에게는 아무런 희망이 없었고 우리가 할 일은 말쑥한 차림으로 박수를 치는 것뿐이었다.

그 해의 우등생 표창일은 플랙스 학장이 공식적으로 교장에 취임하는 자리가 될 것으로 모두들 예상하고 있었다. 모든 통학생들에게는, 그리고 분명히 많은 선생님들에게도 그것은 원하지 않는 상황이었을 것이다. 그래서 그 전날 학교는 전체적으로 가라앉은 분위기였다.

하지만 그날이 다가오면서 고조되는 흥분은 어쩔 수 없다. 시험이 끝나고 지루한 일상이 깨지는 것도 좋지만, 학교의 긴장이 풀리고 오랜 여름방학을 준비하는 분위기로 돌입하기 때문이다. 지난 교장선생님과는 달리 느긋한 성격이 못 되는 플랙스 학장의 지시로 우리 졸업반 학생들은 수업시간에 차출되어 사물함을 정리하고, 의자를 정렬하고, 탁자들을 나르는 등 학교를 깔끔하게 정돈했다.

2년차 6학년들 중 몇몇은 직장이나 대학교의 면접을 위해 자리를 비웠고, 그 시즌의 테니스나 크리켓 시합의 결승전을 위해 켄트 지역에 가 있는 사람도 있었다.

램지도 필드와 함께 스코틀랜드의 세인트 앤드류스 학교에서 열리는 골프경기 때문에 학교에 빠졌다. 그런데 신나는 일은 브로디와 내가 담당 선생님과 함께 스태닉에 있는 인쇄소에서 교지 여름호와 표창식 프로그램 안내장을 가져오기로 되어 있었던 것이다. 인쇄업자는 그 프로그램 안내장을 상자 밖에 테이프로 붙이기 때문에 우리는 수상자를 미리 볼 수 있었다.

"쳇!"

브로디가 실망스러운 어조로 말했다.

"올해도 마찬가지군."

올해의 최우수상 수상자는 낯익은 이름이었다. 항상 그랬듯이 기숙사생이었다. 이름은 가드너. 크리켓 팀 주장으로서 작년엔 과학상 수상자였는데 올해는 최우수상 수상자가 되는 것이다. 그것을 알고 나자 맥이 빠져서 우리는 그 날이 오거나 말거나 별 관심을 두지 않았다.

마침내 마지막 화요일이 다가왔고, 그동안 학교에 나오지 않았던 6학년들도 면접이나 운동경기에서 돌아와 학생수는 다시 원래대로 늘어났다. 옥스퍼드나 케임브리지 대학교에 참관하러 갔던 학생들, 육군과 공군 본부에 다녀온 두 사람도 집결했다. 식이 임박했을 때 램지와 필드도 골프시합에서 돌아와 참석했다.

교장선생님 자리에는 우리 6학년이 준비한 차가 놓여 있었다. 누구의 부모가 참석했는지를 보고, 선생님들의 언질을 떠올리며 누가 어떤 상을 탈 것인지에 대한 소문이 돌기 시작했다.

플랙스 학장은 새로 맞춘 가운을 입고 거만하게 앉아 있었다. 자신이 교장의 직책을 맡았다는 것을 선포하는 듯한 태도였다. 워튼 선생님은 흰색 여름 재킷에 붉은 카네이션을 꽂고 있었다. 잡담소리와 웃음소리, 악수, 따뜻한 인사, 모든 것이 흥겨운 분위기를 만들어 내자, 플랙스 학장이 교장직을 승계하는 일 때문에 생긴 울적함도 어느 정도 가시는 것 같았다. 그때까지 심드렁한 표정을 짓고 있던 브로디와 나는 이런저런 일에도 불구하고 묘하게 흥분된다는 사실을 솔직하게 받아들였다. 비록 우리는 그 주인공들하고는 관계가 없지만 말이다.

하지만, 그 해는 뭔가 분위기가 달랐다. 수상한 낌새가 감지되었다. 우리가 강당에 집결할 시간이 임박함에 따라, 전에 없던 흥분된 기운이 학교 안에 퍼져나갔다. 뭔가 특별한 일이 벌어질 거라는 놀라운 소문이었다.

그게 뭘까? 우리는 어린 학생들과 학부모들을 눈부신 야외 잔디밭에서 강당으로 안내하면서 무슨 일이 벌어질 것인지 궁금해하고 있었다.

강당이 가득 차고 수근거림이 퍼지면서 우리는 그것이 무엇인지 깨달았다. 은색 트로피들이 놓인 테이블 위에 우리가 한 번도 못 봤던 트로피가 놓여 있었던 것이다. 그것은 최우수상 트로피 옆에 놓여 있었는데, 그것보다 훨씬 번쩍이는 은빛이어서 최우수상 트로피가 초라해 보일 정도였다. 볼록한 손잡이와 뚜껑도 있어 더욱 화려해 보였다. 그것이 무슨 상인지는 몰라도, 그때까지 본 것 중에서 가장 멋졌다. 다른 수상자들은 물론이고 가드너까지 기죽게 할 것 같은 트로피였다.

우리는 그 상의 정체를 알아보려고 목을 길게 빼고 거기에 뭐라고 적혀 있는지 읽어보려고 했다. 하지만 연단은 너무 높았고 그 컵은 다른 방향으로 돌려져 있었다. 게다가 햇빛은 연단에 정면으로 비치고 있어서, 우리는 성배처럼 빛나는 그 트로피를 쳐다보기도 어려웠다.

선생님들이 입장하고 그 뒤에 앉자 웅성거리는 소리가 잦아들었다. 이어서 이사회 임원들과 플랙스 학장이 입장했고, 마지막으로 이사장이 상장을 수여할 유명인사를 대동하고 들어왔다.

기다렸다는 듯이, 학생들 사이에서 다시 수군거리는 소리가 들렸다. 새로 등장한 트로피를 둘러싸고 추측들이 난무하기 시작한 것이다. 그것이 왜 거기에 있고, 누가 그것을 받을 것인가. 하지만 그럴싸한 추측은 없었다.

원래 수상예정자들은 수상 순서대로 맨 앞 두 줄에 앉는다. 가장 가벼운 상은 연단에서 가장 가까운 자리에, 최우수상 수상자는 가장 먼 자리에. 그들은 한 명씩 연단의 오른쪽으로 안내되어 표창자와 악수를 하고 상을 받는다. 환호성과 박수소리는 점점 커지고 스포츠상에 이어 마지막으로 최우수상이 수여될 때는 학생들이 발을 구르고 소리를 지르고 박수도 최대한 힘차게 친다.

새 트로피를 보고 우리들은 방금 배포된 프로그램 안내장에 나와 있지 않은 사람 중 수상자 자리에 앉아 있는 사람이 누구인지 알아보려고 가봤다. 하지만 그 외의 사람은 없었다. 그렇다면 이미 수상자로 예정된 사람 중에서 누군가가 마지막이자 가장 영광스러운 그 상을 동시에 받을 수도 있다. 가드너가 그 주인공일지도 모른다.

수상식이 진행됨에 따라 흥분은 눈에 띄게 고조되었고, 수군거리며 추측하는 소리도 활기를 띠었다. 어쩌면, 그 트로피는 어느 한 개인에게 주어지는 것이 아니라 전체 학생들에게 주어지는 것일지도 모른다.

그 동안, 플랙스 학장은 교장직에 대한 확신이 점점 커지고 긴장이 풀리면서 흐뭇한 표정이 되어갔다. 수상자의 이름을 발표하고 그들에게 연단으로 올라오라는 신호를 보내는 사람이 그였다. 또한 유명인사가 상을 수여하고 악수를 하고 나면 수상자들에게 연단에서 물러나 제자리로 돌아가도록 지시하는 사람도 그였다.

스포츠상이 수여되었고, 열광적인 발구르기와 환호소리가 울려퍼졌다. 그리고 마지막으로 최우수상 차례였다. 전보다 더한 열광적인 반응 - 특히 기숙사생들의 - 이 터졌다. 우리 통학생들도 박수를 치기는 했지만 마지못해 치는 것이었고 발은 구르지도 않았다. 드디어 수상내역이 밝혀지지 않은 새 트로피만 남게 되자 기대감으로 가득 찬 침묵이 좌중을 압도했다.

플랙스 학장이 점잔을 빼며 침착하게연단에 나타났다. 이사장마저 안절부절 못하며 흥분한 것 같았다.

"이제 이사장님께 격려의 말씀 부탁드립니다."

플랙스 학장이 말했다.

이사장이 자리에서 일어날 때 그는 박수를 보내달라는 손짓을 했다.

이사장은 그다지 유창하거나 좌중의 주목을 끄는 연설자는 아니었다. 그는 보수적인 장교들이 쓰는 짧게 끊는 말투로 연설했는데, 그날 오후에는 왠지 불안해 보였다. 어쩌면 우리 학생들과 일부 학부모들이 그 의혹의 트로피에 지나치게 흥분하는 것을 보고 기분이 언짢았는지도 모르겠다.

그는 1년 동안 학교에서 거둔 성과들과 이사회에서 결정한 여러 가지 사안들 - 대부분은 예산과 신축건물 계획들에 대해 - 에 대해 얘기했다. 학교를 떠나는 몇몇 선생님들을 치하하고, 최근에 퇴직한 후 세상을 뜬 어떤 선생님을 애도하고, 수십 년 전에 이 학교에 다녔던 학생들 세 명의 죽음도 언급했다.

"하지만 이사회에서 교육관계자들과 협의하여 내린 가장 중요한 결정은 새 교장선생님의 임명입니다. 여러분들도 아시는 바와 같이…"

그는 최근 퇴임한 전 교장선생님에 대해 얘기하면서 공감의 박수를 이끌어냈다. 또한 그 직책에 지원했던 사람들의 높은 수준에 대해, 그래서 이번 결단을 내리기가 얼마나 어려웠는지에 대해서도 언급했다. 그러다가 그는 플랙스 학장을 일별했다. 그 눈짓을 보고 우리는 그의 임명을 기정 사실로 받아들였다.

하지만 그보다 먼저 해야 할 일이 남아 있었다.

"제가 우리 학교의 새 교장선생님 이름을 발표하기 전에, 우리는 보기 드문 상, 사실은 아주 특별한 상을 수여할 것입니다."

드디어 그 트로피의 주인공, 문제의 주인공이 발표되는 순간이었다. 쥐 죽은 듯이 조용해진 분위기에 압도되어 우리는 숨도 제대로 쉬지 못했다.

"그런데 이것은 해마다 주어지는 상이 아니고, 사실 우리 학교에서 주는 상이 아닙니다. 그럼, 교장, 아니 임시 교장선생님이신…"

이 작은 실수는 킥킥거리는 소리와 낭패라는 듯한 수군거림, 심지어는 한두 번의 박수소리까지 초래했다. 그 중에서도 기숙사생의 부모들은 고개를 끄덕이며 서로 팔꿈치로 쿡쿡 찌르며, 모두가 알고 있는 사실, 즉 플랙스 학장이 새 교장으로 부임할 거라는 사실을 확인했다. 하지만, 그는 태연함을 유지했다. 비록 평소의 창백한 얼굴에 기쁨으로 인한 홍조가 나타나긴 했지만.

"저는 임시 교장선생님께 이 훌륭한 성과를 발표하고 이 특별한 트로피도 수여해줄 것을 부탁드리는 바입니다."

플랙스 학장이 일어났다. 그는 쓸데없는 말을 하지 않고 바로 본론으로 들어갔다.

"임시 교장으로서…."

다시 한번 가벼운 웃음소리가 들렸고, 그는 이해한다는 표정을 지었다.

"이런 발표를 하게 되어 영광으로 생각합니다. 제가 학교 기록을 면밀히 검토한 결과 우리 학교에서 전국대회 우승자를 처음 배출한 때는 1865년이었고, 그 후로는 한 번도 없었습니다. 하지만 이제 그런 경사가 일어났음을 기쁜 마음으로 알려드립니다. 석 달쯤 전에, 어떤 학생이 교장실을 찾아왔습니다. 지금 이 자리에 있는 학생입니다. 그 학생은 다른 학생과 함께 학교대표로 스포츠 경기에 나가게 해달라는 것이었습니다. 그 종목에 우리 학교는 한 번도 출전한 적이 없었는데 말입니다. 그래서 그 학생들이 중요한 상을 받으리라고는 아무도 기대하지 않았습니다. 그것은 전 교장선생님이 병으로 퇴직하기 전에 내렸던 마지막 결단이었습니다. 당연히 저는 임시 교장으로서 현명하고 관대한 그 결정을 따랐고, 6학년 하급반인 그 두 학생에게 최선을 다해달라고 격려했습니다. 두 사람은 영국 내 모든 학교 대표선수들과 경쟁했습니다. 지금까지 그 대회에서는 항상 사립학교 학생들이 우승을 차지했죠. 이런 표현을 써도 될지 모르지만, 우리들보다 특권을 많이 가진 학생들이라고 할 수 있습니다. 그런 대회에 나가서 이 학생들은 자신들의 실력만 믿고, 단순한 학교

대표라는 데 만족하지 않고 그 이상의 성과를 이루겠다는 결심으로 참가했습니다."

그는 잠시 말을 멈추고 앞에 있는 멋진 은색 트로피를 쳐다봤다.

"그런데 장하게도 그들은 멋진 경기를 치렀습니다. 그저 몇 등 안에 든 정도도 아니고, 2등이나 3등도 아니었습니다. 1등을 차지한 것입니다. 학부형 여러분, 학생 여러분, 어제 오후 스코틀랜드의 세인트 앤드류스 학교에서 열린 전국 학생 골프대회에서 모든 참가자들을 물리치고 우승한 두 학생을 박수로 맞아주시기 바랍니다. 데이비드 램지와 개리스 필드입니다."

플랙스 학장이 이름을 발표하기 전에 나는 뭔가 낌새를 눈치챘다. 발표가 끝나자 나는 놀란 얼굴로 램지를 쳐다봤고, 그는 박수소리와 발 구르는 소리에 둘러싸여 내 귀에 대고 속삭였다.

"그 비법이 이번에도 통했어!"

나는 웃으며 그와 악수했다. 그리고 필드와 함께 연단으로 나가도록 등을 밀었다.

그의 등이 아팠다면 연단까지 그가 느리게 가는 동안 칭찬의 의미로 학생들이 등을 두드렸기 때문일 것이다. 내가 시작한 일이었다. 나는 소리를 지르고 박수치고 다른 아이들처럼 앞으로 몇 걸음 걸어나갔다. 그때까지 우리들은, 특히 우리 통학생들은 상을 한 가지도 받아보지 못하고 항상 수상자들이 상을 받고 악수하는 모습을 지켜보기만 했었다.

이제 우리 중에서도 수상자가, 진정한 수상자가, 전국적인 규모의 수상자가, 폐쇄적인 우리학교의 담을 한참 넘어 용감하게 도전한 수상자가 나온 것이다.

통학생.

한때 허약했다.

그 희생자가 승자가 된 것이다.

우리의 박수는 램지만을 향한 것이 아니었다. 그것은 우리 모두, 그와 필드가 대표했던 우리 모두에게 보내는 박수였다.

우리의 함성소리와 박수는 전염성이 강해서 램지가 계단을 오를 때는 선생님들이 일어서고 그 다음에는 학부형들도 일어섰다. 그리고 두 사람이 연단으로 올라 상 중의 상, 진정한 최고상, 우리가 처음으로 본 그 상을 받아들 때까지 웅성거리는 소리와 함성소리는 그치지 않았다.

나는 램지가 어떤 애인지 잘 알고 있었고, 수상자 이름이 발표될 때 순수하게 기뻐하는 그의 표정도 봤지만, 그가 계단을 오르고 플랙스 학장이 트로피를 들어 악수를 하기 위해 오른손을 내밀 때, 그의 얼굴이 창백해지자 뭔가 심상치 않은 기색을 느꼈다. 그는 플랙스 학장보다 키가 컸고 더할 나위 없는 승자의 모습이었지만, 갑자기 긴장하면서 기쁜 표정이 사라졌다.

그는 뭔가에 정신이 팔려 플랙스 학장이 아니라 트로피를 쳐다보고 있었다. 내 입에서 환호성 소리가 잦아들고, 옆에 있던 브로디도 마찬가지였다. 하지만 다른 사람들은 더욱 크게 함성을 질렀다. 그동안 램지는 플랙스 학장의 손을 잡는 것도 잊어버렸는지 아니면 거부하는 건지 그냥 트로피만 받아들고 그것을 필드와 함께 들어 올렸다. 창백하고 불안한 얼굴은 그대로였다.

함성소리는 그치지 않고 계속 되었다. 그때 학부형 석에서 '소감! 소감!' 하는 외침 소리가 들리기 시작했고, 그것은 곧바로 전체로 퍼져나갔다.

학생들은 원래 소감발표 같은 것을 하지 않는다. 한 번도 그런 적이 없었다. 선생님들에게만 기회가 주어질 뿐이다. 플랙스 학장이 앞으로 나와서 두 사람을 연단에서 내려가도록 안내했지만, 램지는 움직이려 하지 않았다.

"소감!"

우리는 함께 소리쳤고 젊은 학부모들도 가세했다. 강당 안에서는 왠지 반란의 기운이 느껴졌고, 우리 눈앞에서 혁명이 일어날 것 같은 분위기였다.

플랙스 학장의 얼굴에서 미소가 사라지면서 언짢은 기색이 드러났다. 그가 램지의 귀에 대고 뭐라고 얘기했다. 얼른 연단에서 내려가라고 하는 것 같았다.

그래도 램지는 자리에서 움직이지 않고, 트로피만 내려 앞으로 들었다. 그는 자기 내부의 어떤 생각과 싸우고 있는 것 같았다. 그러자 함성소리가 잦아들면서 뭔가를 기다리는 침묵이 흘렀다.

"한마디 해라!"

누군가가 다시 소리쳤다.

램지는 플랙스 학장을 외면하고 이사장을 돌아봤다.

이사장이 동요하는 표정으로, 어두워진 얼굴의 플랙스 학장을 쳐다보다가 여전히 기대에 차 있는 학생들과 학부모들을 바라봤다. 그리고는 램지에게 고개를 끄덕이며 앞으로 나가서 한마디 하라는 손짓을 했다. 그러자 램지는 트로피를 손에 들고 앞으로 나섰다.

그때까지 서 있었던 사람들은 다시 앉았다. 연단 가까이 접근했던 우리도 다시 제자리로 물러났다. 갑자기 무대는 램지의 것이 되었다. 그는 창백하고 몸이 안 좋은 것 같았지만 갑자기 주어진 기회를 놓치지 않았다. 그 트로피를 받기 위해 그에게 필요했을 결단력과 용기가 그때도 필요했을 것이다.

"죄송합니다."

그가 입을 열었다. 또렷한 목소리와 청중을 쳐다보는 단호한 눈빛 때문에 그는 부쩍 어른스러워 보였다.

"저는 플랙스 학장님이 우리 학교의 교장선생님이 되면 안 된다고 생각합니다."

그는 말을 멈추고 주저하다가 다시 입을 열었다. 아무도 감히 엄두를 내지 못하는 말이었다.

"저 사람은 어린 학생들을 성추행하고 있습니다. 이 학교의 교장이 되면 절대 안 됩니다. 죄송하지만…."

충격과 전율이 강당에 있던 사람들을 일시에 휘어잡았다.

"내려가."

플랙스 학장은 낮고 위협적인 목소리로 으르렁댔다. 그러다 갑자기 포화 속의 사령관처럼 소리쳤다.

"당장!"

그의 얼굴은 잿빛이 되었고 눈은 이글거렸으며 입은 야수처럼 일그러졌다. 그 모습은 분노의 화신이었다.

램지는 움직이지 않았다. 그때는 용기라기보다는 자신이 한 일에 대해 충격을 받아 움직이지 못하는 것 같았다. 강당의 분위기는 승리의 분위기에서 경악과 혐오의 분위기로 돌변했다. 하지만 갑자기 방향을 바꾼 돌풍처럼, 그 분노는 플랙스 학장이 아니라 그 날을 망친 램지에게 향하는 것 같았다.

"내려 보내!"

플랙스 학장이 목소리를 낮춰 외쳤다. 그의 목소리는 갑자기 통제력과 자신감을 되찾았다. 플랙스 학장의 하수인들이 벌떡 일어나 램지 뒤로 가더니 그를 잡아서 연단 밖으로 끌어내렸다.

이사장이 앞으로 걸어나와 램지로부터 사람들의 관심을 돌리기 위해 웃으면서 뭐라고 쓸데없는 말을 하기 시작했다.

처음에 움찔 하고 놀랐던 사람들은 당황해서 웅성거렸다. 램지는 용서할 수 없는 일을 저질렀다. 그리고 조만간에 그가 학교를 떠나면 그와 그가 한 말은 잊혀질 것이다.

나는 영웅 램지가 선생님의 손에 옷깃을 붙잡힌 채 범죄자, 우등생 표창식에 재를 뿌린 자, 그리고 다시 한번 희생양이 되려는 순간을 목격하고 있었다. 그 옛날의 두려움이 다시 그의 눈에 어리고 있었다. 그는 먼저 저항했고 살아남으려면 지원군이 필요했다.

그는 그 지원군을 찾아 주위를 두리번거렸다. 그의 손에서 트로피가 무겁게 처져 있었다. 그는 청중석 이쪽저쪽을 둘러보다가 마침내 나를 쳐다봤다. 우리가 저학년이었을 때 항상 그랬듯이. 내 등을 부드럽게 앞으로 미는 브로디의 손길이 느껴졌다. 나는 버티지 않았다.

"램지가 말한 건 사실입니다."

내 목소리가 내 귀에 들렸다. 그리고 더 큰 소리가 이어졌다.

"사실이라구요. 플랙스 학장은 어린 학생들을 성추행하고 있어요. 여기 있는 학생들 모두가 알고 있습니다. 저 사람이 우리 교장이 되기를 바라는 사람은 한 명도 없어요."

뭐라 설명하기 어려운 불쾌한 침묵이 차갑게 강당을 채웠다. 견디기 힘든 냉랭함이었다. 플랙스 학장의 가신인 어떤 선생이 램지 뒤에서 망설였고, 램지를 잡은 손이 약해졌다. 이사장은 아무 말도 못하고 입만 벌리고 있었다.

내가 앞으로 나서자 플랙스 학장이 나를 노려보았다. 나는 내가 오랫동안 기다려온 순간이 왔다는 것을 깨달았다.

"분명한 사실 아닙니까."

나는 목소리를 높이지도 않고 말했다. 사실, 내 입에서 나온 목소리는 내 것이 아니라 마이클 형의 것이었다. 그것은 강하고 무자비하고 신랄했다. 나는 앞으로 걸어나 오랫동안 꿈꿔오던 최후의 일격을 가했다.

"아니면 아니라고 말씀해 보시죠."

그가 입을 열어 뭔가 말하려고 했다. 그는 어떻게든 군중들을 자기편으로 끌어들여 그 위기를 모면할 수 있었을지도 모른다. 하지만 그때 그를 말리는 뭔가가 있었고, 그가 대응할 수 없는 뭔가가 있었고, 강당과 학교 전체에 차 있는 어둠을 빛으로 바꿀 수 있는 뭔가가 있었다. 그것은 명확한 진실의 소리를 우리가 보고 들었다는 사실이었다.

앞에서 바닥에 앉아 있던 어린 학생들 가운데서 한 명이 천천히 일어났다. 나하고 학년 차이가 많이 나서, 나는 그 애의 이름도 몰랐고 누구인지도 몰랐다. 그는 일어나 다른 학생들 사이에서 꼼짝 않고 서 있었다. 그는 그냥 어린 학생이었다. 나나 램지 그리고 마이클 형이 한때 그랬던 것처럼.

"그 말이 맞아요."

그 어린 학생이 말했다.

이사장을 향해 말한 것이다.

"사실이라구요."

그러더니 한 명씩, 오른쪽에서 왼쪽에서, 앞에서 뒤에서, 우후죽순으로 일어섰다. 대부분은 기숙사생들이었다. 그 학생들은 어떤 방식으로든 플랙스 학장의 희생양이었다.

강당은 적막에 싸였다. 그날 오후에 우리는 신의 분노를 본 것 같았다. 신이 아니라면 진실의 분노라고 해두자. 그리고 혁명의 참모습을 알게 되었다.

플랙스 학장은 그들을 노려보며 그대로 서 있었다. 그의 얼굴에서는 핏기가 사라졌다. 나약해지고 체력이 떨어지고 갑자기 늙어버린 것 같았다.

점점 더 많은 학생들이 이미 일어선 학생들을 지지하며 일어섰다. 그리고 전체 학생들이 일어섰다. 그러다가 어떤 소곤거림이 시작되었다. 플랙스 학장의 말투만큼이나 가차 없는 말이었다. 내 옆에 있던 브로디에서 조용히 시작되었지만 그것은 급속히 퍼져나가 마침내 플랙스 학장의 귀에까지 닿았다.

라이언, 라이언, 라이언, 라이언, 라이언, 라이언….

그것은 철로에서 자살한 학생의 이름이었다. 하지만 그 발음은 어쩐지 쉬쉬 하는 소리로 들리다가 무시무시하고 공포스러운 소리, 죽음의 악취처럼 끔찍한 소리로 들렸다. 그러다가 그것은 마침내 충격의 비명으로 변했다. 기차가 오기를 기다리며 철로에 누워야 할 만큼 그 소년을 비탄에 빠뜨리게 한 것이 무엇이었는지를 사람들이 깨달은 것이다.

폭풍우가 가라앉기를 기대하며 플랙스 학장이 아무 말 없이 그 자리에 서 있는 동안, 그 뒤에서 어떤 움직임이 일어났다. 워튼 선생님이 아연실색한 표정으로 벌떡 일어나더니 혐오감을 감추지 않고 연단을 떠나 버린 것이다. 그러자 선생님들의 열이 흐트러지면서 한 명씩 그를 따라 나갔다. 화난 듯한 발소리는 새로 추천받은 교장에 대한 그들의 의사 표명이었다.

플랙스 학장은 우리 눈앞에서 불쌍하고 외로운 모습으로 힘을 잃어가고 있었다. 그러다가 갑자기 기력이 다하면서 얼굴이 창백해지더니 불안한 눈빛으로 맨 나중에 연단을 떠났다.

램지는 계단을 내려왔고 학생들은 그를 위해 조용히 길을 내줬다. 그는 브로디와 내가 있는 곳으로 돌아왔다. 우리의 보호막 속으로.

그것이 우등생 표창식의 처참한 종말이었다. 사람들은 조용히 자리를 떴고, 학부모들은 아무 말 없이 자신의 아이들을 승용차나 기차, 버스로 데리고 갔다. 우리 6학년 통학생들은 우리가 만지고 싶지 않은 것들을 정리할 다른 친구들 – 기숙사생들 – 을 두고 기차역으로 향했다.

그 일에 관해 다들 말이 없었다. 그때도 그 후에도.

더 이상의 고발도 없었고 비난도 없었다. 9월에 개학해서 학교로 돌아와보니 플랙스 학장은 보이지 않았다. 처음부터 그런 사람은 없었던 것 같은 분위기였다. 다른 선생님 세 명도 떠났지만, 이유는 알 수 없었다.

워튼 선생님은 남았다.

더 젊고, 훌륭하고, 교직에 대한 애정이 넘치는 새 교장선생님이 부임했다. 그는 기숙사에는 관여하지 않았다. 플랙스 학장이 쓰던 사택은 다른 용도로 쓰이게 되었고 기숙사생과 통학생들의 경계는 약해졌다.

　엄마는 플랙스 학장이 강압에 못 이겨 물러났고, 추천서를 받을 수 없으니 다시 직장을 얻기도 힘들 거라고 했다. 하지만 후에, 마이클 형과 얘기하다가 나는 뜻밖의 소식을 들었다.

　플랙스 학장이 다른 지방의 초등학교에 부교장으로 있다는 것이다.

　"하지만 그 사람은…."

　나는 그게 아닐 거라고 했다.

　"내 말이 맞아."

　마이클 형은 쓴웃음을 지으며 말했다. 그럴 줄 알았다는 표정이었다.

　"다들 어떻게든 살아남을 구멍은 있는 법이야."

　나는 형의 말을 믿었다. 형도 그렇게 힘겹게 살아남은 사람들 중 한 명이었던 것이다.

양지꽃

플랙스 학장이 학교를 그만두면서 우리 학교의 한 시대가 막을 내렸다. 또한 우리들 삶의 한 시대도 막을 내렸다. 실패의 무게가 우리 어깨에서 내려졌고 우리는 이제 고개를 꼿꼿이 들고 학교 밖 세상으로 눈을 돌리게 되었다. 한 주 한 주가 지날 때마다 세상은 우리에게 더욱 열렬히 손짓하는 것 같았다. 친구들이 한 명씩 직장이나 대학으로 떠나면서, 학교에 남아 있는 사람들은 더욱 초조하게 세상으로 나갈 소환장을 기다리고 있었다.

이제 대입시험은 졸업시험 때처럼 우리를 위협하지 않았다. 특히 그 비법의 효과를 체험한 우리 여섯 명은 이번에도 성공하리라 확신하고 있었다. 그 힘든 과정에서 우리는 스스로 의욕을 북돋우는 방법을 찾았고 그 훈련방식을 지키는 것은 그다지 힘들지 않았다.

우리 여섯 명 중에서 남은 사람은 램지와 브로디, 나 셋이었다. 조엣과 템플러는 학교를 떠났고, 고다드는 미술과목을 선택해서 그쪽 친구들과 친하게 지내고 있었다.

그는 캠브리지에서 일찍 전시회를 열 기회를 가졌는데, 그것은 대입 시험에서 좋은 점수를 얻기 위해 꼭 필요한 것이었다. 그 후로는 그를 자주 볼 수 없었다. 공학을 공부하고 싶던 브로디는 런던의 킹스컬리지에 지원서를 냈고, 그의 점수로는 어렵지 않을 터였다. 단짝이 된 램지와 나는 나란히 브리스톨 대학교에 지원서를 냈다.

마지막 여름학기가 시작되면서 우리는 희망으로 가득 찼다. 대입 시험은 긴장과 흥분 속에 갑자기 다가와서, 기운을 다 빼놓은 채 바람처럼 끝나버렸다. 시험이 끝났을 때 우리는 모두 대학에 진학할 수 있다는 확신이 들 정도로 결과에 만족했다. 우리는 몰래 맥주를 마셨고, 여자들을 쫓아다녔으나 용기도 기회도 없어서 더 이상 진전은 없었다. 하루하루가 영원히 사라지지 않을 햇빛으로 가득 차 있는 것 같았다.

램지는 점점 더 골프에 보내는 시간이 많아졌고, 7월 초에는 떠오르는 신세대 골퍼들의 일원으로 초청을 받아 미국의 대학을 돌면서 경기를 하게 되었다. 그때쯤 그는 이미 단순한 골프 경기가 아니라 더 먼 미래의 계획을 세우고 있었다.

"그냥 시합일 뿐이잖아."

나는 램지가 시합을 앞두고 너무 긴장하는 것 같아 그렇게 말했다.

"아냐, 지미. 그건 시합이 아니라, 사업이야. 언젠가는 나도 내 골프장을 운영할 거거든."

그는 나보다 훨씬 더 멀리까지 자신의 미래를 준비하고 있었다.

마지막 학기가 끝나기 전 어느 날, 마침내 램지도 조용히 학교를 떠났다. 그가 다시 학교로 돌아오지 않을 거라는 사실은 나만 알고 있었다.

"있잖아…"

스토닝에서 마지막으로 함께 기차에서 내렸을 때 그가 말했다.

"다 끝나서 홀가분해."

학교생활을 말하는 것이었다. 그가 어떤 심정으로 학교에 다녔는지 나는 누구보다 잘 알고 있었다.

"지미, 학교에 다니는 동안 내게 일어난 일 중 가장 좋은 건 너랑 친구가 된 거야."

나는 당혹스러웠지만, 그는 습관대로 계속 얘기했다. 하긴 그 습관 때문에 골프에서도 그렇게 성공을 했으니.

"만일 내 도움이 필요하다면, 난 언제나 도와주려고 노력하고 너를 굳건히 지켜줄 거야. 네가 나한테 해줬던 것처럼."

"그럼 내가 비 공포증을 극복하는 법을 가르쳐 줘."

"그건 아직 모르겠어."

그가 내 팔을 툭 치면서 말했다.

내 인생을 통틀어서 외할머니와 엄마, 그리고 버블스 아줌마와 아저씨를 빼면 항상 나를 사랑하고 내가 의지했던 사람은 램지뿐이었던 것 같다. 하지만 외할머니는 지금 늙어서 눈도 잘 보이지 않고, 양로원에서 힘겹게 살아가고 있다. 지난 겨울 해변에서 쓰러진 버블스 아저씨는 아줌마가 최선을 다해 보살피고는 있지만 예전만큼 건강하지 못했다. 그가 입고 있던 커다란 검은색 코트는 허수아비에 입힌 옷처럼 초라하게 걸쳐져 있었다.

미래는 램지와 나, 그리고 내 친구들 앞에 펼쳐져 있었다.

여름에 램지가 미국으로 가버리자, 함께 시간을 보낼 친구는 톰 브로디뿐이었다. 우리는 창창한 미래를 확신하며 시험 결과를 기다렸다.

브로디도 램지처럼 건장해졌지만, 램지의 밝은 성격은 닮지 않았다. 그는 자기 얘기를 하지 않았지만, 나는 누구보다 브로디가 든든했다. 내가 그렇게 느끼게 된 것은 워튼 선생님 시간에 내가 울음을 터트렸을 때부터다. 그날 아무도 교실에 들어오지 못하도록 문을 지키며 서 있던 친구가 브로디였던 것이다.

그는 왜 자신이 나를 이해할 수 있었는지 얘기하지 않았지만, 말하지 않아도 나는 알 수 있었다. 그도 분명히 암흑시절이 있었을 것이다. 언제, 어디서, 어떻게, 왜 그런 일이 있었는지는 모르지만, 나는 그의 얼굴에서 그것을 읽을 수 있었다. 굳이 얘기할 필요가 없었다.

그 마지막 여름방학이 시작될 무렵에 브로디는 여자친구가 생겼다. 그가 시시콜콜 얘기하지는 않았지만 그냥 손만 잡고 다니는 사이는 아니었을 것이다. 서로 손을 잡고 산책하던 두 사람을 구명보트 보관소 옆에서 맞닥뜨린 적이 있는데, 평소에는 뾰로통한 그가 조용히 웃고 있었다. 나는 그가 자신감을 되찾았다는 것을 알 수 있었다.

"너도 여자친구가 생겨서 넷이서 클럽에 춤추러 가면 좋을 텐데."

그가 말했다.

"노력해 볼게."

나는 무거운 마음으로 대답했다.

사실 몇 달 동안 노력했지만 여자친구가 나타나지 않은 것은 내 마음이 내키지 않았기 때문이다. 해리엇에 대한 사랑을 간직하고 있었기 때문에 아무도 진심으로 받아들이지 못한 것이다.

해리엇은 아버지를 보러 가끔 스토닝에 다녀갔다. 그녀는 가끔 내게 전화했고 우리는 산책하며 얘기도 했지만, 그때 이후로는 한 번도 키스를 하지 않았다. 해보려고 했지만 어떻게 하는지 생각이 나지 않았다. 전에는 자연스럽게 됐는데 말이다. 그녀가 대학교에서 만났다는 남학생들은 나보다 나이도 많고 경험도 더 풍부한 것 같았다. 그녀는 내게서 마음이 떠난 듯했다.

버블스 아저씨는 항상 상대방이 질문을 해야 이야기를 하는 사람이었는데, 해리엇이 와 있는 동안에 나는 아저씨에게 질문할 말이 떠오르지 않았다. 그러다가 그녀가 학교로 가버리고 나면, 생각나지 않던 말들이 뒤늦게 떠올랐다.

그런 상황이라 나는 한 번도 브로디와 그의 여자친구와 함께 춤추러 가지 못했다. 하지만 여자친구랑 산책할 때가 아니면, 브로디는 나와 함께 해변에 나갔고 어찌어찌 하다가 구명보트 보관소 옆에 있는 스토닝 항해클럽의 보트 일을 돕게 되었다. 그 클럽은 세 명의 어부가 각자 운영하던 것을 인수해서 통합한 것이었다. 그러다가 우리는 항해하는 법을 배우게 되었다. 배가 비어 있거나 사람들이 없는 저녁 때면 우리는 그것을 몰고 바다로 나가곤 했다.

얼마 후에 브로디의 여자친구는 해변에 앉아, 우리가 항해하면서 웃고 떠들고 서로 물에 빠뜨리고 다시 올라오는 모습을 지켜보며 우리를 기다리는 일이 많아졌다. 그러는 동안 우리는 뒤집힌 보트를 다시 뒤집는 법도 배웠다.

햇볕을 즐기며 시험결과를 기다리던 그 짧은 몇 주 동안, 우리는 물 밖에서보다 물속에서 지내는 시간이 더 많았던 것 같다. 그때부터 나는 햇빛에 반짝이는 물결 위로 바람이 불어오거나, 바람 속에서 짭짤한 물보라 맛을 느끼거나, 니스칠이 벗겨지고 뱃전을 겹쳐 댄 낡은 보트를 발견하거나, 찰싹거리며 노 젓는 소리가 들리거나, 밤에 해변 위쪽으로 끌어올려놓은 보트의 마스트에서 철사 부딪히는 소리가 들리면, 신나게 놀던 그 여름의 브로디와 내가 눈앞에 선히 떠오른다.

바람과 햇볕에 얼굴은 구릿빛이 되고, 머리는 금발이 된 우리 두 사람이 그 자갈해변에 누우면 사람들은 우리를 발견하지 못하고 그 위로 걸어갔을 것이다. 우리를 알아볼 수 있게 해주는 것은 웃음소리와 구르고 넘어지는 장난, 그리고 파란색 바닷물로 들락날락하면서 하는 물장난이었다.

브로디의 여자친구는 그해 가을 대학에 들어가기 전까지 젤라토 아이스크림 가게에서 일했다. 그래서 신문에 싼 차가운 아이스크림과 콜라를 우리에게 갖다주곤 했다. 그녀가 우리가 깔아놓은 수건 옆에 앉아 미친 듯이 손을 흔들면, 그것은 아이스크림을 가져왔으니 나오라는 신호였다.

그 해 여름은 낮에도 밤에도 그렇게 바닷가에서 보냈다.

"지미, 너도 얼른 여자친구를 사귀어."

그녀는 브로디에게 손을 맡기고 다리는 그에게 기댄 채 안타깝다는 듯이 말했다.

"여자 친구 있어. 해리엇이라고."

브로디가 말했다.

"아냐."

"나도 들었어."

그의 여자친구가 어두운 얼굴로 말했다.

"그 애는 좋은 애를 못 알아보는구나. 내가 그 앨 만나면 얘기해볼게."

"그러지 마!"

"할 거야. 약속해!"

"하지 말라니까!"

하지만 그녀는 정말로 했다. 어느 화창한 오후, 우리 시험결과가 나오기 2, 3일 전이었다. 혼자 바닷가에 앉아 있는데, 해변에서 멀지 않은 곳에서 보트가 뒤집혔다. 별 문제는 없었고 탄 사람들이 경험이 없었을 뿐이었다. 나는 수영해서 갈 수 있는 것보다 훨씬 멀리까지 달려가서 파도에 휩쓸리지 않고 그 사람들한테 다가갔다. 그리고 다시 돌아왔다.

그때쯤에는 나도 조류에 대해 잘 알아서, 어떤 상태에서든지 물에 뜬 물체가 어디까지 흘러갔을지를 거의 정확히 가늠할 수 있었다. 버블스 아저씨와 하멜 아저씨한테 배운 것을 그해 여름에 완전히 통달했던 것이다. 그것은 우선 물이 어떻게 흐르고 내 기력이 어느 정도인지를 알아야 했다. 나처럼 오랫동안 해변을 돌아다니는 것도 도움이 됐다. 바다의 고동소리를 들을 수 있어야 하고, 그 내부의 흐름을 느낄 줄 알아야 하는 일이었다.

나는 내 도움이 필요하지 않을 경우라도 항상 보트가 뒤집히는 곳으로 갔다. 수영을 하거나 보트를 저어 가서 그들을 보살폈다. 나도 그랬고 브로디도 그랬다. 그것이 그 해 우리의 비공식 직업이었다. 그 이유 중 하나는 항해클럽에서 우리에게 보트를 이용해도 좋다고 허락했기 때문이었다.

그때 우리 해변에는 공식적인 인명구조원이 없었고 경고 사인도 없었고 금지사항을 알리는 공고문도 없었다. 우리가 전부였다. 하지만 나는 왠지 거기에 있는 것이 좋았다.

다시는 바다 저쪽에서 도와달라는 외침소리를 듣고 싶지 않았다.

또 다른 익사사고를 목격하기 싫었다. 그런 고통을 다시 겪느니 내가 빠져죽는 게 나았다. 몇 년 전에 물에 빠져죽은 아이들과 그 남자의 얼굴은 한 번도 내 머릿속에서 지워지지 않았다.

늦었지만 그들을 위해 내가 못했던 일을 하고 싶었다. 가끔 나는 그때의 기억을 떠올리며 슬픔과 좌절감으로 울었다. 하지만 그 해 여름의 내 모습은 몰라보게 달라졌다. 나는 황소처럼 튼튼하고 건장했다.

브로디가 없던 그 날, 나는 내 몸으로 아름다움 포물선을 그리며 멀리까지 헤엄쳐 나갔다. 그리고 기적처럼 정확히 그 뒤집어진 보트 앞에 쑥 나타났다.

"안녕하세요!"

내가 말했다.

30대로 보이는 그 남자는 지친 것 같았다.

"구조선이 오고 있을 거라 생각은 했네."

그가 숨이 차서, 농담처럼 얘기했다.

"내가 보트에 익숙치 않아서 말야."

그는 추위에 떨고 있었다. 하지만 다행히 구명조끼는 입고 있었다. 너무 크긴 했지만.

나는 그에게 내가 어떻게 할 것인지를 설명하고, 보트를 바로 띄울 때까지 그가 어떻게 해야 하는지를 가르쳐주었다. 그가 몸집이 큰 데다, 물속에 있는 사람을 보트 안으로 끌어올리는 것은 상당히 어려운 일이었다.

"너무 빨리도 말고 너무 늦게도 말고요. 제가 소리를 칠게요."

그는 선장의 지시를 따르듯 내 지시를 따랐다. 내게 그런 자신감을 준 사람은 버블스 아저씨와 하멜 아저씨였다. 하멜 아저씨는 돌아가셨지만 그는 내 안에 살아 있었다. 버블스 아저씨는 몸이 좋지 않지만 역시 내 옆에 있는 것 같았다.

나는 밧줄을 잡고 대거보드에 올랐다. 그리고 '하나! 둘! 셋!' 하면서 우리는 똑바로 일어났고 그는 몸을 구부려 보트 안으로 들어왔다. 그 와중에 바닷물도 함께 흘러들어왔다. 나도 몸을 들어올려 보트 안으로 들어갔다. 보트 안에 들어온 물을 퍼낸 뒤, 그는 내가 말한 자리에 앉았다. 나는 보트가 바람을 받아 해변에서 멀어지도록 조종했다.

"해변에서 멀어지네."

그가 이상하다는 듯이 말했다. 그는 추위에 떨고 있었다.

그때는 매우 더운 여름날이었지만, 뭘 모르는 사람에게는 바다가 굉장히 위험할 수 있음을 보여주는 것이었다.

"적당한 장소에서 돌려고 그래요."

내가 대답했다.

"그러면 멀리 돌아가는 건데."

"어쩔 수 없어요. 조류가 거세서."

하지만 그것은 반만 사실이었다.

온전한 사실은 그렇게 화창한 날 기분 좋은 바람을 맞으며 잔잔한 바다 멀리까지 항해를 해보고 싶었다는 것이다. 그것은 내가 그를 무사히 데려다주는 데 대한 보상이었고, 그가 추위에 떠는 것은 벌칙이었다. 내가 배를 운전하는 동안 추위로 죽을 일은 없을 테니 못할 짓은 아니었다.

우리는 멀리까지 나갔다가 해변으로 돌아가기 위해 방향을 틀었다. 그때서야 그는 기뻐했고 나도 따라서 기분이 좋아졌다. 저녁 햇살을 받고 있는 스토닝이 보였고, 붉은 지붕들, 그리고 해병대 병영의 회색과 흰색으로 된 둥근 지붕도 보였다. 한쪽 뺨에는 햇볕이, 다른 쪽 뺨에는 바람이 느껴졌다.

스토닝에서 엄마와 엄마의 남자가 주인이었던 첫번째 우리집이 보였고, 아프리카 신사가 외할머니를 찾아와서 깊은 애정을 확인할 때 내가 올라갔던 큰단풍나무도 보였다. 모나크 호텔도 보였고 노스엔드의 따뜻하고 강렬한 붉은색 지붕들도 보였다. 내가 오랫동안 웅크리고 있던 컴퍼스 가 끄트머리의 그늘진 자리도 보였다. 그리고 해변 끝 저 멀리 주택가를 지나 스태닉 만으로 펼쳐져 있는 모래언덕도 보였다. 온화한 공기 속에서 그곳의 바닷물은 흐릿하게 보였다.

보트가 바람을 헤치며 미끄러지는 동안 남자는 몸을 떨며 뱃전을 꽉 잡고 있었다. 내가 키를 잡고 있는 동안 보트가 해변과 일정한 거리를 유지하면서 안전하게 움직이자 나는 스스로가 강하다는 느낌이 들었다.

보트는 바람을 받으며 곧 부딪칠 것처럼 해변을 향해 직각으로 다가갔지만, 나는 마지막 순간에 부드럽게 속도를 늦춰 마치 자갈밭에 키스하듯이 뱃머리를 가볍게 해변에 댔다.

나는 얕은 곳으로 뛰어내려 남자를 내려주고, 몇 번의 파도를 이용해 보트를 위로 끌어올렸다. 몇 사람이 도와줘서 금방 해변 위쪽으로 끌어올릴 수 있었다. 짠 바닷물이 내 수영복과 다리로 흘러내렸고 내 팔의 털에는 마른 소금기가 남아 있었다. 머리는 헝클어지고 말라 있었고 흡족한 표정의 내 얼굴은 햇볕을 받아 달아올랐다.
"안녕, 지미."
그녀는 브로디의 여자친구가 주로 앉아 있던 자리에 앉아 있었다. 스타킹은 신지 않았고 바람이 불 때마다 치마가 날려 속바지가 보였다.
무슨 말을 하고 무엇을 해야 할지 생각할 필요가 없었다. 무엇을 원하는지 고민할 필요도 없었다. 내가 원하는 것은 그녀였던 것이다. 나는 기분이 좋고 자신감도 차 있었다. 그녀의 눈도 기쁨으로 반짝이고 있었다.
"안녕, 해리엇."
내가 말했다.
"오늘 저녁에 산책하고 내일 수영하러 가자."
"그래."
그녀가 대답했다.
나는 버트 랭카스터가 했던 것처럼 무릎을 꿇어 내 다리를 그녀의 무릎 양쪽에 놓고 내 입술을 그녀의 입술에 댔다.
"하!"
그녀가 숨이 막히자 조금 뒤로 빼며 숨을 쉬었다.
"만나서 너무 반갑다."
그녀가 내 가슴에 머리를 대며 말했다.
"대학교에서 만난 남학생들은 어때?"
내가 물었다.
"지미, 그런 남학생들 없어. 내가 다 지어낸 거야. 내가 만난 남자는 없었어. 솔직히 말하면…."

그녀의 손이 내 뺨을 타고 미끄러져 내려오자 흥분이 다시 찾아왔다. 나는 그녀가 무슨 말을 하려는지 알고 있었다.

"너밖에 없어, 지미. 난 너뿐이야."

평생 처음으로 나는 '사랑해' 라는 말을 하고 싶었지만 하지 않았다.

우리는 오랫동안 키스를 하고 그냥 누워 있었다. 뜨겁고도 추운 상태에서, 말라가면서도 축축하게. 자갈밭은 울퉁불퉁하고 불편했지만 나는 천국에 있는 느낌이었고 해리엇도 마찬가지였을 것이다.

"산책 어디로 갈까?"

그녀가 물었다.

"전처럼 절벽으로 올라가자."

내가 말했다.

"그리고 내일 수영은…."

"오후 늦게 하자. 친척들이 와 있거든."

그녀가 말했다.

"그래."

나한테 떠오른 아이디어를 실행할 수 있게 되어서 잘 됐다고 생각했다. 내 계획을 말하자 그녀는 좋은 생각이라고 했다.

그래서 그날 저녁에 우리는 그냥 걸었다. 절벽 꼭대기까지 올라가서는, 아래로 떨어져서 갑자기 우리 생이 끝나지 않도록 조심하면서 별을 바라봤다. 거친 풀밭에 앉아 있으니, 저 멀리 아래쪽에서는 우리가 사랑하는 파도소리가 들리고 어두운 수평선 쪽으로는 배의 불빛이 빛났다. 굿윈 사주의 등대선에서 휩쓸 듯이 지나가는 불빛에 의해 잠깐씩 그 불빛은 사라지기도 했다.

우리는 절벽 맨 위쪽, 하늘과 가까워서 별에 손이 닿을 듯한 그곳에서 가슴속에 든 얘기들을 모두 털어놓았다. 저녁 공기를 마시며 서로의 욕망에 대해서도 수많은 얘기를 나눴다. 우리는 서로의 몸을 안고 입술과 입술을 맞대고 일어섰다. 그런 다음에는 얼굴과 얼굴을 맞대고 캄캄한 바다 너머 거의 보이지 않는 프랑스 쪽의 불빛을 바라봤다.

얼마 후 해리엇과 나는 누워서 숨을 고르고 키스를 하고 많은 얘기를 나눴다. 하지만 여러 가지 고백을 하는 너무 친밀한 분위기는 얘기해서는 안 될 것까지 털어놓게 만들 위험성이 있었다.

오랫동안 나는 엄마의 자살계획에 관한 내 침묵을 깨고 싶었지만 그러지 않기로 약속한 일이었다. 하지만 아무도 우리를 보지 않고, 아무도 우리 말을 듣지 않고, 엄마는 딴 세상에 있는 그곳 어두운 풀밭에 누워서 나는 결국 해리엇에서 모두 털어놓고 말았다. 내가 몇 년 전에 엄마와 한 약속, 엄마가 더 이상 자신을 돌보지 못할 때 내가 하기로 한 일을.

그 얘기를 하고 나니 기분이 안 좋아졌다. 어쩌면 눈물이 내 볼을 타고 흘렀을지도 모른다. 하지만 그것이 해리엇에게 그토록 큰 충격을 줄 것이라고는 생각지도 못했다.

"너무 무서워."

그녀가 일어나 앉으며 말했다.

"섬뜩해. 그런 일은…."

"내가 말했다고 우리 엄마한테 얘기하지 마."

나는 서둘러 말했다.

"우리 엄마가 화나면 어떻게 되는지 넌 몰라."

"너희 엄마 기분 좋은 모습을 한 번도 못 봤는걸."

그녀가 냉소적으로 대답했다.

어쩌면 그것에 관해 조금 더 얘기했는지도 모르겠다. 어쩌면 지나치게 많은 얘기를 했는지도.

그 다음날 해리엇은 짐을 싼 가방을 들고 우리집에 왔고, 그녀가 우리 엄마를 오랫동안 본 것은 그때가 처음이었다.

나는 그들이 서로 좋아하지 않는다는 것을 알 수 있었다. 처음에는 복도에서 만났고 나중에는 마당으로 나갔는데, 두 사람 사이에서 나는 진퇴양난에 처한 느낌이었다. 그것을 경고로 받아들였어야 했는데 나는 그러지 못했다.

엄마는 그 해에 조금 이상했는데, 내가 대입시험 결과를 받은 그 날은 특히 이상했다.

나는 3과목 중 A가 두개, B가 하나였고 브로디와 램지도 똑같았다. 나는 해리엇이 올 때까지 오전 내내 통화를 하고 있었다.

내 성적을 듣고 그녀는 나를 꼭 껴안아주었다. 그 모습을 처음 본 엄마는 해리엇이 미소를 보냈는데도 언짢아했다.

"어서 와."

엄마는 복도에서 그런 딱딱한 인사로 맞았다.

"설탕은 한 스푼 아니면 두 스푼?"

정원에서는 그렇게 물었다.

"하나도 안 넣어요. 감사합니다."

해리엇은 아름다운 미소를 지어보이며 말했다. 눈은 나를 쳐다보면서.

엄마는 자신의 집에서마저 두번째로 밀려서 기분이 나쁜 것이었다. 남자들한테서 독립하기 위해 평생 싸워왔는데, 자신을 밀어내고 있는 것은 다른 여자였다. 엄마는 그것을 조금도 용납할 수 없었다.

"저녁은 일곱 시에 먹자. 네 성공도 축하할 겸."

엄마가 말했다.

"어, 엄마, 저희는 나갈 거예요."

"하지만 음식을 사왔는데."

"갈 데가 있거든요."

내가 말했다.

"너랑, 가는구나?"

엄마가 해리엇을 보며 물었다.

해리엇도 엄마한테 지지 않았다.

"네."

미안한 기색 없이 그녀가 대답했다.

"알았다."

엄마는 일어나더니 불편하고 노여운 심기를 드러내며 들어가버렸다.

엄마에 대해 미리 얘기했기 때문에 그녀도 짐작하고 있었을 것이다. 그래서 나는 더 이상 걱정하지 않았다.

"2주일만 버티면 돼."

내가 말했다.

"그러면 나는 브리스틀로 가서 대학교에 갈 준비를 할 거야."

"산책하러 가자."

그녀가 말했다.

"어디로?"

"노스웨일즈로. 가서 양지꽃을 찾아보자. 기억나지?"

나는 스토닝과 엄마를 떠나 맥스 삼촌과 피오나 숙모와 행복하게 보냈던 날들을 떠올렸다.

"나 돈이 별로 없는데."

"걷는 데 돈이 왜 필요해."

"그럼 이번에도 유스호스텔에 묵자."

내가 집을 떠나기 전 우리의 마지막 여행은 엄마 집 마당에서 그렇게 결정되었다.

그날 저녁 우리가 세운 계획은 다음과 같았다. 옷이랑 타월, 손전등 같은 것을 내 자전거에 싣고 모래언덕까지 가서 해변 가까운 곳에 그 짐을 숨겨두는 것이다. 그리고 어두워지면 버블스 아저씨네 집에서 수영복으로 갈아입고 바다로 나가, 조류에 몸을 맡기며 컴퍼스 가를 지나고 방사제들을 지나고 오래된 성을 지날 때까지 해변과 나란히 흘러 우리 물건들을 숨겨둔 곳까지 가는 것이다.

그런데 우리는 각자 걱정하는 것이 있었다. 그녀의 걱정은 수영복 차림으로 버드 가를 걸어가다가 다른 사람 눈에 띨지도 모른다는 것이었다.

"그때는 어두컴컴할 거야."

내가 말했다.

"그래도…"

"내가 버블스 아줌마한테 가운을 하나 빌려달라고 할게. 그걸 입고 갔다가 나중에 돌려주면 되잖아."

"그럴까…."

내 걱정은 스토닝 성 근처에 밤낚시를 하는 사람들이 있을지도 모른다는 것이었다. 그러면 낚싯바늘에 걸리지 않도록 해안에서 좀 떨어져서 수영을 해야 하는데, 너무 멀리까지 갈 수는 없었다. 잘못하면 조류에 휩쓸려갈 수도 있기 때문이다. 그 일은 나중에 닥쳐서 해결하기로 하고, 일단은 낚시꾼들이 우리 쪽으로 낚싯줄을 던지지 않기를 바라는 수밖에 없었다.

저녁이 되자 우리는 신이 난 어린아이들처럼 버블스 아저씨네 집에서 옷을 갈아입었다.

"내가 네 나이 때는 바다는 낚시만 하는 곳이었지 놀러가는 곳은 아니었는데, 잘하는 짓인지 모르겠다."

버블스 아저씨가 머리를 흔들며 말했다.

"아저씨는 수영을 못했거든."

버블스 아줌마가 설명해줬다.

"그러니까 아저씨는 네가 걱정스러운 거야. 하지만 난 네가 수영하는 것을 봤으니까 괜찮을 것 같다. 물고기처럼 여름 내내 수영만 하더구나."

나는 좀 멋쩍으면서도 신나게 수영할 생각에 몸을 떨면서, 간편한 차림의 해리엇과 함께 집을 나섰다. 버블스 아저씨와 아줌마가 우리를 배웅해 주었다.

"너, 정신 나갔어."

그렇게 말하면서도 버블스 아저씨는 웃고 있었다.

"그리고 해리엇, 너는 더 정신이 나간 거야. 하지만 한 가지는 분명히 말해두마. 이 녀석은 너를 잘 보살펴주고 집까지 안전하게 데려다줄 거다. 그건 믿어도 돼."

해리엇은 우리 엄마에게 차갑게 대한 것과는 정반대로 버블스 아저씨에게 싹싹하게 대했다.

우리는 캄캄해지기 전에 수영을 하러 바다로 향했다. 조류를 타고 어두운 모래언덕까지 가려는 것이다.

"앗!"

물에 들어가자 해리엇이 낮게 비명을 질렀다. 우리는 손을 잡고 배영으로 헤엄치기 시작했다. 사랑이 있었기 때문에 견디지 못할 만큼 차갑지는 않았다. 우리는 해변에서 너무 멀어지지 않도록 조심하면서 갔다.

바닷가와 해변 산책로를 따라 서 있는 집들이 흘러갔다. 시시각각 어둠이 내리면서 집에 불이 하나둘 켜지고, 가로등 불빛도 서서히 켜지고 있었다. 하늘에 별도 나오기 시작했다. 우리 눈앞에서 마술이 시작되는 것 같았다. 모래와 자갈이 발에 닿을 정도로 해안에 가까워지기도 했지만, 우리는 대부분 키를 넘지 않을 정도의 깊이에서 헤엄쳤다. 해변 쪽을 바라보고 있으면 파도가 뒤에서 우리를 밀어올렸다가 내려놓곤 했다. 그럴 때면 해리엇은

'오!' 하고 한숨을 쉬었다가 '아!' 하고 외쳤다.

어떤 사람이 낚시 준비를 하고 있고 다른 한 사람이 낚시를 하기 위해 자전거를 타고 해변도로로 오고 있을 뿐, 다른 낚시꾼들은 없었다.

보이는 것은 흘러가는 집들과 불빛들, 시원한 바닷물 속에서 서로 닿고 있는 손과 팔뿐이었다. 우리는 서로의 몸을 어루만지며 신비스

러운 밤의 어둠 속에서 미끄러져 갔다.

"들어와보니 춥지 않네."

자신의 가슴을 내 가슴에 대고, 바닷물에 젖어 짭짤한 입술로 키스를 하며 해리엇이 말했다. 계속 흘러내려가면서도 나는 해변에서 눈을 떼지 않고 있었다.

"나는 평생 이렇게 헤엄칠 수도 있을 것 같아."

아무것도 닿지 않는 바닷속에서 발을 놀리면서 내가 말했다. 그러다 위를 쳐다보며 외쳤다

"해리엇, 별 좀 봐!"

해변에서 멀리 떨어져 자유로운 곳에서, 하지만 위험할 정도로 멀지는 않은 곳에서 우리는 세상을 다 가진 것 같은 황홀함을 느꼈다. 그 황홀함은 그 동안 우리가 겪었던 슬픔을 보상해주는 것 같았고, 주위의 광대한 자연은 우리에게 위안과 힘을 주었다.

얼마나 지났을까. 나는 별 생각 없이 이렇게 말했다.

"이제 해변으로 올라갈 때가 된 것 같아."

내 목소리는 떨렸고, 해리엇도 그랬다.

"어떻게 알아, 지미? 나는 별밖에 안 보이는데."

"자갈해변의 형태를 보면 알아."

그것은 거짓말이었다. 하지만 활력에 넘치고 욕망에 차 있는 그런 밤에는 자신감을 보여주고 싶었다. 설명하기는 힘들지만 내가 그 지점을 알아낸 것은 내 몸에 닿는 파도와 모래바닥, 그리고 물의 느낌 때문이었다.

그렇다, 나는 그것으로 알 수 있었다.

별이 빛나던 신비스러운 어둠 속에서, 해리엇과 나는 아담과 이브

처럼 물속에서 나와 손을 잡고 자갈해변으로 휘청휘청 걸어갔다. 그리고 몇 미터 앞 양귀비꽃 덤불 옆에서 우리가 숨겨두었던 가방을 찾아냈다.

나는 그녀의 타월과 내 타월을 꺼냈고, 한기를 가시게 하기 위해 그녀를 꼭 껴안았다. 그리고 서로의 어깨와 목과 머리를 닦아 주었다.

광활한 하늘 아래 어둠 속에서, 뒤에서는 파도소리가 출렁거리고, 앞에서는 모래언덕을 가로질러 바람소리가 들려오는 곳에서 우리는 한 번도 알지 못했던 새로운 세계를 탐험했다.

어둠은 우리에게 자유를 줬고, 모래언덕은 현실감각을 줬으며, 바다는 느리면서도 긴박한 힘을 실어줬다.

도망도, 닫혀진 대문도, 나를 때리는 엄마의 호된 손도, 잃어버린 신발도, 암흑시절도, 외할머니도, 오랜 세월의 실패도, 외로움도, 병적인 상실감을 의미하는 비에 대한 공포도 없었다. 우리는 서로의 팔 안에서는 사랑과 폭풍우 같은 열정과 한 번도 경험하지 못한 가장 부드러운 격렬함을 느꼈다.

그러고 나서 하나가 된 우리는 완전한 평화로움에 싸여 그렇게 누워 있었다.

얼마 후에 추워지기 시작하자 나는 가방에서 옷을 꺼내 내 다리와 등을 덮었고, 그녀도 속치마를 꺼내 내 어깨를 덮어주었다.

"됐다!"

내 몸에 그녀 옷이 닿자 실크 냄새와 향수 그리고 암흑시절이 오기 전 내가 알고 있던 그 방의 여인이 희미하게 생각났다. 멀리, 그 여인이 있다는 느낌이 들었지만 더 이상은 뚜렷해지지 않았다. 다만

밖에서 유리창을 두드리던 세찬 빗소리만 생각났다.

그러자 나는 눈물이 났고, 나를 꼭 껴안고 있던 해리엇은 왜 그러느냐고 물었다. 나는 설명하려고 했지만 북소리 같은 빗소리의 기억은 희미했고, 내 손을 잡은 그 남자 손의 감촉만 생각날 뿐이었다. 내가 평생 찾으려 했던 향기와 부드러움을 지닌 그 여인도 잡을 수 없는 곳으로 사라져갔다. 그러자 해리엇도 울었다.

행복? 오랜 옛날에 잃어버렸다.

하지만 그 행복을 지금 여기서 찾았다.

안식처에 있는 듯한 달콤한 만족감.

비는 멀리 가버렸고 아직 오지 않았다. 내가 확실히 알고 있는 것은 비는 내 모든 고뇌의 시작을 알리는 징조라는 것이다.

"지미, 무슨 생각 해?"

"그냥… 아무 것도 아냐."

우리는 연인들의 느긋한 친밀감으로, 어둠 속에서 서로의 하얀 몸을 보면서 옷을 입었다. 그리고 손전등의 희미한 불빛을 이용해서 버블스 아줌마가 만들어준 저녁을 먹었다.

과일설탕절임, 케이크, 초콜렛, 아몬드 그리고 오래 전에 버블스 아저씨가 손에 넣은 적포도주 한 병이 있었다. 포도주는 아줌마가 아저씨 몰래 우리에게 준 것이다.

"아저씨도 뭐라고 안 하실 거야, 지미. 하지만 코르크마개 뽑는 건 가져와야 한다!"

우리는 촛불과 별, 등대선을 바라보며 몽롱한 상태로 앉아 사랑의 여파로 인한 느긋하고 신비롭고 매혹적인 세계를 음미했다.

도보여행을 위해 우리는 배낭과 부츠를 챙겨왔지만 옷은 많이 가져오지 않았고, 텐트와 파카, 유스호스텔 카드 그리고 약간의 돈만 가져왔다.

우리가 떠나던 날 아침, 버블스 아저씨는 이웃사람한테서 코닥 카메라를 빌려왔다. 옷을 입고 떠나려는 참에 우리 사진을 찍어주기 위해서였다.

"당신은 사진 찍는 것보다 갯지렁이 파는 실력이 더 낫잖아요."

버블스 아줌마가 말했다. 그녀는 아버지가 사진 찍는 것을 많이 봐서 사진에 대해 더 잘 알고 있었다. 그리고 추억의 중요성과 기념의 의미도 잘 알고 있었다.

그녀는 우리 얼굴을 어루만지며 우리가 어린애들 같다고 했다. 그리고는 버블스 아저씨한테 우리 뒤에 서서 웃으라고 했다. 아줌마가 서로 팔짱을 낀 해리엇과 내 모습을 찍어준 때는 우리가 소년소녀 시절을 마치고 진정한 어른이 되기 위해 발걸음을 떼기 시작할 때였다. 나는 건장해 보였고 해리엇은 아름다웠다.

"너희 돌아올 때 난 집에 있을 거야."

버블스 아줌마가 말했다.

두 사람은 함께 서서 자랑스러움과 사랑이 담긴 눈길로 우리를 바라봤다. 그날 여행을 떠난 우리는 여느 신랑신부 부럽지 않게 따스한 배웅을 받았다.

우리는 노스웨일즈까지는 기차로 갔고, 양지꽃이 피어 있는 스노도니아의 언덕과 계곡은 걸어서 갔다. 진한 노란색 꽃의 깊이와 고요함, 놀라움, 소박함, 따뜻함은 마치 우리의 사랑 같았다.

거기에서도 우리는 수많은 얘기를 나눴다. 엄마의 숨겨진 비밀도 포함해서. 그것은 말하지 않았어야 했는데 말이다. 그것을 해리엇은 잊지 못하고 이해하지도 못하고 내버려두지도 못했다.

"그런 약속을 하면 안 돼. 그건 옳지 않아."

그녀의 주장이었다.

나는 어깨를 으쓱 하며 대답했다.

"우리는 죽을 권리가 있잖아."

"우리에게 있는 권리는 생명을 만드는 것이지, 생명을 앗아가는 것이 아냐."

그때부터 우리들의 사랑의 표현은 달라졌다. 열정이 반감되었던 것이다. 여행을 계속 하는 동안 별과 촛불, 달빛에 빛나던 자갈은 여전히 아름다웠지만 예전과 똑같은 느낌은 아니었다.

해리엇과 내가 스토닝 집으로 돌아왔을 때는 여름이 끝나고 가을이 시작될 때였다.

우리가 대학으로 갈 때까지는 하루 이틀 정도밖에 남지 않았다. 해리엇은 대학 3학년, 나는 1학년이 될 터였다.

이제 영원히 떠나고 싶은 냉랭한 집으로 돌아와 보니, 엄마는 이미 내 방을 치워두었다. 내가 떠나기도 전에 말이다. 예전에 마이클 형의 방을 치운 것처럼….

다락에 보관할 내 물건들은 밤색 종이상자에 담겨 있었다.

"대학에 가서도 필요할 만한 것들은 그대로 뒀다."

엄마가 말했다.

진작 그것을 예상했어야 했다. 하지만 놀랄 일은 그것뿐만이 아니었다. 더 나쁜 일이 기다리고 있었다. 그런 사람이 내 엄마라는 사실이 수치스러웠다.

그날 밤, 짐을 다 꾸려놓고 막 잠자리에 들려고 하는데, 엄마가 내 방에 왔다.

"참, 이거 너한테 말하려고 했는데 깜빡 했다."

엄마는 아무렇지도 않은 얼굴로 말을 꺼냈다.

"버드 가에 사는 버블스 씨 있잖니. 낚시 미끼 파는 사람."

내 심장은 두려움으로 고통스럽게 뛰기 시작했다.

"그 사람 죽었단다. 스태닉 만에 쓰러져 있는 걸 사람들이 발견했는데…."

엄마의 말소리, 엄마의 잔인함이 서서히 멀어지면서 소리 없는 통곡이 되었다.

나는 아무 말도 하지 못한 채 그저 엄마를 쳐다보고만 있었다.

엄마도 나를 쳐다봤다. 나는 비통함과 눈물을 억누르고 있었고, 엄마는 그 말이 얼마나 충격적인지를 알고 있으면서도 태연한 척 했다. 그것은 엄마의 표정과 말투에 깃든 죄책감과 만족감으로 확실히 알 수 있었다. 마이클 형이 나에게 어떤 고통을 준 후 보이던 그 표정이었다.

그 해 몇 달간, 내가 여행을 떠난 일, 해리엇과 함께 집에 오던 일, 우리의 행복한 모습, 이 모든 것이 엄마의 속을 뒤집어놓았던 것이다. 엄마는 자신의 독립을 너무 늦게 쟁취했다. 시대의 물결이 엄마의 몸과 마음에 맞서는 쪽으로 방향을 틀자, 엄마는 그런 변화와 분위기에 고통스러워했다. 한때는 내가 집을 떠나 독립할 때 자신의 자유가 완성되는 것으로 여겼고 나도 오랫동안 독립을 갈망해 왔지만, 그때가 되자 엄마의 몸은 말을 듣지 않기 시작했다. 어쩌면 엄마는 자유의 땅에 힘겹게 도착해서 축배를 들려는 순간, 그곳이 메마르고 척박한 황무지라는 것을 깨달았는지도 모른다.

　엄마가 내 방을 나가자, 나는 혼자 남아 멍하니 서 있었다.

　버블스 아저씨가 돌아가셨다.

　내 안에서는 통곡소리가 들렸지만 소리가 되어 나오지 않았다. 대신 나는 마이클 형의 방문을 열고 들어가, 담요도 없고 시트도 없는 빈 침대에 얼굴을 묻고 흐느껴 울었다. 그리고는 앉아서 바깥에 부는 바람처럼 고개를 세차게 저었다. 스토닝의 가을은 내 마음을 아는지 비를 뿌리기 시작했다.

　다음날 아침, 비가 부슬부슬 내리고 있었지만 나는 용기를 내어 버블스 아줌마를 찾아갔다. 그녀가 문을 열고 나오자, 우리는 서로 껴안고 가만히 있었다. 잠시 후, 그녀가 나를 안으로 데리고 갔다.

　"오, 지미."

　그녀는 벽난로 위 선반에 있는 남동생 사진을 바라보다가 쇠약해진 손으로 내게 차를 타줬다. 커다란 의자에 앉은 그녀는 너무 왜소해보였다.

　"Oh, mon petit chou.(오, 내 귀염둥이.) 너한테 알려야 되는데 주소를 모르겠더구나. 그걸 몰라서…."

　그들에게 내가 필요로 했을 때 나는 그들 옆에 없었다.

　내가 거기 있었다면, 그가 집에 오지 않았을 때 나는 스태닉 만으로 가서 해변에 있는 그를 찾았을 것이고, 구원을 요청해서 그를 살릴 수 있었을 것이다. 내가 없었기 때문에, 버블스 아줌마는 모르는 사람들을 보내서 그를 찾았고, 그래서 아저씨는 집이 아니라 스토닝 병원으로 갔던 것이다.

사람들은 도버 묘지의 언덕에 그를 묻었다. 바다에서 멀리 떨어진 곳이었다. 우리는 작별인사를 하기 위해 버스를 타고 그곳에 갔다. 아줌마는 내 곁에 섰다. 새로 생긴 그 무덤에는 묘비도 없었다. 그저 꽃 몇 송이뿐이었고 그것도 벌써 시들어 있었다. 나는 작별인사를 좀 특별하게 하고 싶었지만, 아무 생각이 나지 않았다.

"오, 지미."

그녀가 내 팔을 잡으며 말했다.

"난 오랫동안 너무 많은 사랑을 받았단다."

그러더니 항상 그랬듯 자신보다는 나를 먼저 생각하며 안부를 물었다.

"이제 너도 대학교로 가서 새로운 것들을 배우겠구나."

"네, 오늘 오후에요."

내가 대답했다.

"아줌마가 마중 나와 주실 거죠?"

"너희 엄마가…"

"싫어요. 아줌마가, 아줌마가 나와 주세요."

아줌마를 집에 데려다준 다음, 마지막으로 집까지 걸어가 보려고 해변가 공터까지 갔는데 그때 비가 내리기 시작했다. 빗발은 점점 굵어져 도로를 걷는 내 발치에 쏟아졌다. 후두둑 후두둑. 두려움이 나를 사로 잡았고, 재앙이 다가오는 것 같은 공포가 나를 내리눌렀다.

오래된 마비증세가 다시 시작되는 것이 느껴졌다.

비는 점점 더 거세지고 비로 된 철창이 나를 덮쳐왔다. 내 다리는 점점 무거워지고 발도 떨어지지 않았다. 그렇게 겁에 질린 채 한 걸음 한 걸음 힘겹게 몸을 이끌고 가서 어떤 집의 벽에 몸을 기댔다. 예전의 막막함과 무서운 상실감을 견디며 마침내 컴퍼스 가로 접어 들었지만, 발걸음은 어린 시절에 쫓길 때처럼 여전히 무거웠다.

악몽이란 무엇일까?

자신이 할 수 있는 것이 한 가지도, 단 한 가지도 없다는 것, 그래서 어떤 일이 일어나는 것을 보면서도 아무것도 할 수 없는 것이다. 달려갈 수도 없고, 어떤 행동을 할 수도 없고, 도망칠 수도 없는 것. 그러지 말라고 외치고 싶지만 소리가 되어 나오지 않는 것.

나는 죽을힘을 다해 컴퍼스 가를 따라 내려갔다. 그런데, 우리집 대문 앞 길가에 그 두 사람, 해리엇과 엄마가 있었다. 화난 엄마는 험악한 손을 들어 해리엇을 때리고 있었다.

오, 엄마.

그 순간 나는 해리엇이 무슨 짓을 했는지 깨달았다.

그녀는 나를 보러 왔는데, 내가 집에 없어서 엄마랑 같이 앉아서 나를 기다린 것이다. 그러다가 엄마와 약속한 것 – 엄마의 자살 – 에 대한 내 고백 얘기가 나왔고 해리엇은 뭔가 자신의 생각을 얘기하려고 했을 것이다. 내가 한 약속에서 나를 구원해주기 위해서.

일이 그렇게 됐다는 것을 나는 직감으로 알았다.

비의 철창 속에서, 나는 엄마가 마이클 형과 나를 때릴 때처럼 해리엇을 향해 손을 쳐드는 것을 봤다. 두 사람의 머리카락은 빗물에 흐트러졌고, 나는 빗소리 때문에 소리를 지를 수도 없었다. 비는 나를 꼼짝 못하게 붙들고 있었다.

움직일 수 없었던 나는 엄마가 해리엇을 때리는 것을 지켜볼 수밖에 없었다. 엄마는 한 번도 아니고 두 번도 아니고 그녀가 쓰러질 정도로 여러 번 후려쳤다. 해리엇이 일어나려고 하면 다시 때렸다.

'엄마는 미쳤어.'

언젠가 마이클 형이 말했었다. 그 말이 맞았다.

나는 두 사람이 이를 드러내며 소리 지르는 것을 보고 있었다. 그러다가 엄마는 거칠고 무시무시한 손으로 무릎 꿇은 채 쓰러져 있는 해리엇의 얼굴을 채찍을 휘두르듯 호되게 때렸다. 그것이 마지막이었다. 해리엇의 얼굴에서 피가 났고 그것은 빗물과 함께 흘러내렸.

10미터도 안 되는 거리에서 마비된 채 서 있던 나는 소리 없는 공포의 현장을 지켜보고 있었다. 두 사람이 싸웠다가 엄마의 승리로 끝날 그 장면은 평생 머릿속에서 지워지지 않았다.

해리엇의 코피는 쏟아지는 비에 씻겨 턱을 타고 흘러내렸고 그녀의 블라우스까지 적셨다. 힘겹게 일어나려던 그녀는 다시 땅바닥에 쓰러졌다. 그녀가 나를 본 것은 그때였다.

'도와 줘' 소리 없는 외침이었다.

하지만 나는 움직일 수가 없었다. 북처럼 나를 두드리는 비를 뚫고 갈 수가 없었다.

그렇게 무기력하게 나는 내 사랑이 내 앞에서 무너지는 것을, 내 사랑이 끝나가는 것을 보고만 있었다.

"도와 줘!"

이윽고 피가 흘러나오는 입으로 그녀가 소리치는 것이 들렸지만, 내 눈앞에서 쏟아지는 빗발 때문에 나는 도와줄 수가 없었다. 내 사랑이 부서져가고 있는데도 나는 움직일 수가 없었다.

엄마는 쓰러진 해리엇에게서 몸을 돌려 나를 봤다. 손을 쳐든 채였다. 하지만 다시는 때리지 않았다. 내 눈에서 살기를 봤던 것이다.

"내가 얘기하지 말라고 했지!"

엄마가 미친 듯이 소리를 질렀다.

"누가 맘대로 애한테 말하랬어. 나랑 약속했잖아. 그건 우리 둘만의 비밀이었고, 너도 약속했어. 이 애가 무슨 권리로…."

그때 어둠이 내리고, 한 여자, 내 여자가 달아나기 시작했다. 옛날에 내가 가위를 든 남자한테서 도망칠 때처럼, 그녀는 빗속에서 컴퍼스가 모퉁이를 돌아 사라지고 있었다. 엄마는 대문을 쾅 닫으며 들어가버렸고, 움직이지도 못하고 슬픔을 울음으로 토해내지도 못한 나는 그 자리에 멍하니 서 있기만 했다.

아무 것도 못했다.

아무 힘도 없었다.

주위에서 쏟아지는 수백 개의 빗장에 무력하게 갇힌 채, 나는 어둠 속에서 나를 구원해줄 손을 애타게 찾고 있었다.

나를 안전한 곳으로 이끌고 나가 새로운 삶을 시작하게 해준 사람은 램지였다.

비가 그치고, 마침내 현실로 돌아와보니 텅 빈 거리뿐이었다. 갈 곳이 없어 해리엇의 집을 찾아갔지만, 아무리 불러도 대답이 없었다.

그래서 나는 어릴 때부터 걸었던 해변산책로를 따라 절벽을 향해 걸었다. 스토닝과 엄마에게서 멀어지기 위해 절벽을 오르고 싶었다. 하지만 그 음울한 날 내 발길이 멈춘 곳은 램지의 집이었다. 문을 두드리던 나는 서러움이 북받쳐 울음을 터트리고 말았다.

램지의 엄마가 나와서 나를 데리고 들어갔다.

"지미, 지미…."

나는 가슴이 무너지는 슬픔에 울고만 있었다.

램지의 엄마는 나를 진정시키고 클럽하우스에 있는 램지에게 전화를 했다. 램지는 나 때문에 대학입학 전 마지막 시합을 포기하고 집으로 왔다.

"괜찮아요, 엄마. 이제 괜찮아, 지미…."

나는 램지에게 그 날 일어난 일을 털어놓았다.

"오늘 비가 내리기 시작할 때 내가 가봤어야 했는데."

그가 미안해했다.

"그걸 생각하지 못하다니. 지미, 다시는 이런 일 없을 거야."

"아냐, 아냐, 램지. 내가 극복해야 될 문제야. 근데 해리엇이…."

전화를 해보고 램지가 해리엇의 집으로 가보기도 했지만 해리엇은 집에 없었다.

램지가 톰 브로디에게 전화하는 동안에도 나는 차를 마시며 훌쩍이고 있었다. 해리엇을 본 사람은 아무도 없었다. 우리는 심지어 병원에까지 전화를 해봤다. 더 이상 기다릴 수가 없어서, 램지가 우리 집에 가서 내 가방을 가져오기로 했다. 분명히 엄마는 제정신을 잃을 정도로 포악해져 있을 것이기 때문이었다. 샛문은 억지로 밀고 들어갈 수 있었다. 램지는 위층으로 올라가 내 짐을 가지고 왔다. 그리고 나와 함께 택시에 타고 역까지 갔다.

브로디가 해리엇의 소식을 가지고 역에 나와 있었다.

"해리엇은 집에 있어. 그 애 아빠가 너희 엄마를 만나러 갈 거야. 너는 만나지 않으시겠대. 좀 기다려 봐. 나는 스토닝에 며칠 더 있을 거니까 뒷일은 내가 알아서 할게."

하지만 그가 할 수 있는 일은 없었다. 나도 마찬가지였다. 편지를 보내고 전화를 해도 소용없었다. 엄마의 손찌검은 나에 대한 그녀의 사랑을 앗아가 버렸다. 자기 엄마 앞에서 자신을 보호해주지도 못하는 남자를 어떤 여자가 사랑할 수 있겠는가.

"이제 너희 둘은 오늘 떠나고 나는 다음 주에 떠나게 되는구나."

브로디가 말했다.

램지의 엄마도 역까지 나왔다. 아들이 대학에 들어가게 되어 자랑스러워하면서도 아쉬워했다.

기차가 날카로운 브레이크 소리와 함께 증기를 구름처럼 내뿜으며 역으로 들어왔다. 그런데 증기가 사라지자 버블스 아줌마가 서 있는 것이 보였다. 나를 배웅하러 온 것이다. 그녀가 따뜻한 사랑을 전하며 나를 안아주었다.

"지미, 잘 가라."

그녀가 속삭였다.

"언젠가는 너한테도 좋은 일이 생길 거고, 그때 가면 안 좋았던 시절은 모두 잊을 거다. 잘 가!"

"버블스 아줌마는 우리가 바래다 드려요."

브로디가 말하자, 램지의 엄마도 그러자고 고개를 끄덕였다.

버블스 아줌마는 내 손을 잡고 세 번 입을 맞추더니, 낡은 코트 주머니에서 누르스름한 봉투를 꺼내 내밀었다.

"너 때문에 행복했다."

기차가 움직이기 시작할 때 버블스 아줌마가 말했다.

"너무 너무 행복했다. 아저씨도 그곳에서 행복할 거다. 넌 아저씨의 진짜 아들이었어. 지미, 잘 가라. 안녕."

잠시 후, 우리가 탄 기차는 다리 아래를 지나 멀어졌다.

마지막까지 나는 해리엇이 나타날지도 모른다는 희망을 버리지 않았다. 바로 그 역에서 그녀가 떠날 때 내가 나타났듯이. 하지만 그녀에게 내 도움이 필요했을 때 나는 도와주지 못했고, 그래서 우리 사랑은 깨져버린 채 해변에 버려졌다.

역에서 멀어지자 나는 버블스 아줌마가 준 봉투를 열어보았다. 그것은 아저씨와 아줌마가 해리엇과 나를 찍은 사진이었다.

자리를 잡고 앉자, 램지는 내 얼굴을 쳐다봤다. 그는 내가 눈물을 흘리고 있을 거라 생각했겠지만, 나는 눈물이 나지 않았다.

"나라도 대신 울어주고 싶다."

램지가 어색하게 웃으며 분위기를 바꿔보려 했다.

"그럴 필요가 없어서 다행이다."

내가 씩 웃으며 대꾸했다.

나는 의자에 사진을 내려놓고 창밖을 바라봤다. 스토닝이 내 인생에서 사라져가고 있었다.

기차는 속력을 내며 포크스턴으로 가는 첫번째 터널을 향해 달렸다. 그럴수록 우리 고향은 저 뒤에서 멀어지고 있었다.

"흠, 드디어 우리가 대학에 들어가는구나."

램지는 감개무량한 표정이었다.

"그래, 우리가 해냈어. 정말로."

내가 대답했다.

기차는 켄트 주의 교외를 관통하며 달렸고, 우리는 덜컹거리는 진동에 따라 흔들리면서 어른의 세계를 향해 갔다. 바다에서, 스토닝에서, 그리고 그 모든 슬픔에서 멀어지면서.

"우리 둘이 함께 대학에 가게 돼서 좋아."

내가 말했다.

"나도 그래. 하지만 해리엇이랑 너희 엄마 일 때문에 마음이 안 좋아."

"괜찮아질 거야. 엄마 때문에 벌어진 일들은 오래 전에 다 적응했으니까."

"나까지 속일 생각 마."

그가 내 팔을 치며 말했다.

기차가 점점 더 속력을 내면서 새로운 지평선이 우리 앞에 펼쳐졌다. 반면, 과거는 후퇴하며 우리가 창밖으로 몸을 내밀고 머리카락을 날리고 얼굴을 찡그리며 기를 쓰고 돌아보아도 더 이상 선명하게 보이지 않았다.

악어

램지는 대학을 졸업한 후에 무엇을 할 것인지가 항상 분명했지만 나는 전망이 불투명했다. 사실은 전망이라는 것을 한 번도 생각해본 적이 없었다.

램지는 한동안 골프용품을 생산하는 회사에 몸담았는데, 그곳에서 실력을 인정받아 회사에서는 그를 미국으로 보내 스포츠용품 마케팅을 공부하게 했다. 그 후 그는 자신의 회사를 차렸고 회사는 점점 번창해 갔다.

"이곳으로 직접 건너와서 한번 계획을 세워봐."

그는 시간만 나면 내게 그렇게 말했다.

"여긴 기회가 많은 땅이야."

무슨 기회? 나는 고개를 저으며 회의했다. 나는 아직 바다를 건너 험한 파도에 맞설 준비가 되어 있지 않았다. 어떤 쇠사슬이 내 나라와 내 과거에 나를 묶어 놓았고 그 쇠사슬들을 연결하면 공포가 되었다.

"언젠가는 미국으로 갈게."

나는 그렇게 대답했다.
"미국에서 언젠가라고 하면 이미 늦어, 지미!"
램지는 안타까워했다.

램지처럼 나도 성적이 우수했기 때문에 직업을 구하는 것은 어렵지 않았다. 하지만 내 야망은 밑바닥이어서 나는 아무런 목적의식이 없었고, 그래서 내게 주어진 기회들 중에서 어떤 것을 잡아야 할지 갈팡질팡했다. 그러다가 나는 임시로 다니기 위해 전혀 장래성 없는 직업을 구했다.

가난한 해외 유학생들을 위해 기금을 마련하는 자선단체였다. 그곳에서 번 돈은 런던 노팅힐 게이트의 원룸아파트에서 먹고 살 정도밖에 되지 않았다. 하지만 내가 정식으로 하고 싶은 일을 찾기까지는 시간이 많이 있다고 생각했다.

비가 올 때면 나는 낯익은 공포에 싸여 침대에서 회색 하늘을 쳐다보다가 비가 그친 뒤에야 밖으로 나갔다. 하지만 런던의 소음과 매연이 나를 압박했다. 구름이 더러운 고층건물 위로 지나가거나 나무들이 비와 바람에 흔들리는 것을 보면, 스토닝의 해변과 모래언덕이 그리웠다. 스태닉 만의 자갈제방에 버블스 아저씨와 함께 앉아 하늘에서 내려앉는 갈매기들을 보고 싶었다.

버블스 아저씨가 마지막에 항상 놓아주던 그 한 마리의 갯지렁이가 되고 싶었다. 나는 자유를 그리워했지만 진짜 자유는 스스로 찾아야 한다는 것을 모르고 있었다. 사람들은 그 길을 가르쳐줄 수 있을 뿐이다. 혼자서 출발하고 뒤돌아보지 않을 때 비로소 자유는 찾아온다.

하지만 나는? 그저 조류가 밀려오는 아무것도 없는 광활한 해변에 어슬렁거리면서 망망대해로 휩쓸려가기만을 기다리고 있었다. 나는 내가 느끼는 감정에 '슬픔'이나 '상실감'이라는 이름을 붙이지 않았다. 내가 알고 있는 것은 내가 과거의 어둠에서 벗어날 수 없으며, 나날이 새로워지는 상실감을 평생 안고 살아야 된다는 절망감뿐이었다.

지금은 그것을 정신적인 병이라 하겠지만, 그때는 그것을 알지 못했다. 나는 '우울증'과 '강박관념'을 나와 연관시켜 생각하지 못했고, '치유'라는 말을 들어보지도 못했으며 그것이 내게 탈출구를 제공해줄지도 모른다는 생각도 하지 못했다.

또한 그때까지 내가 암흑시절에서 탈출하지 못했다는 것을 의식하지 못했고, 그토록 깊은 상실감은 나를 떠나버린 그 사람 때문에 생겼다는 것도 모르고 있었다. 과거와 연결된 문을 닫거나 그것을 안고 살아가는 법을 배우지 못하면 정상적인 삶을 살아갈 수 없다는 것을 아무도 내게 일러주지 않았던 것이다.

그래서 나는 끊임없이 스토닝으로 뒷걸음질쳤다. 저 너머에 더 좋고 더 안전한 불빛이 있다는 것은 알지 못하고 눈 앞의 불빛을 향해 날아드는 나방처럼.

대학시절에는 그곳으로 가고 싶은 생각이 전혀 들지 않았다. 때때로 할머니와 버블스 아줌마를 만나러 가기는 했지만 말이다. 그 몇 해 동안 한 번도 엄마를 만나지 않았고 만나고 싶지도 않았다. 하지만 나중에 런던에서 꼼짝 못하고 살면서 나는 정기적으로 스토닝에 갔고 그곳에서 우울한 위안을 얻었다.

나는 어린 시절의 거리를 걷는 것이 좋았다. 걸으면서 파일럿 가의 연석을 세웠고, 하이 가에서 일어나는 변화들을 유심히 살펴봤다. 노스엔드의 구멍가게와 선술집들이 계속 문을 닫고 휴일에만 오던 외지인들에게 집이 팔리는 과정도 지켜봤다.

쇠락해가는 거리는 나와 다를 게 없었다.

나는 항상 힘겹게 생을 이어가고 있는 할머니를 찾아갔다. 또한 버블스 아저씨를 기억하기 위해 그리고 그들의 대장이 누구였는지를 갯지렁이들에게 일깨워주기 위해 스태닉 만에 갔다. 그리고 거기에서 밤낚시라도 하게 되면 한 마리를 다시 놓아주는 것을 잊지 않았다. 우리는 누구에게나 자유의 기회가 있다는 것을 잊어서는 안 된다.

나는 옛 시절을 떠올리며 아더 샌더스 아저씨도 찾아갔다. 그는 몸이 쇠약해진 데다 관절염까지 심해서 스패너도 돌리지 못할 정도였다. 그래서 자신의 연장들을 내게 물려주려고 했다.

"지미, 저것들 너 가져라."

"둘 데가 없어요, 아저씨."

"너희 엄마는…."

"엄마는 다 내버릴 거예요. 항상 갖다 버리기만 하시는걸요."

"너희 엄마는 좋은 분이야."

"미쳤죠."

"지미, 그렇게 말하면 못써. 언젠가는 돌아가실 텐데, 그러면 나중에 네가 후회하게 돼."

"그럴 일은 없을 거예요."

"내가 전에 얘기했던가…."

샌더스 아저씨는 항상 내게 뭔가를 가르치려 했다. 그와 워튼 선생님은 내가 만난 사람들 중 가장 훌륭한 선생님이었다.

나는 버블스 아줌마도 만나러 갔다. 그 몇 년 동안 아줌마는 은둔자가 되어 집안에만 있다가, 봄이 되어도 활력을 찾지 못하고 점점 약해졌다. 나는 해마다 아줌마뿐 아니라 남동생까지 기억하며 생일 축하 카드를 보냈다. 크리스마스 카드도 보냈다. 다른 누구보다, 심지어 할머니보다 아줌마가 더 걱정되었다. 그녀는 버블스 아저씨의 사랑을 듬뿍 받으며 살았는데, 아저씨가 돌아가신 후에는 마음 둘 데가 없어 불안정한 상태였다.

아줌마네 작은 오두막집은 가격이 오르고 있었지만 그녀는 이사하고 싶지 않다고 했다.

"어디로 가겠니? 여긴 내가 사랑받으며 살았던 곳인데."

그녀는 버블스 아저씨의 검은색 코트를 문에 그대로 걸어두었다. 거기에는 바다냄새가 진하게 났고 소금과 모래와 땀에 절어 있어서 솔로 박박 문질러 빨아야 될 정도였다. 아저씨의 커다란 자전거도 마당에 두었다. 크로스바에는 아저씨가 오랫동안 사용했던 그리고 내가 매놓았던 짧은 쇠스랑이 있었다. 아줌마는 가끔 나와서 그 안장과 쇠스랑을 쓰다듬었다. 자신을 보살펴주던 남편이 없어지자 그녀는 인생의 허무함만을 느끼며 어디에서 삶의 목적을 찾아야 할지 모르고 있었다.

오래 전에 아저씨가 갯지렁이를 담아두었던 큰 통을 나는 해변으로 가지고 나가 깨끗이 비워버렸다. 그것은 자갈과 모래 사이로 흩어지면서 갯벼룩들의 만찬이 되었다. 버블스 아저씨는 잘했다고 했을 것이다.

나는 자주 바닷가에 서서 그와의 추억을 아프도록 그리워했다. 그가 내게 베풀었던 사랑을 어떻게 갚을 수 있을까 생각하며….

'다른 사람에게 갚아'

그는 그렇게 말했을 것이다. 나는 아저씨가 그랬던 것처럼 아줌마에게 예전의 명랑함과 행복을 되찾아주고 싶었다.

무작정 시작한 런던에서의 직장생활이 1년쯤 되던 어느 날, 나는 무슨 생각에서인지 컴퍼스 가의 끄트머리까지 가서 충동적으로 우리 집 현관문을 두드렸다.

"엄마, 오랜만이에요."

"오. 너 왔구나."

엄마가 나를 빤히 쳐다보며 말했다.

엄마는 예전과 달라진 것이 별로 없었다. 여전히 뚱뚱했고, 머리는 헝클어졌고, 비뚤어진 안경에는 먼지가 탁하게 앉아 있었다. 하지만 안색은 좋아보였고 눈에서도 피곤한 기미가 전혀 느껴지지 않았다.

"들어와라."

엄마가 이윽고 말했다. 거실을 향해 좁은 복도를 어색하게 걸어가는데 이렇게 덧붙였다.

"용케 나를 만나게 됐구나. 내일 떠날 참이었는데."

"떠난다구요?"

엄마는 고개를 끄덕이더니 놀랄 만한 말을 꺼냈다. 너무 놀라서 까딱하면 자리에서 쓰러질 것 같았다.

"응. 요즘 요리사로 일하고 있거든. 출장 요리사지. 요즘 부유한 70~80대 노인들은 하인을 두고 사는 데 익숙해졌는데, 가정부 구하기가 힘들단다.『더 레이디』에 광고를 내서 내가 원할 때만 일할 수 있는 자리를 얻었지.”

엄마는 아무렇지도 않게 대답했다.

“요리사요?”

나는 엄마가 만들어주던 그 맛없는 음식들을 떠올리며 깜짝 놀랐다. 음식이 늘어 붙은 접시들과 냄새나고 지저분한 부엌은 다시 생각하기도 싫었다.

“응.”

엄마가 밝은 목소리로 대답했다.

“그 덕분에 여기 스토닝을 벗어날 수 있고 수입도 괜찮게 올릴 수 있게 됐지. 차를 좀 마시자. 넌 불을 좀 피워줄래?”

엄마는 그 말끝에 ‘예전처럼’이라고 덧붙이려 한 것 같지만 다행히 그 말은 자제했다.

나는 연기를 내면서 불을 피웠고, 엄마는 여전히 얼룩이 지고 이가 빠진 찻잔을 짝이 안 맞는 받침접시에 내왔다.

“좋구나.”

엄마가 예전의 자세로 앉아 그렇게 말했다. 하지만 우리는 서로를 경계하듯 쳐다봤고 대화는 계속 겉돌았다.

엄마는 힐러리 누나와 마이클 형, 하워드 스커플, 맥스 삼촌의 최근 소식을 전해주었다. 삼촌이 벌인 일들에 관해 엄마는 재미나게 얘기해줬고 우리는 모처럼 마음 놓고 웃었다.

그날의 방문이 그리 나쁘지는 않았지만 좋지만도 않았다. 내가 엄마에게 품었던 증오는 돌연 사라지고 그 자리에는… 무정함이 들어섰다. 싫다는 느낌 외에는 아무런 감정을 느낄 수가 없었다.

"가봐야겠어요."

나는 결국 이렇게 말했다.

"그래. 나도 준비를 해야겠다."

엄마도 조금 서두르면서 말했다.

처음부터 사랑이 없었기 때문에 잃어버린 사랑도 있을 리 없었다.

"제 주소 적어드릴게요."

나는 엄마가 갖고 있던 마권 구매표에 주소를 적어줬다.

"이 표는 잃어버리면 안 돼."

엄마가 말했다.

"가계부에 적어야 되니까 꼭 보관한단다. 나는 작년에 10파운드나 땄고 이번에도 딸 것 같아."

그 방문 이후 나는 머릿속에서 엄마를 지워버렸고, 엄마와의 과거에도 덜 얽매이게 됐다.

"다음에 스토닝에 오게 되면 다시 들를게요."

"그래라. 내가 집에 있을지 모르겠다만."

그렇게 우리는 난로 앞에서 차를 마시고 가끔 웃기도 했지만, 예전과 똑같지는 않았다. 결코 똑같아질 수가 없었다. 비록 엄마가 손찌검하는 수치스러운 짓은 더 이상 하지 않았지만, 그래도 엄마가 해리엇을 쳐서 땅에 쓰러뜨리기 전의 시절로 돌아갈 수는 없었다.

비는 점점 더 나를 괴롭혔다. 조금도 나아지지가 않았다. 갑자기 비가 내리면 나는 그것이 그칠 때까지 문간에 숨어 꼼짝하지 못했다. 강철 같은 빗줄기는 내 앞길을 가로막았다. 하지만 문맹이거나 난독증이 있는 사람들처럼 나는 내 이상증상을 숨겼고 아무도 그것을 눈치 채지 못했다.

그런 증상 때문에 내 유일한 야외활동인 산책을 포기한 것은 아니었다. 언덕에 오르는 도중 비를 만나면 바위나 나무를 대피소 삼아 쪼그리고 앉아서 후드 점퍼에서 떨어지는 빗물을 바라보았다. 두려움에 떨기는 했지만 죽지 않는다는 것은 알고 있었기 때문에 기다릴 수 있었다.

하지만, 비만 오면 내 몸이 굳어버린다는 것이 다른 사람들에게 창피했기 때문에 혼자서 산책해야 했다. 비에 몸이 마비되는 이유를 모른다는 것이 더 창피했다. 그때는 두려움과 공포는 터놓고 말할 만한 사안이 아니었다.

5월 어느 날, 웨스턴 하일랜즈에 올랐다가 인버네스에서 남쪽으로 가는 버스를 기다리던 중 『더 타임즈』의 첫 면에 그 아프리카 신사의 사진을 보게 되었다. 그가 숨을 거뒀으며 온 아프리카와 유럽이 그를 애도하고 있다는 것이다. 기사는 그의 출생부터 사망까지 자세히 다루고 있었다. 하지만 그의 출생일은 밝혀지지 않았고, 그가 할머니와 나를 만나러 온 일도 나와 있지 않았다.

나는 그가 말한 대로 할머니를 보살펴야 할 때가 왔다는 것을 깨달았다. 그래서 즉시 할머니가 계시는 양로원에 전보를 쳐서 내가 곧 내려가겠다고 알렸다. 그런 다음 항상 가지고 다녔던 물건을 가지러 내 아파트에 들렀다. 그것이 언제 필요할지는 모르는 일이었다.

나는 그것을 코트 주머니에 넣고 곧장 스토닝으로 내려갔다. 거기에 도착했을 때는 거의 밤이었다. 낯익은 스토닝 역에 오랜 만에 서니 소금기 섞인 바닷바람 냄새가 났고, 강풍이 몰려오려는지 바다가 거칠게 으르렁거리는 소리가 들려왔다.

역에서 할머니가 계시는 양로원까지는 걸어서 갔다. 방으로 들어가보니 할머니는 평소처럼 아래쪽 창문을 열어놓고 앉아 있었다. 할머니는 항상 신선한 바람을 느끼고 싶어했다. 불빛이라고는 꺼질 듯이 흔들리는 촛불뿐이었다.

할머니는 전에 이렇게 말했었다.

"만일 내가 움직이지도 못하고 침대에만 누워 있게 되면, 아무리 날씨가 추워도 창문을 열어놓으라고 사람들한테 말해둬라."

창문이 열려 있어야 자신의 영혼이 그 강을 지나 마지막 안식처로 가볍게 갈 수 있다는 것이다.

"내 영혼은 아래층으로 내려가서 어렵게 열쇠를 찾고 빗장을 올리는 수선을 피우기 싫을 거다!"

할머니는 촛불만 흐릿하게 켜놓은 채 창가에 앉아 있었는데, 방에서 촛불을 켜는 것은 금지되어 있었다. 바람이 점점 거세지자 레이스 커튼은 안팎으로 날렸고, 촛불도 꺼질 듯 말 듯 위태로웠다.

"지미 왔니?"

내 목소리를 듣고 할머니가 그렇게 대답했다.

할머니는 쭈글쭈글한 손을 내게 내밀었다.

"네가 올 줄 알고 있었다."

촛불이 놓인 작은 테이블에는 『데일리 텔레그라프』가 펼쳐져 있었고, 거기에는 아프리카 신사의 사진이 실려 있었다. 신문 옆에는 그가 할머니에게 준 물건들이 모두 놓여 있었다. 기린, 흑단나무로 만든 인형, 나무주걱. 할머니가 제단을 만든 것이다.

"할머니, 이리 오세요."

내가 두꺼운 붉은색 코트와 지팡이를 가져다주면서 말했다.

"그분은 제가 뭘 해야 할지 알게 될 거라고 말씀하셨어요. 정말 알 것 같아요. 좀 늦었지만 같이 가요."

할머니는 며칠 동안 밖에 나가지 못했다고 하면서도 코트를 받아 입었다. 할머니는 그 나이의 노파에게는 너무 늦은 시각이라고 했다. 하지만 내가 내민 지팡이도 받아들었다.

"가자, 지미."

할머니는 내가 어렸을 때 함께 걸었을 때보다 훨씬 못 걸었다. 그래서 밤을 타서 스토닝 부두까지 가는 데 한참이 걸렸다. 할머니는 내내 내 팔을 잡고 있었다. 바람이 너무 세서 해변에 널려 있는 마른 해초처럼 날려갈 것 같았던 것이다. 산책로의 불빛에 비친 할머니의 얼굴은 누런 양피지처럼 창백해 보였다.

부두는 야간낚시꾼들을 위해 개방되어 있었다. 입장료는 1실링이었지만 부두 관리인이 할머니와 나를 보더니 그냥 들여보내 주었다.

"지미, 낮은 데크로 내려갈 거면 젖지 않도록 조심해라. 강풍이 오기 직전에는 파도가 높아지니까 조금 있다가 여기를 폐쇄할 거다."

그 아저씨의 말을 듣고 있자니 고향에 왔다는 실감이 들면서 마음이 푸근해졌다.

우리는 바람이 휘몰아치고 바다로 둘러싸인 부두 끝까지 걸어갔다. 두꺼운 코트와 모자로 무장한 사람들이 질척거리는 손을 호주머니에 넣은 채, 미끼를 매단 낚싯대에 눈을 고정시키고 있었다. 우리는 부두 끝에 있는 가로대까지 가서 바람을 향해 왼쪽으로 방향을 바꾸고 아래 데크로 이어지는 계단을 내려갔다. 바람이 세고 밀물일 때여서 파도가 위로 용솟음치면서 널빤지 사이로 거품이 일었다.

나는 필사적으로 내 팔에 매달리는 할머니와 함께 북동쪽을 향해 섰다. 바다는 우리 발 아래서 홍수처럼 위협하듯이 지나갔다. 바람에 날려가지 않도록 무거운 납덩이라도 매달고 있어야 할 것 같았다. 그런 날 아래로 미끄러져 휩쓸려 가면 끝장이라고 봐야 한다.

우리는 난간에 기대에 어두운 바다를 내려다보았다. 그러다가 나는 그 아프리카 신사가 오래 전에 주고 간 악어를 주머니에서 꺼냈다.

"할머니, 그분은 이제 이게 필요할 거예요. 그래야 강을 건너 저쪽 세상으로 안전하게 갈 수 있을 테니까요. 그분은 이 날이 올 거라고 말씀하셨어요."

할머니는 그것을 집어들더니 난간 위에 올려놓고 오랫동안 쥐고 있었다. 할머니가 작별인사를 하는 동안 바람은 할머니 손에서 그것을 빼앗아가려고 기를 쓰고 있었다.

바람이 늙은 할머니의 가녀린 생명을 앗아갈 것 같았다. 하지만 할머니에게는 강철 같은 의지가 있었다. 할머니는 아프리카어로 몇 마디를 했다. 그것은 아프리카 신사의 부족언어였는데, 그분이 할머니한테 가르쳐준 것이다. 할머니는 주문과 기도를 하고 나서 노래도 조금 불렀다. 목소리는 비록 갈라지고 노쇠했지만, 젊은 여인이 부르는 성가 같았다. 하지만 노래가 끝나고 슬피 울 때는 남편을 잃은 노파의 목소리였다.

곡소리가 그치자 할머니 손 안에 있던 악어가 움직이기 시작했다. 그것은 자신이 할 일을 알고 있었던 것이다. 악어는 꼬리를 낚아채듯 휙 움직이더니 잠에서 막 깨어난 듯 입을 쩍 벌리고 하품을 했다.

그러더니 할머니가 들지 못할 정도로 커져서 아래 바닷물에 첨벙 빠졌다. 그것은 주위를 몇 바퀴 돌면서 방향을 가늠하다가 동쪽으로 헤엄쳐가기 시작했다.

파도는 높이 솟구쳤다가 떨어지고 바람은 계속 휘몰아쳤다. 악어가 다시 한번 꼬리를 휘두르더니 우리 눈앞에서 점점 커졌다. 그리고는 깊은 바다를 가로질러 굿윈 사주의 불빛을 향해, 그리고 아프리카 신사가 말한 그 강을 건너 별까지 그를 데려다주기 위해 저 멀리 사라져버렸다.

우리가 지켜보는 동안 바다는 격렬하게 몸부림쳤다. 매서운 바람은 늙은 할머니의 처연한 울음소리를 잡아채고 흐르는 눈물을 흩뿌리고 있었다. 나는 할머니의 울음소리를 들으며 그 신사가 된 것처럼, 그리고 예전에 할머니가 병원에 있는 내 손을 잡아줄 때처럼 지극한 사랑으로 할머니를 부축했다.

"오, 지미."

할머니가 갑자기 내 얼굴을 어루만지며 말했다. 그러자 가슴속의 쓰라린 아픔이 가시고 그 자리에 어떤 힘이 들어서는 것 같았다. 내 안에서 치유가 일어나고 있다는 것이 느껴졌다.

할머니가 진정되고 나도 마음이 가라앉자, 우리는 20분 정도 어두운 밤을 응시했다. 얼마 후, 부두 관리인 아저씨가 우리 있는 곳까지 내려오더니 위쪽 데크로 올라가라고 했다. 파도소리 때문에 그는 소리를 지르듯 얘기했다.

"지미, 할머니 모시고 위로 올라가라!"

하지만 그도 우리 옆에 잠시 서 있었다. 모자챙을 필사적으로 붙잡고, 격렬하게 몸부림치는 밤을 응시하며.

"9시가 다 되어간다."

그가 말했다.

"오늘 밤엔 파도가 만만치 않을 것 같구나."

부두 위쪽으로 올라가기도 전에 우리는 모두 포말에 젖어버렸다. 올라가다가 잠깐 멈춰 뒤쪽의 어둠을 바라봤다. 거기에는 분명히 '격렬함' 보다 훨씬 더 강력한 것, 바다 그 자체보다도 더 강력한 뭔가가 있었다. 그것은 악어와 할머니의 삶에 대한 사랑과 아프리카 신사였다. 그들은 할머니가 그들과 합류할 때를 대비하여 별을 향해 가고 있었다.

"지미, 넌 이제 네 손으로 악어를 만들어야 되겠구나."

양로원을 향해 먼 길을 되돌아가기 시작할 때 할머니가 말했다.

"이제 너도 강을 향해 모험을 할 때가 되었으니까."

"아침에 해변에 나가면 떠내려온 나무토막이 있을 거예요. 그걸로 만들어야겠어요."

몇 년 만에 처음으로, 다음날 뭔가 좋은 일이 생길 것 같은 느낌이 들었고 발걸음도 가벼워졌다.

하지만 할머니는 내 미래에 관한 얘기는 듣고 있지 않았다. 그것은 할머니의 생애 저 너머에 있었기 때문이다. 할머니는 악어의 꼬리를 찾으며 폭풍우 몰아치는 밤하늘을 올려다보고 있었다.

"잘 안 보이는구나."

할머니가 말했다.

"언제부턴가 안경이 점점 안 보였는데 그래도 그냥 버릇처럼 쓰고 있는 거야. 지미, 솔직히 말하면 난 앞이 하나도 안 보인단다!"

할머니는 깔깔 웃더니 다시 늙은 할머니가 되어 내 팔을 잡았다. 나는 할머니를 무사히 양로원까지 바래다주었다.

광활한 바다

할머니와 부두에 나갔던 날 이후, 나는 뭔가 달라진 느낌이 들었다. 더 밝아지고 설레기까지 했다. 하지만 아직 무엇을 해야 할지 확신이 서지 않아서, 그때까지도 의미 없는 아파트에 집세를 계속 내면서 의미 없는 그 일을 계속하고 있었다. 나는 이도 저도 아닌 상태에서 밀물과 썰물 사이처럼 애매한 자리에 머물고 있었다.

이 아파트에서 저 아파트로 옮겨 다녔지만 거기가 거기 같았다. 모두 깔끔했고, 오랫동안 열지 않은 내 보물상자와 백과사전 외에는 나만의 공간이라는 느낌을 주는 물건도 없었다. 나는 가끔 내가 모르는 것을 찾아보려고 흐린 불빛 아래서 백과사전을 휘리릭 넘겨보곤 했다. 낡고 푸른색의 낡은 세피아 용지는 내 마음의 풍경처럼 스산한 느낌을 주었다.

내게 신발을 주고 간 그 사람의 사랑은 책갈피 사이에서도 찾을 수 없었고, 비에 에워싸인 도시의 그림자에서도 찾을 수 없었다.

직업이 바뀌고 내 수입도 늘어나자, 드디어 메릴리본에 있는 저렴

한 아파트에 들어갔다. 방이 두 개고 부엌과 낡은 욕실이 있었다. 나는 과거의 기억을 씻어내려는 듯이 집요하게 구석구석을 청소했다. 끝냈지만 그 안에 둘 것이 없었다. 내가 가진 것은 하나뿐인 침대, 백과사전에게 친구가 되어 줄 몇 권의 책, 잘 다림질된 칙칙한 색깔의 옷들 그리고 최근의 영국 도보여행에서 사온 엽서들뿐이었다. 그 전 여행에서 사온 엽서들은 흔적을 남기지 않기 위해 의식을 치르듯 모두 버렸다.

그 여행지들은 가까운 곳들이었다. 절대 멀리는 가지 않았다. 하지만 한 번도 해외로 나가볼 생각은 하지 않았다. 너무 큰 변화는 두렵고 비는 공포였다. 많은 사건들로 머리가 혼란스러웠기 때문에 나는 익숙함에서 오는 편안함이 좋았다.

새로 이사한 아파트는 황량했고, 내가 보물상자로 쓰고 있는, 해변에 떠밀려온 오렌지 상자처럼 휑하니 비어 있었다. 이제 바닷가에서는 찾을 만한 보물이 없는 것 같았다. 내가 가지고 있는 것이라고는 돈뿐이었다. 쓸 곳이 없었기 때문이다. 엄마의 성격을 물려받은 것인지도 모른다. 내 저축액은 늘어갔다.

램지는 가끔 전화나 편지로 자신이 하고 있는 일이 얼마나 번성하고 있는지 알려줬는데, 듣고 있으면 놀라울 정도였다. 레저 분야에 뜻을 두고 있던 그는 미국에서 회사를 운영하면서 전문경영인 과정 수업을 듣고 있었다.

한 번은 편지에 이런 내용을 써보냈다.

지미, 너는 무엇이든 할 수 있어. 너도 잘 알잖아. 너에게 필요한 건 반짝반짝 하는 참신한 아이디어야. 그런 아이디어가 없으면 네가 누구보다 잘 할 수 있는 확실한 아이디어라도 괜찮아. 생각나는 게 있으면 알려줘. 너랑 같이 일하고 싶어. 우리 둘이 할 수 있는 일은 무궁무진해.

톰 브로디가 들러서 당시에 유행하던 인도 음식점에 갔다. 브로디는 기술자가 되어 있었고 수지맞는 계약들을 성사시키고 있었다. 그의 생활은 건실했고 말레이시아에서 만난 영국 여자와 결혼할 예정이었다. 그들은 아파트를 사고 나서 결혼하겠다고 했다.

"집주인에게 매달 돈을 주느니 그 돈을 주택은행에 내고 대출해서 집을 사는 게 낫잖아? 그런데, 지미, 넌 어떻게 지내니? 별일 없어?"

새로운 일은 거의 없었다. 아니, 하나도 없었다. 이제 브로디도 나를 만나는 게 지겨울 거라는 생각이 들었다.

"대입시험 치르고 스토닝 해변에서 놀 때 참 재밌었는데."

브로디가 말했다.

"맞아, 그랬지…."

나는 좀더 재밌는 화제가 없나 고심하면서 대답했다.

브로디의 관심은 현재와 미래였지, 과거가 아니었다. 그는 내가 나이에 안 맞게 늙은이 같다고 생각했을 것이다. 그 찬란했던 여름, 함께 배를 타던 18살의 구릿빛 소년의 모습이 나한테는 전혀 남아 있지 않았다.

"해리엇한테 소식 오니?"

나는 고개를 저었다.

"여자친구는 생겼고?"

"여자들 만날 기회가 없어."

내가 다시 고개를 저으며 말했다.

"여자들이 너한테 오지는 않아. 여자들이 있는 곳으로 네가 가야지."

브로디가 충고했다.

"노력해 볼게."

내가 쓴웃음을 지으며 말했다. 그 순간 브로디는 낯익은 친구의 모습을 잠깐 본 것 같았다. 분명히 브로디는 그때 내가 아프다는 것을, 그리고 처음으로 내 마음의 상태를 넌지시 암시했다는 것을 눈치챘다.

"지미."

그가 힘을 주려는 듯이 내 손을 잡았다.

"내가 도울 일이 있으면, 무엇이든…."

그때 그를 바라보던 내 눈은 두려움과 상실감으로 가득 차 있었다.

몇 달이 흘렀고 나는 어쩌다 한 번 스토닝에 가면서도 엄마를 만나러 가지는 않았다.

그러던 어느날, 1년 동안 소식이 없던 엄마가 편지를 보냈다. 항상 쓰던 편지지에 또박또박 쓴 글씨체는 엄마의 낯익은 필체였다. 나는 커피를 탄 후에야 그것을 읽어볼 용기가 났다.

봉투를 천천히 잘랐더니 놀랍게도 수표 한 장이 떨어졌다. 443파운드였다. 내 연봉의 절반이었고 내가 저축한 것보다도 많은 금액이었으며 지금까지 받아본 수표 중 가장 큰 액수였다.

별로 중요하지 않은 이런저런 소식들은 건너뛰고 그 돈에 관해 설명한 부분부터 읽어봤다.

> 지금은 너도 알고 있으리라 생각하지만 할머니가 돌아가셨다. 그리고 그 돈은 할머니가 남긴 얼마 안 되는 유산 중 네 몫이다. 너한테 이제야 연락해서 미안하구나. 네가 다시 이사를 가서 그랬던 모양이지만….

나는 벌떡 일어났다. 내 비명은 소리 없는 비명이었다. 내가 흘리는 눈물은 보이지 않는 눈물이었다.

'할머니가 돌아가셨어. 그런데 나는 거기 가서 할머니 손을 잡아주지도 못했다니' 연락을 받지 못해서 비통함과 분노는 한층 더했다.
'할머니가 돌아가셨다'
세상이 갑자기 빙빙 도는 것 같았다. 동서남북을 분간할 수가 없었다. 일단 회사에 전화해서 결근해야겠다고 통보했다.
나는 수표를 쳐다보다가 '로이즈 은행'이라고 쓰인 파일에 집어넣었다. 할머니의 돈을 원한 게 아니었다. 어떤 삶도, 특히 할머니의 삶은 수표 한 장으로 정리될 수 없었다.
엄마의 편지를 노려보고 있자니 갑작스러운 공허감과 형언할 수 없는 슬픔이 분노와 절망감으로 바뀌었다. 왜 내게 말하지 않았을까. 왜 내가 작별인사도 못 하게 방해했을까. 어떤 이유를 대더라도 납득할 수 없었다. 연락이 되지 않았다는 말도 믿을 수 없었다. 나는 이사할 때마다 꼬박꼬박 주소변경 신고를 했고 규칙적인 생활을 했기 때문에, 우체부 아저씨와 자주 만났던 것이다. 그래서 전화와 마찬가지로 우편물도 항상 제때 받았고 이사 왔을 때도 마찬가지였다.

화가 치밀었고 동시에 죄책감도 들었다. 할머니가 돌아가실 때 임종을 못했기 때문이다.

엄마에게 전화를 걸었으나 받지 않았다. 가지고 있던 마이클 형 전화번호로 연락을 했더니 친구가 받았다.

"마이클은 몇 년 동안 못 봤는데요."

무심한 남아프리카 억양의 목소리에 나는 당황했다.

"지미한테서 전화 왔었다고 전해주세요."

"지미? 마이클 동생 말인가요?"

누군가가 나를 알고 있다니 의아했다. 하지만 그 사람의 호의는 거기까지였다.

"마이클이 다시 나타나면 전화 왔었다고 얘기하죠. 나타날지 모르겠지만요."

힐러리 누나에게도 전화할까 생각했지만 그녀의 번호도 모르고 어디 살고 있는지도 몰랐다.

나는 거의 빈칸으로 있는 내 전화번호부 수첩을 쳐다봤다. 그것은 상품이 없는 상점이나 마찬가지였고 내 공허한 삶의 증거였다.

그러다 램지에게 전화했다. 그때 뉴욕은 야심한 시각이었는데도 그는 내 얘기를 들어주었다. 할머니가 돌아가신 것을 이제야 알게 된 나의 슬픔과 분노를 그는 묵묵히 들어주었다.

"할머니가 계셨던 양로원에 전화해봐. 어떻게 된 건지 거기서는 알고 있을 거야."

"내려가 보고 싶어."

"그럼 가. 그 사람들은 할머니가 어디에서…."

"묻히셨어. 할머니가 항상 그러고 싶다고 하셨거든. 항상 말씀하시길…."

내 눈물어린 추억을 램지는 공감하며 들어주었다.

"너한테는 할머니밖에 없었는데."

그가 말했다.

할머니는 내 생명을 수천 번이나 구해주었다.

나는 스토닝으로 가는 기차를 타기 직전에 집으로 전화를 해봤다. 놀랍게도 엄마가 받았다. 엄마는 내 분노에는 진력났다는 듯이 듣고 있더니, 자신은 잘못한 것이 아무것도 없다는 듯이 얘기했다. 하지만 나는 엄마 목소리에 죄책감이 들어 있다는 것을 느꼈다.

"할머니가 어떻게 돌아가셨어요? 그거라도 말해줘요!"

엄마는 한숨을 쉬더니 할머니에게 일어난 일을 엄마 방식대로 얘기했다.

"여러 번 경고를 받았는데 그날도 할머니는 생각 없이 방에 촛불을 켜놨어. 항상 당신 고집대로만 하시잖니. 그러다가 잠옷에 불이 붙은 모양이야. 화상은 입지 않은 걸로 봐서 사람들은 할머니가 불을 끄려다가 뇌졸중으로 쓰러졌다는 결론을 내렸지. 나는 할머니가 고통 속에서 돌아가셨을까봐 걱정했는데, 의사 말로는 그러지 않았다고 하더구나. 지미, 결국, 지금으로선…."

엄마 목소리가 점점 희미해지더니 사라졌다. 나는 뜨거운 눈물이 흘러내리는 것을 느끼며 조용히 전화를 내려놓았다. 멀리 떨어져 있어서 그보다 더 못된 행동은 하지 못하는 게 다행이었다.

스토닝으로 내려가서는 엄마에게 연락하지도 않았고 찾아가지도 않았다. 대신 양로원으로 가서, 한두 번 만난 적이 있는 수간호사와 얘기했다.

"할머니 방을 좀 봐도 될까요?"

"지금은 다른 사람이 쓰고 있는데, 하지만… 잠깐만 들여다보렴. 캐스터 씨는 괜찮다고 할 거야."

캐스터 씨는 우리가 들어오는 것을 전혀 몰랐다. 그는 백발의 노인이었는데, 트위드 재킷을 입고 창가에 앉아 있었다. 눈이 보이지 않아서 시선을 그냥 허공에 두고 있었다. 게다가 귀도 들리지 않아서 전혀 들을 수 없었다. 그는 할머니처럼 죽음을 기다리고 있었다.

주위를 잠깐 둘러보니 모든 게 달라져 있었다.

"할머니 물건들은 어디 있죠?"

"너희 어머니께서 모두 자선단체에 보내라고 하시더구나."

나는 고통으로 심장이 오그라드는 것 같았다.

"하지만… 음… 가까운 사람들은 가끔 그런 결정을 후회하기도 해서, 물건들을 아직 가지고 있단다. 너희 할머니가 특별히 아끼는 물건들이 있었거든. 자, 나를 따라오렴."

나는 그녀를 따라 반질반질한 바닥재가 깔린 복도를 지나 마호가니 문을 열고 지하실로 내려갔다. 그녀는 잡다한 물건이 보관되어 있는, 하지만 깔끔하게 정리된 방으로 나를 안내했다.

"물론 옷가지랑 보석류는 가져가셨단다. 하지만… 이 두 상자에 든 물건들은 우리에게 알아서 처분하라고 하셨어. 그냥 장식품들이지만, 그것들이 너한테는 추억이 깃든 물건일 수도 있으니까. 그리고, 그래 시계도 있구나."

그녀는 할머니 이름이 선명하게 적힌 골판지 상자를 가리켰다. 그것에 기대어 검은색 벨벳 천으로 덮인 할아버지의 괘종시계가 기대어 있었다. 할머니가 방에 두고 쓰던 것이었다.

"할머니께서는 이것들을 너한테 남길 거라고 자주 말씀하셨단다. 그래서 그 뒤에 메모를 적어 붙여놓으셨지. 너희 엄마는 네가 나중에 와서 그것들을 가져갈 거라고 하시더구나."

"저희 엄마가요?"

수간호사는 고개를 끄덕였다.

때로는 잘 모르는 사람들 사이에서도 구구절절한 설명이 필요 없을 때가 있다. 그녀는 엄마가 내게 아무 얘기도 하지 않았음을 이미 눈치 챈 듯했다.

"장례식은 어디서 했나요?"

이윽고 용기를 내서 물었다.

"어머니께서 말씀 안 하셨니?"

그것은 의심했던 내용을 확인하는 말이었다.

"안 했어요."

나는 조용히 말했다. 그리고 궁금한 것을 물었다.

"할머니가 돌아가신 건… 그러니까 할머니가…."

"할머니는 촛불을 끄다가 돌아가셨어. 촛불을 켜두면 안 되는데 말야."

"할머니는 항상 조심하셨어요."

"그래도 연세가 많으시잖니. 그래서 그걸 못하게 한 거야. 그런데…."

그녀의 눈이 미소로 주름졌다.

"할머니는 대단하신 분이야, 그렇지? 마지막까지 뭐든지 혼자 힘으로 하려 하셨고, 한 번도 불평을 하지 않으셨단다. 보살피는 사람을 수월하게 해주는 분이셨지."

나도 웃음을 지었다. 하지만 눈에는 눈물이 고였다.

"돌아가실 때 고통스러워하셨나요? 사실대로 말씀해 주세요."

수간호사는 거짓말을 할 줄 몰랐다. 할머니는 충격과 고통 속에서도 죽을 힘을 다해 불을 끄려고 하다 심장이 멈췄던 것이다.

"내가 와서 도와드려야 했는데."

내가 말했다.

"너무 마음이 아프구나."

수간호사는 할머니가 그랬던 것처럼 손을 내밀어 내 팔을 잡았다.

"할머니는 너를 무척 소중하게 여기셨다. 그래서 우리는 장례식 때 네가 왜 안 왔는지 의아하게 생각했지. 우린…."

아무 말 하지 않는 것이 나을 때가 있다.

"할머니가 묻힌 곳은 어딘가요?"

"도버 묘지야. 그런데… 할머니는 화장으로 했어. 나는 할머니가 화장을 원하지 않은 걸로 알고 있었는데, 너희 어머니는 그게 아니라고 하시더구나."

내가 알기로는 그것이 엄마의 마지막 거짓말이었다. 마지막까지 배신을 한 것이다. 그 말을 듣자 모든 것이 쓸데없는 일처럼 느껴졌다.

"화장하고 난 재는 보통 고인의 가족에게 보내거나 나중에 뿌리는데…."

수간호사는 내 참담한 심정을 눈치챘다.

"오, 지미, 어떡하면 좋니. 궁금한 게 있으면 나중에라도 언제든지 연락해라."

그녀는 내가 상자를 살펴볼 수 있도록 자리를 떴다. 상자 안에는 물건들이 많지 않고 대부분은 쓸모없는 것들이었다. 하지만 할머니 이름이 쓰여진 상자의 한쪽 구석에 아프리카에서 만든 나무 국자가 있었다. 사랑의 국자로서 할머니는 그것으로 잼과 양념소스를 저었다. 또 마호가니로 만든 인형도 있었는데, 그것은 어둠 속에서 너무 오랫동안 방치되어 있어서 화가 난 것 같았다.

나는 그것들을 내 가방에 넣었다. 시계는 가지고 갈 수는 있었지만 부피 때문에 불편했다. 그래서 택시를 불렀다.

"어디로 갈까요?"

택시 기사가 묻자 나는 충동적으로 대답했다.

"일단 도버 묘지로 갔다가 도버수도원 역으로 가주세요."

그렇게 나는 바다도 보지 않고 스토닝을 떠났다. 나는 바다에 들르는 것이 일종의 습관일 뿐이라고 생각했지만 그냥 떠나려니 왠지 마음이 불편했다. 어떤 일을 마무리하지 않고 떠나왔다는 느낌 때문에 계속 마음이 심란했다.

한편으로는, 정신의 무감각이 사라지고 죽음 안에는 새로운 시작이 있다는 의식이 희미하게나마 자리잡았다.

엄마가 재를 뿌려달라고 했다는 '영혼의 쉼터'에 가봤지만, 재를 뿌린 흔적은 전혀 보이지 않았다.

"재를 뿌릴 때 아무도 오지 않았습니까?"

"그런 경우도 자주 있어요."

묘지 관리인이 말했다.

"그런 일을 여기서 하는 거죠. 화장을 진행하고, 명부에 기입하는 것도 여기서 하고요."

 나는 동판에 쓰인 이름을 봤지만 그것은 할머니를 한 번도 본 적도 없고, 할머니에 대해 조금도 모르는 사람이 쓴 것이다.
 택시를 대기시킨 채, 나는 혼자 거기에 서 있었다. 그리고 잔디밭과 잘 손질된 장미 나무를 향해 작별인사를 하려고 했다.
 그때 빗방울이 떨어졌고 나는 몸이 굳기 시작했다. 할머니는 얼른 가보라고 했을 것이다. 지나치게 감상에 빠지는 것을 싫어했으니까. 그래서 얼른 택시에 타고 역으로 가자고 했다.
 택시를 타고 가면서 원치 않는 화장을 당하고 황량한 장소에 그 재가 뿌려졌다는 것을 알면 할머니는 뭐라고 했을까 생각해봤다. 아마 쓴웃음을 지으며 이렇게 말했을 것이다.
 '아주 괘씸하구나, 지미. 하지만 그렇다고 해서 세상이 끝나는 것도 아닌데 뭐' 분명히 그렇게 말했을 것이다.
 기차를 기다리면서 나는 수간호사에게 전화를 했다.
 "한 가지 여쭤보고 싶은 게 있어서요. 할머니가 돌아가실 때 창문이 열려 있었나요?"
 "오, 그래, 열려 있었어. 할머니께서는 여름이고 겨울이고 항상 창문을 열어놓으라고 하셨거든. 하지만 왜 그러는지는 말씀 안 하시더구나."
 "그래야 할머니 영혼이 강을 건너서 안식처에 무사히 찾아간다고 하셨거든요."
 내가 할머니에게 들은 대로 설명해줬다.

 스토닝에 다녀오면서 느꼈던 미진함이 뭔지는 몇 주일 후에야 확실해졌다. 그것은 할머니가 한 말 때문이었다. 엄마의 충격적인 편지를 받고 난 후부터 나는 마음속에서 할머니의 목소리를 듣고 있었다.

'지미, 다른 사람을 돕는 게 네 자신을 돕는 가장 좋은 방법이야.'

할머니는 어느 날 침대에 멍하니 앉아 있는 내게 그렇게 말했다.

그날은 마이클 형이 전화한 날 아침이었다. 전화받은 친구한테서 내 소식을 들은 것이다. 그는 나를 찾아와서는 곧바로 나가자고 했다. 그가 말하는 외출은 술집에서 술을 마시고, 평소보다 더 큰 소리로 얘기하고, 다른 사람들에게 피해를 주면서까지 거침없이 웃고, 불안한 농담을 주고받는 것이다. 그것도 나름대로 재밌기는 했지만 시간이 지나면서 점차 시들해졌다.

할머니와 할머니의 죽음에 대해, 엄마가 연락하지 않은 것에 대해 마이클은 대수롭지 않다는 듯이 말했다.

"사람은 늙으면 죽게 마련이야. 네가 장례식에 안 갔지만 할머니는 별로 서운해하지 않았을 거야, 안 그래? 엄마는… 그 여자는 마녀야, 흡혈귀."

형은 그 말을 소리치듯 말했고 사람들이 쳐다보는 것도 알고 있었다.

"힐러리는 장례식에 갔었다더라."

그러더니 갑자기 여자 목소리를 흉내냈다.

"마이클, 우린 너랑 지미한테 전화했는데 통화가 안 되더라."

그가 웃고 나도 따라 웃었다.

"둘 다 개 같은 년들이야. 빌어먹을 여자들! 난 계집년들하고 안 해!"

한 번도 그런 모습을 못 봤는데, 그는 입안에 음식을 가득 담고 거칠고 크게 웃었다. 그의 눈에는 따뜻한 인정이 결여되어 있었다. 그런 형을 보면서 나는 그만 일어나야겠다고 생각했다. 내가 알던 마이클 형이 그리웠다. 나는 할머니에 대한 슬픔 못지않게 마이클 형에 대한 슬픔으로 가슴이 아팠다.

그날 형이 여자들에 대해 한 말은 자신이 호모임을 밝힌 것이나 다름없었다. 그 당시에는 게이라는 말이 널리 쓰이지 않았다.

형이 내게 연락한 것은 다른 할 말이 있어서였다. 그는 이 땅을 떠날 예정이었던 것이다.

"남아프리카에서 통나무 농장에서 일할 거야, 흑인들이랑. 네가 통화했던 헨릭도 같이 가. 그 애 아버지가 그 농장을 운영하거든. 남자들이 할 만한 일이지."

"얼마나?"

"빌어먹을 내 인생이 종칠 때까지 했으면 한다."

그는 갈라지는 듯한 목소리로 웃었다. 이번에도 냉소적인 웃음이었다.

그렇게 마이클 형이 영국을 떠난 다음 날, 나는 어스름 속에서 침대에 앉아 있었다. 그 후로 형과 다시 작별인사를 하지도 못했다. 기억도 나지 않는 옛날부터 가족다운 가족도 없었지만, 나는 이제는 정말 가족이 아무도 남지 않았구나 하는 생각을 하고 있었다.

애기할 사람도 없고, 함께 살 사람도 없다.

램지마저 여기에 없다. 밖에서는 비가 내리기 시작했다.

그때 할머니가 내 마음속에서 얘기하기 시작했다.

'지미, 다른 사람을 돕는 게 네 자신을 돕는 가장 좋은 방법이야'

그 순간 나는 스토닝에 두고 온 것이 무엇인지, 내가 할 일이 무엇인지를 깨달았다. 그것은 버블스 아줌마를 구원하는 것이었다.

오랫동안 할머니 방에서 그랬던 것처럼, 할아버지 시계는 이제 내 아파트에서 똑딱똑딱 돌아가고 있었다. 나는 일어나서 달력을 봤다. 8일 후면 버블스 아줌마 생일이자 아줌마의 남동생 생일이었다.

할머니의 목소리로 인해, 생각은 꼬리에 꼬리를 물고 이어져 마침내 바다 건너 블랑네 곶의 흰 석회절벽으로 이어졌다. 버블스 아줌마는 그 근처 동네에서 살았다고 했다.

하지만 침대 위에 앉아만 있거나, 비 때문에 몸이 마비되어 있거나, 과거의 쇠사슬에 묶여 있다면 아무것도 할 수 없다. 어떻게든 움직여야 했다. 나를 위해서 그 바다를 건널 수 없다면, 다른 사람을 위해서 바다를 건너는 것이다. 버블스 아줌마가 고향으로 갈 때가 왔다.

나는 스토닝으로 내려가서 낯익은 그 집의 문을 두드렸다. 아줌마가 너무 늦게 나와서 나는 아줌마가 집에 없거나 뭔가 더 안 좋은 일이 생겼을까 봐 걱정이 됐다. 그때 전에는 없던 쇠사슬 소리가 났다. 그리고 살아있는 아줌마가 나왔다.

"오, 오오, 지미!"

그녀는 놀란 표정이었다. 나는 돌아가신 할머니를 떠올리며 그녀를 부축해서 안으로 들어갔다. 왜 진작 그녀를 도우러 오지 못했을까 자책하면서도 너무 늦지 않게 왔다는 사실에 감사했다.

벽난로 위 선반에 그녀의 쌍둥이 남동생 사진 옆에 사우스스토닝 절벽에서 꺾어온 생생한 꽃다발이 놓여 있었다. 그것을 보니 그녀가 삶의 희망을 완전히 버리지는 않았다는 것을 알 수 있었다.

"어제 저 꽃들을 꺾어 왔어. 그러고 보니 네가 오려고 그렇게 마음이 설렛나보다."

"제가 온 건…."

하지만 입이 떨어지지 않았다. 그녀는 무조건 안 된다고만 할 것 같았다.

날씨가 화창해서 프랑스의 해변이 보이는 날에도 버블스 아줌마는 그 쪽을 바라보지 않았다. 버블스 아저씨한테 발견되어 스토닝으로 왔을 때부터 그녀는 줄곧 프랑스에 등을 돌리고 살았다.

아저씨가 돌아가신 후로 그녀는 삶의 의욕을 잃었고, 그때부터는 아저씨 대신 내가 아줌마를 돌봐줘야 했다. 할머니가 내게 해줬던 일을 내가 그녀에게 해줘야 하는 것이다. 그것은 아줌마를 고향으로 보내는 일이었다.

그 방법은 확실히 몰랐지만 내가 노력하면 뭔가 좋은 일이 일어나 운명적으로 일이 해결될 거라는 믿음이 있었다.

"제가 아줌마를 프랑스로 모셔다드리고 싶어요. 그냥, 가서…."

"안 돼, 안 돼, 안 돼."

"얼마 안 걸릴 거예요. 다시 프랑스어 말소리를 들을 수 있고…."

"안 돼, 지미."

"프랑스 해변에서 다시 꽃을 꺾을 수 있고, 그걸 동생 무덤에 놓고 정식으로 작별인사를…."

"안 돼."

"제발요."

"안 돼, 지미, 안 돼. 너는 그 짐승들이 프랑스를 점령했던 몇 년 동안 무슨 일이 있었는지 몰라. 특히 나 같은 여자는… 그때 한 행동 때문에….”

"벌써 30년이나 지난 일이잖아요."

"사람들은 절대 잊지 않고, 용서하지도 않아. 우리 동네 사람들은 나를 이해하지 못했어. 내가 왜 그 독일군들을 만났는지, 왜…. 하지만 어쨌든 나는 필리프가 마지막까지 편하게 보낼 수 있는 장소를 마련해줬으니까 괜찮아. 그리고 만일 버블스 아저씨가 오지 않았다면 나도 오래 전에 죽었을 거야. 그러니까 난 돌아가지 않을 거야."

"그럼….”

그런 자포자기의 반응에 직면하자 나는 엉겁결에 이렇게 말했다.

"그럼, 제가 아줌마 대신 가는 건 어때요, 그건 괜찮겠어요? 제가 가서 사진이라도 몇 장 가져올 수 있잖아요."

빈약한 이유였지만, 나는 아줌마의 눈이 언뜻 빛나는 것을 놓치지 않았다.

"물론 너는 가도 되지. 프랑스는 다시 영국처럼 자유국가가 됐으니까. 내가 너를 못 가게 막을 수는 없잖니."

"제가 갔으면 좋겠어요?"

"난….”

그녀는 아니라고는 대답하지 못했다.

그러더니, 마침내 이렇게 물었다.

"언제 가려고 그러는데?"

"지금이라도 갈 수 있지만, 내일 아침 일찍 가려구요."

"그렇게 일찍?"

"해변 공터에서도 프랑스가 보이잖아요. 어렵지 않을 거예요."

"오랫동안 그쪽은 안 보고 살아서."

"아줌마가 살았던 동네에 대해 얘기해 주세요."

"지미, 말하기 싫어."

"해주세요. 위쌍이었죠? 칼레 근처."

거기라는 것을 나는 알고 있었다. 하멜 아저씨와 버블스 아저씨한테서 그 얘기를 듣고 지도에서 확인까지 해봤었다.

"그러고 싶지 않아."

"남동생분도 그렇게 생각하실까요?"

"그 애는 자기가 뭘 원하는지도 몰랐을 거다. 알 수가 없었을 거야. 그 애는… 그 애는… 너무 순진하거든."

"그럼 버블스 아저씨는 뭐라고 하셨을까요?"

"아… 지미, 지미."

그러더니 웃음을 지으며 말했다.

"아저씨는 너랑 얘기해서 결정하라고 했을 거야."

"그럼 얘기해요."

"나는 너랑 얘기는 하겠지만, 결국 가지 말라고 할 거야."

하지만 그녀는 그날 오후 내내, 그리고 저녁 때까지 많은 얘기를 해줬고, 프랑스에 도착하면 어디로 가야 될지, 사진은 어디에서 가져와야 할지 모두 알려 주었다. 그러다가 언제부터인지 그녀는 내가 가는 것을 기정 사실로 받아들이는 것 같았다. 그때까지도 나는 확신하지 못했지만 말이다.

"아줌마와 아줌마 동생 사진을 가지고 가면 사람들 기억력도 되살리고 제가 정말로 아줌마랑 아는 사이라는 걸 증명할 수 있으니까, 저 사진을 가져가면 좋겠는데… 그래도 돼요?"

그것은 그녀의 가장 소중한 보물이었지만 그녀는 망설이지 않고 내줬다. 사진틀 전체가 은색으로 된 것이었다.

"전쟁으로 우리 삶이 파괴되기 전의 땅으로 이 사진이 다시 돌아간다고 생각할게. 나는 안 갈 거야, 절대로. 내 대신 사진이 갔다 올 거니까 그것으로 됐어. 이거 무사히 가지고 와라. 너도 몸 조심히 다녀오고."

그녀는 꽃다발도 가져가라고 줬다.

"그 애가 어디에 묻혔는지 찾아봐줘. 하지만 못 찾으면 우리 옛날 집은 그 자리에 있는지 알아보고 이 꽃을 그 애를 위해 거기에 놓고 와. 이 꽃다발은 우리의 61년 생일선물이자 작별인사가 될 거야. 이제 과거는 잊을 때도 됐잖니, 지미? 우리 둘 다 이제 새로운 삶을 찾아야지."

잠깐이기는 했지만 그제서야 그녀는 내가 알고 있던 버블스 아줌마가 된 것 같았다. 내게 힘을 주려고 그런 것 같았다. 아줌마는 그 여행이 나만큼이나 그녀에게도 깊은 의미가 될 거라는 것을 알고 있는 듯했다.

내가 아줌마에게 말했듯이, 그 여행은 전혀 어렵지 않았다. 게다가 나는 그녀의 특사였기 때문에 비가 오든 안 오든 걱정하지 않았다. 나는 다음날 아침 프랑스를 향해 출발했다. 출발하기 전날 나는 소파에서 잤는데, 아줌마 침대에서 삐걱거리는 소리가 밤새 들렸다. 그녀도 나처럼 내가 무사히 다녀올 수 있을지 불안했던 것이다.

출발할 때부터 나는 경이로움과 해방감을 느꼈다. 도버 해군부두의 어두운 화강암이 뒤로 사라지면서 아침 해가 빛나기 시작하자,

나는 처음으로 내가 탈출하고 있고, 쇠사슬이 끊어지고 있고, 과거의 손아귀에서 놓여나고 있다는 느낌이 들었다. 내 가방에는 화장품류, 쌍둥이 사진 ― 한 명은 오래 전에 죽었고 한 명은 분명히 살아 있는 ― 그리고 해변의 야생화로 엮은 꽃다발이 있었다.

"Bonne chance.(행운을 빈다.)"

새벽에 러거 가에서 도버 버스에 오르는 나를 배웅하면서 아줌마는 그렇게 속삭였다. 내가 해변에서 오랫동안 바라보던 바다를 향해 페리가 나아가기 시작하자 나는 행운이 나를 도와줄 것 같은 예감이 들었다. 다른 사람을 도우라는 할머니의 당부를 실천하던 그날, 세상은 변하고 있었다.

내 길을 열어주고 있었다.

변화하는 세상

프랑스로 가는 배를 타던 날 아침, 나는 전에 느껴보지 못한 새로운 기분을 느꼈다. 그것은 새로운 땅을 찾아가는 여행자의 흥분이었다. 내가 오랫동안 바다 건너 바라보던 프랑스 땅이었기 때문에 흥분은 더욱 고조되었다.

내가 그토록 동경하던 먼 땅은 자유가 시작된 곳이었다. 버블스 아줌마는 비록 그곳에서 망명한 자였지만 프랑스가 자유의 땅이라고 했다. 처음으로 그 땅을 밟는 날까지도 깨닫지 못했지만, 그녀는 내 마음속에 프랑스에 대한 애정을 심어놓았다.

칼레에 도착하자, 나는 안내사무실에 가서 처음으로 프랑스어로 위쌍으로 가는 버스를 물어봤다. 버스에서 지나가는 풍경 - 도버와 스토닝 사이에 펼쳐지는 풍경과 너무 흡사했다 - 을 바라보고 있자니, 마치 쓰라린 기억으로 얼룩지지 않은 고향으로 가는 기분이었다.

바다가 보이자 자연스럽게 나는 영국이 있는 서쪽을 바라봤다. 하지만 방향을 꺾을 때마다 시야가 가로막혔고, 가까이 볼 수 있게 되었을 때는 그 쪽에 안개가 끼어서 아무것도 보이지 않았다.

사실 나는 그것을 다행스러워했다. 버블스 아줌마처럼 나도 그곳을 바라보고 싶지 않았기 때문이다. 그때는 적절한 시기가 아니었다.

세상은 내게 좋은 방향으로 변하고 있었지만 아직 충분하지는 않았다. 조급해하지 않아야 했다.

버스는 나를 읍사무소 맞은편에 내려줬다. 제1, 2차 세계대전 희생자를 기리는 기념비 옆이었다. 영국에서 내가 자주 보던 것과 비슷했다. 이름이 프랑스어로 되어 있을 뿐 전쟁에서 희생된 것은 마찬가지였다.

근처 교회의 벽에도 희생자들의 이름이 있었다. 버블스 아줌마가 나한테 찾아보라고 했던 동판이었다. 바다에서 죽은 그 지역 어부들의 이름이 벽에 한 줄로 죽 적혀 있었다. 죽은 사람의 광택 있는 타원형 사진이 함께 걸려 있기도 했다.

버블스 아줌마의 고향에는 친근하고 구체적인 것들이 또 있었다. 산책로를 가로질러 갔을 때 나는 블랑네 곶의 석회암 절벽을 보고 깜짝 놀랐다. 마치 사우스다운의 석회암 절벽이 거울에 비친 것처럼 너무나 똑같았기 때문이다. 스토닝에서와 똑같이 웅크린 듯한 방공호가 여기저기 흩어져 있고, 침공에 대비한 참호들이 무너져 담쟁이덩굴에 뒤덮여 있었다. 위쌍에는 상가 거리가 두 군데 있었고, 신선한 바람에는 소금기가 배어 있었다.

다른 점이라고는 방향뿐이었다. 스토닝이 동쪽을 바라보고 있는 반면 위쌍은 서쪽을 바라보고 있었다. 그래서 태양은 뒤쪽에서 떠올라 바다가 아니라 땅위에서 솟는 것 같았다. 그리고 가파른 자갈해변 대신 넓게 펼쳐진 모래사장이 있었는데, 지금은 누런색 담으로 둘러싸이고 오렌지색 지붕을 얹은 스위스풍 별장들이 들어서서 옛

모습이 남아있지 않다.

　도로 표지판은 더 작고 더 활기가 느껴졌다. 가로등은 색이 더 진하고 화려했다. 몇 안 되는 호텔은 가정집과 흡사하면서도 더 멋졌다. 상점들은 더 작고 지역색은 짙었다. 어떤 도로에는 자갈이 깔려 있었고, 보트들은 우리 해안에 있던 돛단배보다 더 둥글고 더 높고 바닥이 더 납작했다. 바다의 지형이 다르다는 증거였다.

　사람들도 여러모로 달랐다. 여자들은 스토닝 사람들보다 더 나이가 들어보였고 얼굴색이 더 진했다. 머리모양에 더 신경 쓴 듯했고, 손에는 주름이 더 많았다. 그리고 남자들은 더 키가 작고 더 뚱뚱했다. 나는 웃음이 터질 것 같았다. 프랑스 사람들은 정말 프랑스를 닮았다!

　나는 해변의 어떤 바에 가서 앉았다. 직접 주문해야 한다는 것을 뒤늦게 깨달은 나는 일어나서 카운터로 갔다.

　"네, 뭘 드릴까요?"

　나는 말하기 쉬운 까페라떼를 주문했고 그것은 비스킷과 함께 나왔다. 나를 잠깐 쳐다보는 그들의 눈빛에는 공손함과 신중함이 있었다.

　나는 그 커피를 다 마시기도 전에 프랑스와 사랑에 빠졌다. 거기서 자유의 냄새를 찾아내고 삶과 문화의 의미를 발견하고 있었다.

　시간이 지나면서 긴장이 풀렸다.

　라디오에서는 프랑스어가 흘러나왔다. 한 남자는 프랑스어로 된 신문을 읽었다. 우리 해안에 사는 어류는 내가 다 알고 있다고 생각했는데 한 여자는 처음 보는 생선을 나르고 있었다. 한 남자가 작은 냉장고를 카운터 뒤쪽으로 나르고 고장난 것을 밖으로 내갔다. 가는 길에는 커피를 들고 있었다. 밖에서는 산책로 너머로 사람들이 모래사장 여기저기를 걷고 있었다.

몇 해 동안의 피로감이 빠져나가고 만족감과 나른함과 평화로움이 남은 것 같았다. 모든 것이 좋아질 것 같은 느낌이었다.

더불어 내가 정상으로 되돌아가고 있다는 확신이 들었다.

심지어는 세상이 나와 버블스 아줌마를 돕기 위해 움직이고 있어서 내가 아줌마 동생이 살았던 곳과 묻혀 있는 곳을 찾아 꽃다발을 그에게 바칠 수 있는 시간이 멀지 않았다는 생각까지 들었다.

나는 칼레 안내사무실에서 위쌍의 지도를 받아왔다. 그리고 버스에서 50년 전에 그들이 살았다고 했던 거리와 그녀의 남동생이 삶을 마친 정신병원을 찾아 지도를 보고 또 봤다.

하지만 어디에도 그런 표시가 없었다.

표지판을 찾아 그 지역을 직접 돌아다녀 봐도 아무것도 찾을 수 없었다. 다른 사람들의 도움을 받고 싶었지만 내 프랑스어 실력이 시원찮아서 그럴 정도는 못됐다. 내가 재차 물어보면 사람들은 고개를 저었다. 불친절해서 그런 것은 아니었다. 어쩌면 그들도 나처럼 관광객이었는지도 모른다.

내가 마지막으로 물어본 사람은 읍사무소 쪽을 가리켰다. 버스에서 처음 내린 자리였다.

나는 멋진 맨사드 지붕이 있는 그 건물의 계단을 올랐다. 맨사드 지붕은 그 지역의 자부심을 표현한 듯했고 그에 비하면 스토닝 읍사무소가 초라하게 느껴질 정도였다.

"무엇을 도와드릴까요?"

그 여자는 내 설명을 다 듣기도 전에 미소를 지으며 고개를 젓더니 미안하다고 했다. 그리고는 다른 사람을 가리켰다.

"저쪽에서 설명드릴 것입니다."

그곳은 도서관이 딸린 사무실 같은 곳으로 책과 레코드가 보관되어 있었다.

중년의 여자는 내 서툰 프랑스어를 듣더니 이렇게 말했다.

"영어로 말씀하셔도 됩니다."

내가 찾는 주소를 말했더니, 그녀는 얼굴을 찌푸리다가 미소를 지었다.

"거리 이름은 전쟁 후에 바뀌었습니다. 전쟁 영웅들을 기리기 위해서죠. 그곳은 지금 모리스피페 가입니다."

그리고 내 지도에서 그 위치를 가리켰다.

"그런데 전쟁 때 오래된 병원이 여기 있었는데, 지도에서는 안 나와 있거든요."

"아, 그래요? 잠깐만요."

그녀는 전화로 어딘가에 문의하더니 이렇게 설명했다.

"그 병원은… 지금은 없어요. 오래된 곳이라 시설이 별로 좋지 않았거든요. 지금은 프랑스가 현대화되었어요."

"아, 네."

나는 대답하며 망설였다.

"다른 일이 있으신가요?"

그녀가 물었다. 사람들이 너그러워지는 화창한 날이었다.

"이 지역에 살았던 어떤 사람이 묻혀 있는 곳을 찾고 있습니다. 그 사람 무덤에 꽃을 놓으려고 영국에서 왔죠."

"아…"

그녀가 한숨을 쉬며 말했다.

"저도 그런 경험이 있어요. 전쟁은 정말! 그분이 위쌍 주민이었으면 그리 어렵지 않게 찾을 거예요."

"이름은 필리프 뒤퓌입니다."

내가 말했다.

그녀는 얼굴을 찡그리며, 전화를 들고 다시 누군가와 통화를 했다. 이번에는 조금 길었다. 그녀는 도중에 나를 한두 번 쳐다보더니 전화기를 손으로 막고 물었다.

"가족이신가요?"

나는 정황을 설명하려다가 그러면 일이 제대로 진척되지 않을 것 같아 거짓말을 하기로 했다. 하지만 내게는 기분 좋은 거짓말이었다.

"저는 그분 누나의 아들입니다. 그분의 조카죠."

그녀는 나를 쳐다보며 고개를 끄덕이더니 다시 전화로 얘기했다. 대화는 점점 더 열기를 띠기 시작했고, 나는 일이 잘못된 건 아닌가 해서 불안해지기 시작했다.

마침내, 안달하며 그녀가 어깨를 으쓱 하더니 전화기에 대고 말했다.

"와서 직접 보세요!"

내가 보기에 그렇게 말하는 것 같았다.

그리고는 수화기를 내려놓았다.

"위베르 씨가 직접 와서 당신을 만나겠다고 합니다."

"그렇게까지… 저는 그냥…"

"하실 말씀이 있답니다. 회의시간을 다시 잡아야 하기 때문에 시간이 조금 걸릴 겁니다."

"저…"

"오래 걸리지는 않을 겁니다."

내가 기다리는 동안 그녀는 힐끔거리며 나를 몇 번 쳐다봤다.

얼마 후, 사무실 저쪽에서 크고 광택이 나는 참나무 문이 열리더니 남자 한 명이 들어왔다. 수염을 기른 그는 직책에 맞는 외모였다. 그는 읍장이었던 것이다. 관공서 체인을 걸고 있지 않았지만 누가 봐도 읍장의 풍모였다.

"안녕하십니까."

악수를 하며 그가 말했다.

"위베르입니다."

"제임스 로바입니다. 영국에서 왔습니다."

그는 가볍게 고개를 끄덕이더니 나를 쳐다보며 서 있었다.

"필리프 뒤퓌의 조카라고 들었습니다만."

그의 영어는 느렸지만 정확했다.

나는 고개를 끄덕였다.

"어머니님 성함이 이름이 어떻게 되나요?"

그때까지 나는 한 번도 버블스 아줌마의 이름을 불러본 적이 없었다. 어쩌다가 한 번씩 버블스 아저씨가 부르는 것을 듣기만 했다. 내가 그 이름을 말하려고 하니 부르기에는 너무 당돌하다는 느낌이 들었지만 어쨌든 나는 그 이름을 말했다.

"베로니크입니다."

"성은 뒤퓌구요?"

그가 강조해서 물었다.

나는 고개를 끄덕였다.

그리고는 사진을 가지고 왔다고 말했다.

"사진이요?"

그가 머뭇거리며 물었다.

내가 가방에서 사진을 꺼내는 동안 그는 꼼짝도 않고 기다렸다.

그리고 사진을 받아서 유심히 쳐다봤다.

그는 자신이 보고 있는 것을 만져봐야 믿겠다는 듯이 사진들을 만져봤다.

"어머님은 생존해 계신가요?"

나는 의심하는 것이 당연하다고 생각하면서 고개를 끄덕였다. 그들 입장에서 보면 아줌마는 어느날 밤 갑자기 사라진 것이니까.

"제 어머니께서는 다시 돌아올 이유가 없습니다."

내가 말했다.

그의 영어는 그리 서툴지 않았지만 내 말을 못 알아듣는 것 같았다. 그래서 처음에 나를 도와줬던 그의 비서를 불렀다. 그녀가 자기보다 영어를 더 잘한다고 하면서. 그리고는 자기 집무실로 들어가자는 손짓을 했다.

그의 책상 위쪽 벽에는 프랑스 국기가 있었고, 거기에서 조금 아래에는 드골 장군의 흑백사진이 있었다. 견고한 석회암 절벽처럼 근처 주택가보다 높이 솟아있는 기념탑 기단에 서 있는 사진이었다.

자리에 앉으면서 나는 무슨 말을 해야 할지 몰라 갑자기 긴장되었다. 버블스 아줌마는 꽃다발을 바치고 조용히 작별인사를 하고 오라고 했지, 결코 자신의 고향에 가서 자신이 살아있으며, 그것도 위쌍이 보이고 영국해협 바로 건너편인 스토닝에 살고 있다는 말을 퍼뜨리라고는 하지 않았기 때문이다.

우리는 비서가 몇 가지 파일을 가지고 들어올 때까지 기다렸다.

그녀가 읍장 옆에 앉자 그들은 공무원다운 태도로 나를 쳐다봤다.

그는 확인하고 또 확인하면서 파일을 신중하게 넘겨봤다.

"어머님 생신을 알고 계십니까?"

한참 후에 고개를 든 그가 나를 쳐다보며 물었다.

나는 계속 거짓말을 하고 싶지 않았지만 지금은 자세한 경위를 말할 계제가 아니라는 생각이 들었다.

"1918년 4월 14일입니다."

내가 즉각 대답했다.

"남동생과 같은 날이죠. 해마다 어머니는 외삼촌을 생각하며 사진 옆에 꽃을 놓곤 했습니다. 올해, 조금 이르기는 하지만, 어머니는 제가 외삼촌의 무덤에 꽃을 놔주기를 바라셨습니다. 제가 무덤이나 그분들이 살았던 집을 찾게 된다면 말입니다. 버블스 아줌… 저희 어머니께서는… 소란 피우지 않고 조용히 다녀오라고 하셨습니다. 당신께서 직접 여기까지 오기는 싫다고 하시면서요."

그는 고개를 끄덕이며 묘한 표정으로 내 말을 들었다. 그리고 나서 비서에게 뭔가를 말했다. 그녀는 영어로 통역해주었다.

"읍장님은 어머님께서 어떻게 해서 영국으로 가셨는지 궁금하시답니다. 돌아가신 걸로 알고 있었거든요. 읍장님께서는…"

"어떻게 된 겁니까?"

그가 말을 끊으며 물었다.

나는 버블스 아저씨와 하멜 아저씨가 전쟁중에 밤을 이용해 영국과 프랑스를 왔다갔다 했고, 그 와중에 아줌마를 발견했고, 나중에 버블스 아저씨와 아줌마가 결혼하게 된 사연을 얘기했다. 그리고 버블스 아저씨가 아줌마를 얼마나 지극하게 보살폈는지도.

그 얘기를 듣고….

그 얘기를 듣고, 위베르 씨의 눈빛이 온화함으로 가득 찼고, 그런 사람에게 거짓말을 할 수가 없었고, 사실, 그는 내가 보기에 평생 신뢰할 수 있는 사람으로 보였고, 그리고 나는 지쳤고, 아주 많이 지쳤고, 갑자기 버티기 힘들 정도로 기진맥진해졌기 때문에, 그에게 모든 사실을 다 털어놓고 말았다. 내가 그녀의 아들이 아니라는 것, 그렇지만 아들과 엄마처럼 절친한 사이라는 것까지 털어놓았다.

그때는 사람들이 선량했다. 그리고 스토닝 성의 보이스 아저씨가 말했듯이, 다른 사람을 기다릴 만한 가치가 있던 때였다.

마지막으로 나는 덧붙였다.

"그리고 아시겠지만, 아줌마는 이곳으로 돌아오는 것을 두려워하고 있습니다."

"두려워하신다구요?"

"아줌마는 프랑스 사람들이 자신을 잊지도 않고 용서하지도 않을 거라고…."

분노에 찬 표정으로 위베르 씨가 벌떡 일어났다.

"우리는 야만국가가 아니고, 그 일은 30년이나 지난 일입니다. 그리고 우리가 분별력이 없는 사람도 아니구요. 사람들은 그때 뒤퓌 가족에게 무슨 일이 일어났는지 알고 있었어요. 전쟁중에 이 지역에서 희생된 사람들이 어떻게 된 건지 잘 알고 있듯이 말입니다. 아주 잘 알고 있죠. 전쟁 때 저는 어린아이였고, 다른 부모들처럼 저희 부모님도 저를… 아시죠? 남쪽으로…."

"피난시켰다구요?"

"맞아요. 저를 프랑스 남부에 있는 친척집에 피난시켰죠. 독일군들이 1940년에 도착하기 전에요. 전쟁이 끝나고 다시 우리 마을로 돌아와서야 뒤퓌 가족에게 무슨 일이 일어났는지를 알게 됐죠."

그는 얼굴을 찡그리며 비서를 힐끗 봤다가 다음에는 나를 향했다. 우리에게 무슨 말을 해야 할지 모르겠다는 표정이었다.

그리고는 어깨를 으쓱 하더니 이렇게 말했다.

"우리에게 솔직하게 모든 걸 털어놨으니, 당신을 도와드리겠습니다. 이런 일은 잊으면 안 되는 거죠. '짐승'이라는 말 알고 있습니까?"

나는 고개를 끄덕였다.

"프랑스 사람들이 독일 사람들을 가리킬 때 자주 쓰는 말이죠. 버블스 아줌마 – 베로니크 – 도 그 말을 하셨어요."

내가 말했다.

"전쟁 중에는 우리도 모두 짐승이었어요. 누구나 할 것 없이 모두. 하지만, 음… 노르파드칼레를 점령한 독일군들은 자신들의 힘을 보여주고 싶어했죠. 그런 사람들에게 저항해봤자 무슨 소용이 있었겠습니까. 그자들은 젊고 건강한 남자들을 모아서 칼레에 있는 본부로 데리고 가서 심문을 했지요. 필리프 뒤퓌도 거기에 끌려갔는데, 그는 자신이 왜 피난가지 않고 거기에 남아 있는지 적당한 핑계를 대지 못했어요. 그래서 독일군들은 그가… 배우처럼…"

"연기요?"

"맞아요, 모자란 사람으로 연기를 하고 있다고 본 겁니다. 필리프에게는 불행한 일이지만 그 사람은 명석해 보였거든요. 어떤 면에서는 사실이라고 할 수도 있지요. 그 사람은 순진하고 착했어요. 그게 전부였어요. 필리프는 독일군들이 뭘 원하는지도 몰랐는데, 독일군들은 다른 사람들처럼 필리프를 패고 고문했답니다. 베로니크는 그 소식을 듣고 칼레로 와서는 그 사람들에게 필리프는 다른 사람들과 좀 다르다는 것을 설명하면서 남동생 대신 자기가 남겠다고 했어요. 독일군들은 베로니크를 감옥에 집어넣었고, 나중에는 그녀를 욕보인 것 같아요. 남동생이랑 다른 사람들 앞에서요. 사실대로 말하지 않으면 거기 있는 사람들의 여자형제들도 그렇게 될 거라는 것을 본보기로 보여준 겁니다."

그는 계속 얘기해야 할지 생각하면서 잠시 말을 멈췄다. 내가 충격을 받은 것처럼 보였을지 모르지만 그건 아니었다. 나는 오래 전부터 그런 일을 짐작하고 있었던 것이다. 버블스 아줌마가 그토록 그때를 되돌아보기를 거부하고, 나한테도 얘기하지 않은 것은 극악하고 끔찍한 일이 벌어졌기 때문일 거라고 생각했다. 그것이 사실임을 확인하면서 내가 느낀 것은 슬픔이었다.

"물론 필리프는 털어놓을 것이 없었기 때문에 아무 말도 하지 못했지요. 그 사람은 너무 단순했어요. 그게 문제라면 문제였죠. 목격자들은 필리프가 울면서 수치스러워했고, 계속해서 '오, 안 돼, 안 돼, 안 돼, 안 돼.' 이 말만 했다고 하더군요. 그 후 베로니크는 어디론가 끌려갔는데 목격자들은 베로니크가 살해당해서 절대 찾을 수 없는 곳에 묻혔다는 말을 들었답니다. 또 필리프가 목숨을 구한 것은 베로니크가 대신 남았기 때문이기도 하지만, 누나가 못된 짓을 당하는 것을 눈앞에서 보고도 너무 어린애 같은 태도를 보였기 때문일 거라고 하더군요. 필리프와 함께 위쌍에서 체포됐던 두 사람 ― 모두 어부인데 ― 이 모두 얘기해 준 겁니다. 끌려간 사람들은 모두 총살을 당하고 그 세 사람만 집으로 돌아왔지요. 그때 독일군들이 모두 잔인하기만 했던 건 아닐 겁니다. 프랑스나 영국 사람들이라고 모두 좋은 사람은 아니듯이 말입니다. 어쩌면 필리프가 슬퍼하고 통곡하는 모습을 보고 그 사람이 그저 순진한 사람일 뿐이라는 확신을 가졌는지도 모르지요. 어쩌면 장교 중 한 사람이 베로니크를 좋아해서 필리프에게 연민이 생긴 건지도 모르는 일이구요. 필리프는 위쌍으로 돌아오고 며칠 후에 노인이나 정신이 이상한 사람들을 돌보는 병원으로 보내졌어요. 전쟁 때 이 지역에 있던 병원인데 들어간 사람들은 보통 거기서 여생을 마치게 되죠. 필리프는 베로니크가 당한 일이 자기 잘못이라는 듯이 '오, 안 돼, 안 돼' 했지만, 용서를 빌 일도, 용서할 일도 없습니다. 다만⋯."

그는 비서에게 돌아서 무슨 말인가를 했다. 이번에는 프랑스어였다.

"칭찬할 일만 있는 겁니다."

비서가 말했다.

"베로니크가 남동생의 목숨을 구하기 위해 한 행동은 기릴 만한 일이니까요."

그는 나를 쳐다보며 아무 말도 하지 않았다.

이야기는 끝난 것 같았다. 그리고 나는 버블스 아줌마에게 가서 확실히 말할 수 있을 것 같았다. 그녀가 위쌍에 와도 환영을 받을 것이며, 언젠가는 나와 함께 그녀의 고향을 찾아와 – 몇 시간 동안만이라도 – 동생에게 직접 작별인사를 고하고 한을 풀 수 있으리라는 것을 말이다.

나는 가방에서 봄꽃으로 엮은 꽃다발을 꺼냈다. 이틀 전에 사우스다운의 절벽에서 꺾은 것이었다. 약간 시들긴 했지만 그리 보기 싫지는 않았다. 버블스 아줌마가 약간 젖은 천으로 뿌리쪽 가지를 감싸 그것을 면끈으로 묶어두었기 때문이다. 꽃다발 전체는 방수종이에 싸여 있었다.

나는 그것을 읍장의 책상에 놓았다. 삼색기 아래서 읍장은 그 꽃다발을 쳐다봤다. 그리고 그 뒤에서는 드골 장군이 웃고 있었다.

내가 말한 것이 모두 사실이라는 것, 그리고 베로니크 뒤퓌가 책상 위에 놓인 꽃다발처럼 정말로 살아있다는 것을 증명하기 위해 다른 어떤 말도 어떤 행동도 생각나지 않았다.

바로 그때, 과거에 배운 말들이 내 입을 통해 하나씩 세상으로 나왔다. 그들이 스스로 말하는 것 같았다.

"Oeillet(카네이션), coquelicot(개양귀비), valériane(쥐오줌풀), cassepierres(범의귀)…."

나는 버블스 아줌마가 내게 가르쳐준 꽃 이름들을 중얼거렸다. 사실, 그때는 너무 이른 시기라 그 꽃다발에는 내가 말한 꽃들이 없었다. 그렇지만 그냥 말하고 싶었다.

"버블스 아줌마가 제게 프랑스어를 조금 가르쳐주셨어요. 몇 가지 꽃 이름도요. 아줌마 고향의 해변에서도 피고, 영국 해변에서도 피는 꽃들이죠."

위베르 씨는 손을 뻗어 조심스럽게 꽃다발을 들더니 그것을 쳐다보다가 냄새를 맡았다. 그때는 이미 향기가 다 날아가고 없었지만 말이다. 버블스 아줌마가 돌아다니던 그 해변을 마음껏 쏘다니던 어린 시절을 떠올리고 있었을 것이다. 위쌍에 살던 아이들이 모두 그랬듯이, 스토닝에서 살던 내가 그랬듯이, 자신이 자라고 평생 잊을 수 없는 그 장소들에 대해 배우면서 말이다.

그의 비서가 무슨 말인가 하려고 했지만 그가 말리는 시늉을 했다. 그의 눈은 즐거운 듯이 반짝였다.

그가 꽃다발을 다시 내게 줬다.

"로바 씨, 그 꽃다발을 어디에 놓아야 할지 제가 직접 안내하지요. 여기서 멀지 않아요. 자, 갑시다."

그는 비서에게 남아 있으라고 했지만 그녀는 기어이 따라나섰다. 그래서 집무실 문을 잠그고 나온 우리는 계단을 내려가 전쟁 기념비 앞에 섰다. 위베르 씨가 잠깐 서자고 했던 것이다. 잠시 침묵이 흘렀다.

"우리는 모두 전쟁에서 제정신이 아니었죠."

그가 말했다.

"하지만 그 후의 세월을 살면서 우리는 상황을 달리 보게 됐어요. 더 정확히 보게 된 거죠. 그 당시에 우리가 알아보지 못한 영웅을 나중에야 알아본 겁니다. 자, 이걸 보세요!"

그가 읍사무소 계단을 향해 돌아서더니 벽에 있는 작은 액자를 가리켰다. 그 테두리는 닳았고 유리는 소금으로 더러워졌다. 그 안에 적힌 문장들은 먼지가 끼고 지저분해져서 읽기도 어려웠다.

그는 나를 어떤 기념비로 데리고 가서 벽에 있는 테두리 안의 글을 읽어주었다. 그가 읽은 마지막 두 문장이 눈에 들어왔다.

A tous les Francais…(모든 프랑스 인민은…)

연설문은 프랑스 사람들에게 고하는 말로 시작되었다. 하지만 30년이 지난 그때, 위베르 읍장에게 그 글은 전인류에게 보편적인 내용이 되었다.

'…Notre Patrie est en péril de mort(우리 조국은 지금 죽음의 위험 앞에 있으니)… Luttons tous pour la sauver.(모두 싸워 조국을 구하자.)'

드골장군이 직접 사인한 그 연설문은 날짜와 발신지가 1940년 6월, 런던으로 되어 있었다.

"베로니크와 필리프는 드골 장군의 부름에 응답한 것이고 그들의 방식대로 희생한 것입니다."

위베르 씨가 말했다.

"그러니 우리는 그들을 자랑스러워해야 합니다. 그분들 덕분에 우리가 살아 있으니 말입니다. 로바 씨, 이제 이 꽃다발을 어디에 놓아야 할지 안내하겠습니다."

우리는 마치 공무수행중인 사람처럼 함께 걸어서 출발했다. 그가 왼쪽으로 돌아 남쪽을 향했다. 조금 걷다가 다시 왼쪽으로 꺾었다. 지나가던 사람들은 목례를 하거나 큰소리로 인사를 했다. 그는 눈인사를 하며 '저는 공무수행중입니다' 라는 표정으로 우리를 이끌고 계속 걸었다.

우리는 그 지역의 가장 오래된 거리를 걷다가 마침내 작은 골목으로 들어섰다. 골목 끝으로 멀리 석회암 절벽이 보였다. 블랑네 곶이었다.

"베로니크 집은 이 골목에 있습니다."

그가 걸음을 멈추며 말했다.

"그리고 베로니크가 살았던 집은 저기입니다."

그가 작은 집을 가리켰다. 오두막집처럼 작았다. 반은 통나무로 지어졌고 벽의 회반죽칠 된 부분은 바랜 오렌지색이 되어 있었다.

작은 정원에는 여자가 한 명 서 있었다. 그녀는 우리가 행진하듯 나타난 것을 보고 무척 놀란 얼굴이었다.

"집에 계십니까?"

읍장이 물었다.

그녀는 조금 열려 있는 문을 향해 고개를 끄덕였다.

"Il n'est pas là, Monsieur, il est au fond du jardin(거기에 안 계세요. 밭 저쪽 끝에 계세요.)"

그녀가 옆으로 비켜서면서 말했다. 질문을 할 만한 상황이 아니라는 것을 감지한 것 같았다.

"이 분은 필리프를 보살펴주는 이웃분입니다."

읍장이 소개했다. 서로 인사를 한 뒤 그녀는 자리를 비켜주었다.

우리는 곧장 집으로 들어가 밭으로 갔다. 집안은 아주 깔끔하게 정리되어 있었고, 채소밭은 길고 좁은 정원 끝에 있었다. 거기에는 버팀대를 한 콩나무가 줄지어 서있고, 이랑은 깔끔하게 정돈되어 있었는데, 파란색 작업바지 차림의 남자 한 명이 무릎을 꿇은 채 일하고 있었다.

그는 우리를 보지 못했고, 천천히 그리고 힘겹게 움직이고 있었다. 그의 머리는 숱이 적은 백발이었다.

우리 소리를 들었는지 그가 느리게 일어나서 우리 쪽으로 고개를 돌렸다. 그리고는 의아하게 쳐다보더니 점차 누군지 알아보겠다는 표정이 되었다.

그는 손을 흔들었지만 걸어오지는 않았다.

한 손에는 모종삽을, 다른 손에는 묘목을 들고 있었다.

그의 얼굴은 내가 천 번도 넘게 봤던 얼굴이었다.

위베르 씨는 나를 향해 돌아서더니 내 팔을 잡았다.

"로바 씨, 저분이 필리프 뒤퓌입니다. 베로니크의 남동생이시죠. 저분은 자신의 누나가 살아 있을 거라고 믿고 있던 유일한 사람입니다. 그러니 저분에게 그 꽃다발을 전하고 필리프 당신이 옳았다고 말해 주세요. 지금까지 항상 옳았다고."

그의 눈에 눈물이 고였다. 그의 비서의 눈에도 눈물이 어렸다. 내 눈은 환희로 빛났다.

저 정원은 언제부터 있었을까? 모르겠다. 30년 전에 만들어졌는지도 모르고 얼마 전에 만들어졌는지도 모른다.

나는 필리프 씨를 향해 걸었다. 그 앞에 도착했다. 그리고 그 꽃이 어떤 건지 말도 못 한 채 '베로니크'라는 이름만 겨우 말하고 그에게 꽃다발을 내밀었다.

조심스럽게 그가 몸을 굽히고 모종삽을 흙에 꽂았다. 그리고 묘목을 천천히 땅에 내려놓았다.

그러더니 다시 똑바로 서서 꽃을 받고 고개를 끄덕이더니 그것들을 쓰다듬었다. 누나의 손을 쓰다듬듯이, 누나의 눈을 쳐다보듯이. 그가 눈을 한 번 깜박이고, 다시 한번 깜박였다. 그러더니 천천히, 내가 알아먹을 정도로 천천히 간단한 질문을 했다.

'안 돼, 안 돼, 안 돼…'

버블스 아줌마는 계속 안 된다고만 했었다.

"Oui, Monsieur Dupuy.(네, 뒤퓌 선생님.) 버블스 아줌마는 고향으로 오실 겁니다."

버블스 아줌마가 아들이 있었다면 나와 똑같이 대답했을 것이다. 프랑스어가 서툰 나는 뒷말을 영어로 덧붙였다.

그는 어쩌면 버블스 아줌마가 살아 있을 거라고 믿은 유일한 사람이었을 것이다. 하지만 그도 아줌마를 다시 만날 거라고는 생각지 못했을 것이다.

그는 나를 쳐다보더니 어린아이처럼 울기 시작했다. 나는 그를 꼭 안아주었다. 버블스 아줌마가 가끔 내게 해줬듯이.

"곧 여기로 오실 겁니다."

나는 다시 한번 말해주었다.

"꼭 오실 거예요."

뒤돌아보기

프랑스 사람들은 공감하는 일에는 빠른 반면 공무원들의 일처리는 굉장히 느렸다. 위베르 씨와 그의 비서가 최선을 다했음에도 버블스 아줌마가 프랑스로 가는 데 필요한 서류들을 모두 받는 데는 6개월이 걸렸다. 여권, 신분증, 생존 사실, 이런 것들이 하나씩 공식적으로 해결됐다.

기다리는 시간은 충분히 길어서, 그 동안 버드 가에 있는 아줌마의 집을 팔았고, 그래서 은행에 충분한 저축액이 있다는 것을 프랑스 관리들에게 보여줄 수 있었다. 그녀가 그 나라에 짐이 되지 않을 것이라는 증거였다.

또한 그렇게 오래 기다리는 동안 두 사람은 서로의 반쪽이 무사히 살아있다는 사실에 적응하게 되었다. 버블스 아줌마는 위베르 씨에게 편지를 썼고, 그는 필리프 씨에게 그 편지를 읽어주었다. 하지만 이제 필리프 씨는 편지가 아니라 아줌마를 보고 싶어했다. 그는 한 번 그녀와 통화한 이후로 전화로 얘기하는 것을 거부했다. 안달만 났던 것이다.

스토닝으로 오라고 초대했지만 필리프 씨는 받아들이지 않았다.

"안 돼, 안 돼, 안 돼…"

그의 답변이었다.

하지만 아줌마는 여권이 없어서 아무데도 갈 수가 없었다. 그래서 그들은 기다리는 동안 편지로만 연락을 취했다. 그러다가 아줌마는 내 제안을 받아들여 필리프 씨에게 전하는 말을 녹음해서 보냈다. 아줌마는 자신이 사는 집과 스토닝, 버블스 아저씨, 그리고 내 이야기를 했고 자신이 살아온 이야기도 했다. 필리프 씨는 그 테이프를 듣고 좋아했던 것 같다. 위베르 씨는 필리프 씨가 그것을 반복해서 들으며 어린아이처럼 콧노래를 부른다고 했다.

재회를 기다리는 두 사람에게 6개월은 긴 세월이었다. 하지만 지나고 보니 나로서는 할머니가 남긴 유산으로 무엇을 할 것인지 결정하기에 딱 알맞은 시간이었다.

나는 직장을 그만두고, 아파트에서 나와 짐들을 창고에 넣어 두었다. 그리고 필요한 것들을 배낭에 넣고 부츠를 새로 샀다. 할머니가 남긴 돈으로 뭔가를 사보기는 처음이었다. 나는 영혼을 자유롭게 하기 위해 걸어야 했다. 위쌍에서 파리까지가 첫 여정으로 좋을 것 같았다. 한때 신발이 없었던 내게 필요한 것은 새로 산 부츠였다.

약속한 날 나는 스토닝으로 내려갔다. 버블스 아줌마가 마지막으로 그 집 현관문을 닫았고 우리는 바다 건너 아줌마의 고향을 향해 출발했다.

마침내 우리가 위쌍에 도착했을 때, 그녀가 어린 시절에 살던 집 앞에는 위베르 씨와 그의 비서가 기다리고 있었다. 아줌마는 내게 몸을 돌리더니 미소를 지었다.

"지미, 나 혼자 필리프를 만나야 될 것 같아, 왜냐하면… 왜냐하면…"

그때 문이 열리고 필리프 씨가 나타났다. 그녀의 남동생이자 쌍둥이인 그는 가장 멋진 정장을 차려입었다. 셔츠는 흰색이었고, 바지는 세워놓아도 쓰러지지 않을 만큼 꼿꼿하게 다림질되어 있었다.

그들은 무슨 말인가 하려고 했지만 아무 말도 나오지 않았다. 두 사람이 떨어져 있었던 세월이 너무 길어서 그저 흐느낌과 울음밖에 나오지 않았던 것이다.

우리 눈에서 벗어나 둘이서만 만나도록 내가 그들을 안으로 들여보냈다.

아줌마는 그렇게 오랫동안 연락하지 못해서 미안하다고 했고, 동생의 속삭이는 듯한 대답은 '괜찮아, 괜찮아, 괜찮아, 괜찮아…' 였다.

내가 단둘이서만 얘기하도록 문을 닫고 그 자리를 뜰 때까지 그랬다.

버블스 아줌마는 며칠이라도 있다 가라고 했지만 나는 그러고 싶지 않았다. 버블스 아줌마를 무사히 고향에 데려다 주었으니 – 버블스 아저씨도 그러길 바랐을 것이다 – 이제 거기에서는 더 이상 할 일이 없었다.

그들의 세상은 제자리를 잡았다.

나는 위베르 씨의 배려로 위쌍의 가장 좋은 호텔에서 이틀 밤을 묵었다. 내 발과 부츠가 안달하고 있어서 더 오래 머무를 수도 없었다.

아침 일찍, 블랑네 곶으로 출발하는 나를 배웅해주기 위해 버블스 아줌마와 필리프 씨, 읍장과 그의 비서 그리고 필리프 씨의 이웃들이 작은 사절단처럼 모였다.

나는 한 사람씩 뺨에 키스를 했고, 버블스 아줌마는 나를 안아주더니 꽃 한 송이에 사랑을 담아 옷깃에 꽂아 주었다.

"안녕, mon petit chou.(내 귀염둥이.)"

나는 천천히 블랑네 곶 끝에 있는 기념탑을 향해 걷기 시작했다. 전쟁 중에 희생된 프랑스와 영국 선원들을 추모하는 글을 읽었다.

그런 다음 한 번도 감히 엄두를 내지 못했던 일을 실행에 옮겼다. 그것은 돌아보는 것, 바다 건너 내가 자랐던 땅을 뒤돌아보는 것이었다.

너무 낯설게 보였다.

태양은 이스트켄트 해안의 흰색 절벽과 자갈해변을 비추고 있었다. 나는 그곳을 응시하며 오랫동안 생각에 잠겼다. 가지치기 가위를 들고 쫓아오는 남자한테서 도망치던 소년이 떠올랐다. 문이 잠겨진 대문이 떠올랐다. 오래 전에 내 손을 잡아주던 손이 떠올랐다. 그리고 내가 잃어버리고 찾지 못했던 신발이 떠올랐다.

바다 건너 영국 땅을 돌아보며 나는 깨달았다. 내가 그동안 찾아 헤매던 것이 멀리 있지 않고 바로 눈앞에 있다는 것을.

도버의 흰색 절벽 위에는 어두운 뭉게구름이 곧 비를 뿌릴 듯이 몰려오고 있었다.

나는 잠시 동요했다. 하지만 내가 그곳이 아니라, 항상 꿈꿔오던 대로 바다 건너 프랑스에 있다는 것을 깨달았다. 그 구름들은 여기 있는 나를 위협하지 못했다.

그러다 문득 생각난 듯이 고개를 돌리고 더 이상 뒤돌아보지 않았다. 그리고는 비구름과 절벽, 오래 전에 일어났던 모든 일들을 저 멀리 뒤에 두고, 지구가 돌듯이 나도 돌면서 떠오르는 태양을 향해 출발했다.

감사의 말

　　　　　　이 책을 쓸 수 있도록 도움을 주신 다음 분들에게 감사의 인사를 드립니다. 비비안 스미스는 제게 사랑과 공간을 줌으로써 이 이야기를 시작하는 문을 열어주었습니다. 오랫동안 저를 지원해 준 데 대해 수 필드와 잉거 런더에게도 고마운 마음을 전합니다.

　제 문학 에이전트인 캐롤린 셸던은 이 책의 최종 형태를 만들어내는 데 독창적인 의견을 내줬고, 편집자인 팀 월러는 전문가답게 저를 자극하여 작품의 질을 높여 주었습니다. 그리고 발행인인 발 허드슨 덕분에 출판과정을 즐거움과 기쁨으로 지켜보았습니다. 마이클 리네스와 르네 홀러는 원고를 다듬는 데 큰 도움이 되었습니다.

　장남 조셉은 첫 장을 읽어보았는데, 그 애의 반응에 고무되어 계속 쓰게 되었습니다. 커즌스 씨는 켄트의 역사에 대한 충분한 자료를 열람하도록 도움을 주었고, 고맙게도 자신이 알고 있는 사실들도 성심껏 얘기해 주었습니다.

　이 책의 주제이기도 한 역사에 대한 저의 애정은 켄트의 샌드위치에 있는 로저맨우드 중학교의 실력 있고 인기 많은 브라이언 케네트 선생님 덕분입니다. 그리고 그 학교에서 우리에게 영어를 가르치셨던 데이비드 워익 선생님께도 감사의 말씀을 드립니다. 제가 자신감을 잃어가고 있을 때 그분은 그것을 다시 회복하도록 도와 주셨습니다.

 이 이야기는 어떤 사람의 삶, 그리고 그와 함께 살았던 사람들의 삶, 특히 제 형인 바너비 마이클 호우드의 삶을 기록한 것입니다. 그는 1999년에 세상을 떠났습니다. 나는 다섯 살 때 그를 빼앗겼지만 이 글을 쓰면서 그를 다시 찾았습니다.

<끝>